THE ROAD TO SCIENCE FICTION

科幻之路

⑦

惬意的华氏度

[美国] 詹姆斯·冈恩 编著
James Gunn

穆童 等 译

译林出版社

图书在版编目（CIP）数据

惬意的华氏度 / (美) 詹姆斯·冈恩 (James Gunn) 编著 ; 穆童等译. -- 南京 : 译林出版社, 2025. 1.
(科幻之路). -- ISBN 978-7-5753-0421-4

Ⅰ. I561.45; I712.45

中国国家版本馆CIP数据核字第2024PM3960号

著作权合同登记号 图字：10-2023-21 号

惬意的华氏度 ［美国］詹姆斯·冈恩／编著 穆 童 等／译

策　　划 姬少亭 李兆欣
统　　筹 吴立中
责任编辑 樊 婕
翻译监制 东方木
装帧设计 孙逸桐
责任校对 戴小娥
责任印制 闻媛媛

出版发行 译林出版社
地　　址 南京市湖南路 1 号 A 楼
邮　　箱 yilin@yilin.com
网　　址 www.yilin.com
市场热线 025-86633278
排　　版 南京展望文化发展有限公司
印　　刷 江苏凤凰通达印刷有限公司
开　　本 880 毫米 × 1240 毫米 1/32
印　　张 8.125
插　　页 1
版　　次 2025 年 1 月第 1 版
印　　次 2025 年 1 月第 1 次印刷
书　　号 ISBN 978-7-5753-0421-4
定　　价 65.00 元

目录

科幻中的科学

长久以来，人们一直错误地用“科学小说”来指称这样一类文学：归入其中的部分小说毫无科学成分，另外一些全然关乎科学的作品却被排除在外。然而，我们又找不到比它更好用的术语。甚至早在威尔斯的时代，一些早期作家就用过“伪科学小说”这个说法——“白痴般的形容词”，威尔斯对这个词如此评价。有人用过“未来小说”，报纸和电影则用上了受科幻圈鄙视的“sci-fi”，近来，一些作者接受了海因莱因在 1947 年的提法——“推想小说”。

雨果·根斯巴克先后发明出“scientifiction”和“science fiction”这两个术语并非毫无缘由。至少在理论上，他相信：对于他想发表的那类小说，科学是必须存在的要素；不仅如此，这一文类的目的就是传达科学信息或对科学的热情，抑或二者兼有。此外，在 20 世纪 20 年代，“科学”二字代表着一切崭新和不同的事物。

尽管如此，仍有一些科幻小说能当得起“科学”二字。为了与其他科幻进行区分，这些小说被称为“硬科幻”，一些读者认为它们才是科幻的核心。尽管其中的科学成分极少，汤姆·戈德温（Tom

Godwin）的《冷酷的等式》（“The Cold Equations”）还是被看作一篇试金石式的硬科幻作品；戈德温设想出一个有着星际旅行、行星外探索和紧急补给船的未来世界，但小说并没有为设定的合理性做真正的解释。仅有的描述似乎有误导读者之嫌（例如紧急补给船的舱室和气闸尺寸，这对情节发展十分关键）。《冷酷的等式》能够成为一块试金石的原因，在于蕴含其中的哲学，而非它的科学设定。

但是，“坚硬”的科学设定，从一开始就是科幻的一部分。儒勒·凡尔纳是一位硬科幻作家，即使科学在他的小说里只是一场旅行的起点。另一方面，威尔斯看重设定的可信与否，却不关心在科学上是否可能。在真正的硬科幻作品里，科学设定不仅准确合理，也是故事的核心内容；也就是说，如果没有这样的科学设定，整篇小说就站不住脚。出自阿瑟·C. 克拉克笔下的作品有一类是硬科幻，波尔·安德森和拉里·尼文（Larry Niven）与他类似，也有过一些硬科幻创作。但是，硬科幻作家们效仿的原型，是哈尔·克莱门特（Hal Clement）。

克莱门特原名哈里·克莱门特·斯塔布斯（Harry Clement Stubbs），他在科幻界取得这样的地位是顺理成章。1943 年，他获得了天文学学士学位，二战期间他曾在军中驾驶 B-24 轰炸机，1947 年又在波士顿大学获得教育学硕士学位。他曾任教马萨诸塞州的米尔顿学院，教授高中科学和高中数学多年。而他兼职创作科幻的生涯，则始于大学二年级。1942 年，《惊异》发表了《证据》（“Proof”），从那以后他的大部分小说都卖给了《惊异》，或者后来的《类比》。

他的大部分短篇小说，都是围绕着物理科学的一个方面构建的，例如——1949 年发表于《惊异》的《防火》（“Fireproof”）——自由落体中的卫星不可能被火焰所破坏，因为在缺乏重力的条件下无法形成对流，燃烧产物会聚集在火焰周围，将火焰熄灭。篇幅更长的作品为他构造世界提供了更大的空间，这些世界有着截然不同的环境，这使得其中的角色——无论本地居民还是外来访客——拥有了不同的观念，面临着不同的问题。

克莱门特的第一部长篇小说是《针》（*Needle*）。1949年，这部小说开始在《惊异》上连载（1950年成书），其主人公是一位宇宙侦探，有着近似病毒的、共生体式的生命形态；为了找到藏匿在地球上的一名罪犯，它必须与一个男孩共生共存。《冰封世界》（*Iceworld*）描述了地球在一位星际缉毒警眼中的形象，这位警探所属物种的演化历程，是在比地球炎热得多的一颗行星上完成的。这部小说连载于1951年（1953年成书）。

《重力使命》（*Mission of Gravity*，1954）连载于1953年，是克莱门特异星小说中的第一部，他构建出一颗不存在的行星，讲述了一个发生于这颗星球的故事。在《科幻的技艺》（*The Craft of Science Fiction*，1976）一书中，他如此写道："从杜撰恒星系和行星，构思其中的化学、物理、气象、生物等方面的细节这件事中——这一切都可能成为一篇小说的背景——我仍然能获得最大的乐趣。"

这部小说的故事发生于麦斯克林星，这颗行星两极处的重力是地球的700倍，而由于它自转速度极快，赤道附近的重力只有地球的两到三倍。地球探险家乘坐的实验性火箭探测器在极地坠毁，但地球人只是配角；主要的角色是外表近似蜈蚣的麦斯克林人，他们在高重力的条件下演化而来，而在赤道附近，他们必须放弃原生环境赋予他们的生存态度。

《重力使命》是一块试金石；不喜欢它的读者，可能也就不会喜欢硬科幻。这是纯粹的科幻小说，因为这样的故事只能用科幻的形式来讲述，而且它达到了最优秀的那些科幻小说所努力的目标：让读者质问自己固有的假设——什么是自我的选择，什么是环境的熏陶；环境对他们造成了什么影响。克莱门特的其他长篇小说有《火焰的周期》（*Cycle of Fire*，1957）、《接近临界》（*Close to Critical*，1958）和《星光》（*Star Light*，1971）。

“坚硬”的科学并非不允许推想，即使最不着边际的推想也可以存在，天体物理学家最近提出的一些观点就是明证。发表于 1953 年的《星际科幻故事》（*Star Science Fiction Stories*）第二卷的《关键因素》（“Critical Factor”）就是这样的一次推想。假如以液态形式存在、以吞噬石头为生的智慧生物能够生存于地面之下，他们如何能够探明地上世界的性质，又会在好奇心的驱使下做出何种举动？

（穆童、憬怡　译）

关键因素

[美国]哈尔·克莱门特

彭东一路向北奔去，他觉得自己从来没有这么兴奋过。途中没必要一路摸索，这里离大地震带非常近，轻微的震动一直没停过。回波透过地下致密的玄武岩，穿过岩层上方的空洞，可以说是接连不断地传到他身上。危险的砂岩地层很容易分辨，那些石头会利用它们的穿透性诱惑懒惰的旅行者，将他们带到死亡地带。彭东现在却在利用它们，因为砂岩可以提供清晰的视野，如果有岩石滑落，他有足够的时间找到下面更为安全的层面。

旅程最艰难的部分已经过去了。远在北方的地震带不断产生着地震，让他感觉可怕而难以捉摸，震动到了这里被阻挡下来，反复增强，不断回荡。尽管如此，他还是再次安全地穿过了那座由宜居岩石构成的窄桥，这座桥通往他之前发现的一片奇异地域。多日的旅行之后，现在，他可以看清身边的一切，目力所及之处，整片地域都那么好。

当然，这里并不如他之前探索的那个地方。他一直都非常熟悉这片地域：在这里觅食，难度恰到好处，因此足可以开心地享受生活；长久以来，来自遥远北方的一些没有这么幸运的种族一直企图入侵，企图杀戮这里的居民，继承这里的物产；这里的岩浆池移动迅速，粗心大意的旅行者很可能被困在无法穿透的玄武岩与炽热的死亡之间。倘若彭东根据自己的发现做出的设想是正确的，他们这一族就可以穿过与死亡地带毗邻的区域，而这可以为无数后代提供食物及生存空间。

他一边前进，一边期待着这一梦想成为现实。身后的岩石上并没有留下他经过的痕迹，因为那些岩石都不能吃，而他也没怎么考虑自己的食物问题。他最关心的事情还是速度，为了能够快一点儿，他壮起胆子尽可能靠着上层前进。

他知道，离这里最近的定居点在五千多英里外的北方。他还清楚地记得从那里一路走来踏过的那条蜿蜒曲折的小径，现在，他正在沿原路返回。脚下的路不断向东延伸，大地微微震动着，因为糟糕的视野，他走得很慢。接着，他来到了较低的地层上，折返向西北方向行进，在这条路上，主要是一些密度更大的岩石拖慢了他的速度。距目的地还有五百英里，他被迫停了下来，仔细观察前往南方时穿过的那片满是岩浆池的区域。当时走过的那条路现在已然无法通行：熔岩挤入岩层间，把上下层本来宜居的岩石加热到了难以承受的温度，把好几处地方都堵了起来。不过这里还有其他通路。彭东缓慢而小心地在岩浆池之间蠕动着，有时候需要原路退回，有时候还得往与目的地完全相反的方向走。但他还是在不断向北，向下进发，最终把最后一片岩浆池甩在了身后。

这下子他又可以抓紧赶路了。终于，他来到了一块厚一英里、方圆三万平方英里以上的碳酸盐岩上。这块岩石于数亿年前沉积在远古时期的海底，现在则安全地被包裹在了较硬的岩层间，这可以保护居民们免受渗入的氧气造成的伤害。这就是那座城市了，虽然不是彭东的出生地，却是他们这一族最靠南的居住中心。这里吸引着众多极具冒险精神的探险家。位于西北和东北方向的城市坐落在白令和冰岛的岩桥下，那里当然也很危险，族人们需要抵御来自岩桥对面的野蛮人部落无休无止的攻击。不过大家对那样的危险都已经司空见惯了。能够吸引探险家的是这个世界上的未知地带。彭东相信，现在，他已经证明了自己是最大胆的探险家，而他也确信，他的成就必定不止于此。

“站住！”岩石对面突然传来一声大喝，这时彭东正拖着他那庞大的液态身躯渗过一块石灰岩，就算这样远离战区，也没有哪座城市敢不设卫兵。“报出你的名字！”

“我是彭东，之前奉命前往南方，现正返回。这是我的口令。”说着他发出了一列震动密码。出发前，城市首领把这段密码交给了他，若他能回来，到时候就可以用它来证明身份。

“等一下。”探险家知道，卫兵正把身体长长地伸到了城市内，用身体的另一端和首领们交流。等待的时间不长。“请进吧。你若是饿了，可以先去吃点儿东西，但请尽快面见首领。”

“我确实饿了，但还是得马上去见他们。我有一项重大发现，必须赶紧告知他们。”显然卫兵非常好奇，但他忍住没有继续问下去。毕竟这个陌生人连饭都来不及吃，他带来的消息肯定非常重要。他不可能待在这里聊天的。

“请走锰矿层，那边已经为你清出了道路。”卫兵这样说道。彭东感谢了对方的好意。在这个拥有六百亿居民的城市中，交通有时候很成问题。每位居民平均占据着十立方码的空间，但大多数都会让属于自己的空间分布在一块不规则的区域内。锰矿层厚达一英尺，其中散布着氧化锰，因此彭东能够清晰地感觉到矿层的位置。从东北到西南方向，一道横穿城市中心的断层将锰矿层拦腰切断。断层中有一大块嵌着大量石英的石灰岩，这些石英很可能是被远古时期的河流冲刷至此的。总能在这里找到众位首领，或者说总能在这里找到足够的首领来处理事务。彭东打过了招呼，确认了身份之后，没多说什么，立刻开始了汇报。

“向南距此约五千英里的地方，”他说，“这座城市所在的大陆块体收窄成了一个点。地震带就延伸到这一点上。那里视野非常好，但来自某些区域的回波则十分混乱。我凭触觉探索了那些区域。在其中一个地方，我发现一条长长的砂岩岩舌延伸到了遥远的南方。在继续向南进发之前，我曾考虑是否应该先回来报告这条岩舌的存在，不过最终，我认为最好还是先把情况了解清楚再来报告。继续前进的过程中，我感觉自己像是穿过了一块两侧被平行岩脉截断的地层。但是此处，左右两侧都空空如也，那里并没有死亡区。不过这条岩舌被思想家德莱尔称为海洋的那种物质包围了起来，这种物质似乎保护着大陆部分地区的上层。当然，它的下面也是玄武岩。

“这条岩舌继续向前延伸，似乎根本没有尽头。它有时候会变宽，有时候会变窄，窄得我都以为快要到尽头了，但它还是继续不断向前。有些人声称大陆正在漂移，那么他们要如何解释这条狭窄的岩脊依旧保持完好呢？

“但是到最后，它真的变宽了。如果将那份包含冗长数据的报告总结一下，结论就是这条岩脊的另一端存在一片大陆。在那片大陆上，除了低等动物，我没有发现一点儿动物的踪迹。但是，这并不是那里最重要的特征，真正引人注目的是那里似乎没有死亡区。大陆表面覆盖着一层固体材料，从声音的传播特性来看，那种材料应该是某种晶体，但无法任由生物体穿透。那座大陆绝对非常适宜居住。”

“食用岩石的品质如何？”

“和这片地域一样，甚至可能更好。”各位首领对此议论纷纷，讨论持续了一段时间，接着他们的注意力再次转向这位探险家。如他所料，对方一片赞叹。

“彭东，这座大陆上所有居民都应该感谢你。如果实际情况和你的报告一样客观准确，那么我们子孙后代的食物问题就解决了。我们会把这个消息传递给其他城市，并尽快制订移民新大陆的计划。从这里到北方边疆，你的名字将无人不晓。”

此时，这位探险家沐浴在众人的赞美之中，他这类人最渴望得到的就是别人的赞美。接着，他又带着美好的期许开口了。

“诸位首领，我还有一些话，不知当讲不当讲。”一股惊异之情从这块突出的巨石向四周炸裂开来，附近的居民都停了下来，想了解发生了什么事。

“讲。”

“我对这种固体的性质十分好奇，并努力对其进行了研究。它似乎像玄武岩一样无法穿透。很长一段时间以来，我都没能取得进展。但最后，我来到了一处地震带，在那里，岩浆已经升到了上层附近。正是在这里，那种奇怪的物质变得稀疏了起来，在对这片区域进行调查的过程中，我发现一池岩浆突破了那种物质的包围，暴露在了外部虚空之中。我可以发现这一点，一方面是因为那里视野清晰；另一方面是我能感觉到热量正透过上面较薄的地层向下散发。”说到这里，他顿了一下。

“以前也发生过这种事。”其中一位首领评论道，“你从中了解到了什么？”

“岩浆流过的地方，那种固体物质消失了，然后……然后变成了类似于海洋的东西！”为了让自己的话显得更有冲击性一些，彭东又顿了一下，他知道，这次自己不会再被打断了。

“诸位都清楚，思想家德莱尔认为海洋显然和岩浆一样，是一种液体物质。他研究了这种物质的声音传播特性，并且做出了描述。

我听过他的讲座，也数次于不同环境下亲自调查这种物质。覆盖在南大陆表面的那层晶体鞘就是固体海洋，和岩石一样，在接触岩浆之后，它就会熔化。”他又顿了一下，这次首领们简要表达了意见。

“你的观点极具科学价值，”他们的发言人最后说道，“但是我们必须承认，我们目前还没有发现这一观点的实用价值。从你的态度上，我们认为你已经有了一些想法，如果你能说下去的话……”他故意只把话说了一半。

“我的想法很简单。从虚空中渗入的氧气会杀死暴露于其中的人，有时甚至会污染岩石，让这些食物变得具有毒性，而海洋可以保护岩石免受氧气的影响。我们这座大陆大部分地区都有海洋保护，但也有很大一部分没有，因此，我们无法抵达位于上部的岩层。根据我在南大陆的发现，这处固体海洋很容易融化。覆盖那座大陆的固体海洋平均有一英里厚。所以我就有了一项可谓雄心勃勃的计划。如果我们将这座大陆加热，融化上面覆盖的固体海洋，那么得到的海洋会不会和其他海洋汇在一起，覆盖我们大陆上更广阔的一片区域呢？”

沉默持续了很长一段时间，没有人回答他的问题。彭东并不清楚首领们是在客观地考虑这个问题，还是在感性地对这个连他自己都觉得过于大胆的建议做出反应。首领们的第一个回应是以问题的形式提出的。

“为什么这种材料会覆盖这片大陆，而不是基本都留在原来的地方呢？你似乎想当然地就得出了结论。”

“我注意到，人们还很不了解，在虚空中，岩浆和海洋之类的液体物质都有怎样的性质，”彭东答道，“然而，众多观察结果强有力地表明，如果将岩浆释放到虚空中，它们会趋于铺展在大地表面。我承认，想要证明海洋是否也具有同样的性质还有待进一步的观察，不过它是否已经展现出了这样的性质呢？我们有理由假设，液态海洋会在它体积允许的情况下尽可能向外扩散。如果增加海洋的体积，它就应该继续向更远处扩散。至少咱们可以对这一点进行研究。我可以为你们指路，描述一下要如何前往南大洲，相关的必要实验几个人就可以完成。”

彭东计划的消息过了一些时间才传到思想家德莱尔那里。这有几个原因：一个是彭东在墨西哥湾下的那座城市对首领们进行汇报，而此时德莱尔还在距那里几千英里外的地方；另一个原因是德莱尔正身处战场之中。虽说这里是战场，但其实很难让人看出来。在这里，只能感觉到西南方向的地震带传出的影像和声音。对德莱尔而言，这两种感官信息完全是一样东西，他唯一的远程感觉系统只会对地壳中的冲击波产生反应。他自己把全部注意力都集中在一件与战斗无关的事情上。但他手下至少一半的研究人员都将他们的液态身躯伸展开来，连接成一张大网，将整个实验区域都围了起来。人们认为，那些来自亚洲大陆的野蛮人若想靠近，肯定会触碰到这张网，将自己暴露出来。

令德莱尔感兴趣的是一处洞穴，在他们这一族居住的那个深度上，根本没人听说过这种东西。几乎所有空旷的空间都离虚空非常近，他的族人们认为它们都是外部虚空的延伸，而且其中差不多无一例外充满了氧气。氧气会污染地底居民们食用的岩石。火成岩中偶然会出现气泡，当然，这些气泡里都充满了岩石本身产生的气体。但一般来说，他们都很难接近这些气泡。德莱尔他们一族可以像墨水穿过吸墨纸那样穿过岩石，但他们无法穿过会产生气泡的那种物质。

这处洞穴是少有的不符合这些规律的例外。岩石本身并不算疏松，无法轻易穿透，但地震应变在石头上产生出了一系列细小的裂缝。如果努力的话，还是能够慢慢挤进去的。

德莱尔曾经从远处观察过这处洞穴，但是他现在看到的东西却完全不存在于他的记忆或知识范围之中。火成岩中的这枚气泡上半部分恰好位于岩层顶部，它的上面是一层沉积岩。两个岩层之间，一道薄岩床从几英里外的一处岩浆池中延伸过来。这处岩浆池的能量源在遥远的地底深处，那也在德莱尔的知识范围之外。鉴于上方岩石的性质，这处岩床很可能在未来发育成一处岩盖。但目前，这并不是科学家们关心的问题。岩浆正在逐渐逼近气泡，他想看看在真正“空旷的”空间内被束缚的高压气体会对熔岩产生什么样的作用。幸运的是，这种现象只会在这里发生。来自西南方向不停的微小震动使整片地区的所有事物都清晰可见。如果调查人员想要进行进一步的研究必须自己发出声音，若有亚洲的野蛮人从临近的地层上穿过，这里的情况将会变得非常危险。

德莱尔事先想象了一下熔岩进入气泡之后可能产生的现象，但和所有出色的科学家一样，他也不允许这些想象影响他的观察。他打算观察这里发生的一切，把注意力完全集中在那块特殊的岩石上。他的一位助手之前在最近的那座边境城市短暂休假，此时刚好归来，但就算是这也丝毫没有分散德莱尔的注意力。这位助手虽然带来了会令他感兴趣的消息，却也完全不敢打扰他。因为现在，岩浆已经离气泡非常近了。和那位首席科学家一样，这位刚刚抵达的助手也想象着那股热流体进入空腔内，沿四周的岩壁进行环流，从边缘开始慢慢填满气泡。和德莱尔一样，他对气体的一般性质还只有非常粗浅的了解，所以并没有想到在他的想象成真之前，气泡中的蒸汽肯定会首先溶解在岩浆中。而且和他的首席科学家一样，他也并不清楚可能有其他力也在产生作用。他们这一族中没有哪个人见到过非密闭空间中的流体，也没有哪个人见到过自由液面。接下来，他们就将目睹一种全新的现象。

去猜测看到实际情况之后哪个人最为惊讶，这样的问题毫无意义。但要问哪位观察者首先反应了过来，答案却是毫无疑问的。德莱尔看到第一滴液体流到空腔的开口处，接着直接穿过空腔来到了另一侧的岩壁上！他一下子惊呆了，但他仔细而精确地注意到了更多的岩浆跟着涌了过去。液滴汇成了一股细流，逐渐在气泡开口的对侧积成了一处岩浆池。岩浆池不与空腔壁接触那一侧似乎会形成一个平面，但不断注入的细流干扰着岩浆平面，扰动从液体落下的冲击点开始在液面上向四面八方进行扩散。从没有哪位观察者见到过，甚至想象过这种波，就连卫兵们的注意力都被它吸引了过来，而卫兵们的失职可能造成灾难性的后果。等到熔岩填满了气泡，人们才开始移动、开始说话、开始抛开几百码外出现的那种现象想些别的。但即便如此，大部分的人都在等待德莱尔发表意见。他喜欢把助手们当作需要指导的学生，而不是可能仅仅对结论产生深刻印象的外行，他以一个问题开始了评论。

"作用在液体上的普通压力能否解释它的行为？"

"不完全能。"答案来自团队的其中一位成员。

"为什么呢？压力可以迫使液体在岩层间流动，甚至流进岩石孔隙，为什么它无法使液体在没有阻力的空间中形成一股细流呢？"

"我想应该可以吧。但是我并不明白岩石是如何能够在没有真正接触液面的条件下对其产生压力的。似乎有某种看不见的物质压在这个液面上，这种物质不仅看不见，还能够任由流入岩浆池的岩浆通过，而不会流到别的地方。我很难想象这样的物质如何存在。"

"我也是这样想的。你对岩石压力这一观点的异议似乎也说得通，那么还有其他人能够做出解释吗？"他停顿了好一会儿，但就算有哪位助手有想法，他也没能好好整理思绪把观点表达出来，"那么这样看来，肯定有某种我们还不熟悉的力参与其中了。这意味着所有人手中的数据都可能于此相关。卡尔波尔，列出你观察到的认为可能有用的材料。”

他的学生立即做出了回应。

“这片火成岩的主要成分是硅酸镁，其临近地层主要成分是碳酸钙。这枚气泡直径约十五英尺，一处几乎与岩层边界正切。而岩层边界又平行于距此地约一英里半的虚空边界。岩床的前缘正以每小时六英寸的速度前进，其本身的厚度约为……”

“不错，就到这里吧。塔利斯，你还有什么要说的吗？”另一名学生拿起了清单，刚到现场的那位助手已经在这激烈的讨论中忘记了他带来的消息。等到他想起来，众人已经建立起了一种假设。

“有可能，”德莱尔总结道，“存在某种未知的力，可以推动液体远离虚空，使其（至少）达到其自由运动所能抵达的最远距离。总之，我们的单次观测得到了这样的结果。所以我们应该在更深的地层寻找其他更容易观察的空洞，确定这个力可以从虚空边界向下传递多远。如果情况允许，我们还可以研究除液体外，其他物质是否会受到这种力影响。”

“我很好奇，如果这种力真的存在的话，它对彭东计划会造成怎样的影响呢？”那位刚来不久的助手突然想起了他带来的消息。

“彭东计划是什么？另一份防御计划？”

“并不是。”这位科学家表示，彭东发现了南极大陆，还描述了覆盖在那片大陆表面的固体海洋。“他计划融化这种物质，从而保护更多的岩石免受虚空中氧气的影响。这项计划已经得到了这片大陆超过一半的城市首领积极支持，各方已经开始着手对南大陆进行更为彻底的考察。”他总结道。一名学生立即插话。

“但是如果这个力存在，而且海洋也和岩浆一样会受到它的作用，那么，融化形成的新海洋会不会仅仅平铺在已有的海洋上方，根本无法保护更广阔的土地呢？”

“很有可能，”德莱尔回答，“执行这项计划会耗费大量的人力物力，而且可能影响边疆防御，所以现在我们必须尽快确认这个力的存在以及研究它的性质。”

“但是如果现有的海洋面积不是太大，”另一个人插话了，“就算新形成的海洋覆盖到了现有的海洋上方，能够得到保护的区域同样可能会大大增加。”

“有可能。但首先咱们必须先去了解虚空内的这个世界究竟有多大，了解这个世界表面有多大面积被海洋覆盖，否则不能去冒这个险。咱们必须寻找更多的气泡。这个碳酸盐岩层似乎与数千平方英里的火成岩接触。现在分成三组进行探索吧。如果遇到野蛮人，请立即呼救，军事人员就在后方不远处。这一点非常重要。”他转过身面对那位带来这条消息的助手：“我猜想他们计划将岩浆池引向虚空边界，让岩浆流接触到那边的固体海洋，将其融化。”

“那项计划大概就是这样的。不过他们不仅打算在南大洲实施这项计划。在咱们生存的这片大陆上也同样可能存在大量这样的固体海洋。但是因为咱们无法靠近虚空边界，所以一直没能发现它们。这样一来所有便于靠近的岩浆池就都能利用上了。那些伸到虚空中的轻质岩石可能无法接近，但那些进行过调查的规划者表示，如果熔岩的附着能力够强，其他所有地区（超过整片大陆的四分之三）都可以很容易地被它们覆盖。”

德莱尔回头看了看那个气泡：“如果那种力可以作用在虚空以及其附近的岩石上，那么熔岩就可以覆盖在大陆表面。但这可能会造成整个计划比我想象的更加劳民伤财，他们肯定会把边疆地区的守军调回来。这样一来等到最后，来自亚洲的野蛮人与来自欧洲的野蛮人就能在咱们的尸体周围大打出手了。还是先去寻找气泡吧。”德莱尔加入了其中一支搜索队。相比于熔岩覆盖美洲大陆的大部可能造成的影响，他更担心的是这次搜索行动效率低下，甚至可能徒劳无功。毕竟，他从来没有听说过，而且也许永远不会听说人类这个种族。

若是在北美大陆的其他地区，他的团队可能无法很快找到他们想要的东西。熔岩流延伸到了浅海处，变硬，之后以一定的速度埋在石灰质碎屑下，然后迅速而稳定地下沉，在硬化的熔岩上形成一个厚厚的石灰岩帽。如果其他地区也存在这样的地质结构，那么最后，要么它已经抬升到了德莱尔他们一族无法接近的地表上，要么被压到了下面，变成了他们认知范围以外的物质。不过这里有很多空腔，其中很多都被硬化成石头的石灰质填满了，很多虽然很容易看到，但位置太深了，都处于无法穿透的岩浆区域，不过还有不少里面是中空的，也很容易接近。曾经填满空腔的水早已变成了上覆岩石中的水合物，现在，空腔里只有熔岩产生的气体（通常是碳的氧化物，有时甚至是硫的氧化物）。这些并没有影响到调查人员，不久之后，其中一支搜索小队报告了一个理想的调查点。人们立刻聚集在现场，计划很快就制订好了。

这次周围并没有距离足够近的岩浆池，可以被“撩拨”起来用于引发一场岩浆移动，但是这没有困扰到德莱尔。他见过这种条件下熔岩的行为。他迅速发出了命令，一群液态身躯聚集在了气泡正上方的石灰岩上，开始……大快朵颐。他们吃得很仔细，慢慢地，一大块石灰岩碎片从岩层上分离了下来。这个位置正处于气泡的正上方，石灰岩离开了原来的基质，落在了空腔顶部那薄薄的硅酸盐岩层上。这个薄岩层满是裂纹。裂纹非常细小，但能够满足科学家们的需求。他们把液态身躯渗进裂缝里，让岩石颗粒慢慢松动，薄薄的岩层变得越来越脆弱。他们每个人的力量都很小，仅用这庞大却带有流动性的液态身躯，他们连一粒沙都举不起来。但这个岩层上有一处曾因短暂暴露在海洋中而留下的脆弱区域，随着岩层沿这块区域开始溶解，熔岩一点一点地开始了移动。

工作即将结束，人们小心地待在了距这处薄层比较远的地方，仅伸出细小的伪足完成剩余的工作。实际上，他们中大多甚至退到了更远的地方，以便进行观察，两名助手完成了最后的工作。熔岩顶部突然崩塌，他们刚刚分离出的那块石灰岩掉进了洞中，德莱尔已经做好了准备。

在这片空间内，这块石头像岩浆一样，撞到了离虚空最远的石壁上，甩出了几块碎片。碎片飞散开来，随后又回到了离破碎的空腔顶部最远的地方。看到这些，谁都没有感到惊讶。那种力显然存在，它似乎对固体和液体都起作用。熔岩顶部的碎片也服从了这个力无形的拉拽。就目前见到的情况而言，没有一块从虚空方向离开的碎片可以抗拒这个力的支配。

德莱尔一言不发地穿过石灰岩来到了那处开口上方。在这里，他把身体缩到了体积最小的状态，小心地开始分解身边的岩石。他之前就想去气泡内岩石落地的那部分区域，但发现这不可能。可供通过的小裂缝只分布在熔岩表面一两英尺范围内。现在他又打算过去，顺便再看看这个刚刚发现的力会对生物有什么样的影响。结果他得到了答案！

他待的那块石头和之前那块一样，松脱了下去。德莱尔成了他们这一族中第一个体验重力加速的个体。他也率先发现下落过程中最引人注意的部分就是最终他会突然停止。下落的冲击并没有伤害到他，毕竟他习惯了在产生地震应变的地区旅行，并利用由此产生的冲击波观察周围的事物，但是整个过程依旧有些出乎他的意料。

首先，石头落下来的时候翻了个个儿，他们一族也没有人曾经经历过突然出现的方向相对变化。他花了几秒钟才意识到，发生移动的是他，而不是周围的宇宙。

明白了这一点之后，他开始离开他所待的那块石头。在这样做的过程中，他学到了重力最让人痛苦的一课。

德莱尔的身体是由液体构成的。这种液体主要由碳氢化合物组成，密度比水小，刚性也不比水强。所有的支撑通常是由现在他所"浸泡"的岩石提供的，他通过控制液体的表面张力进行移动，就像变形虫，或是人类的肌肉运动一样。然而没有了岩石的支撑，他只不过是一个油坑，一旦开始移动，他就完全停不下来了。他所骑的那块石灰岩块并不完全处于巨大的空腔底部。因为附加了他的质量，石头开始向位置最低的支撑点滑了过去。他可以选择待在石头上，或者被撕开。但和那些固体有机生物差不多一样，他也讨厌后者。他跟着石头滑了过去。五秒钟之后，他来到了玻璃般无法穿透的熔岩碗底部，成了一摊完全无助的液体生命。在那里，他甚至无法在身体表面上激起一丝波澜。

他仍然可以进行交流，熔岩有着极好的传声性。但他表现得并不怎么聪明。他的学生们只能听到一系列无休止的警告，远离空旷的空间，避免和这种力打交道，离开这附近，让他死在这里，但是一定要把这份警告传达给整个世界。总之话很少，但歇斯底里。如果德莱尔没那么慌乱，他一会儿就能看出门道来。但是现在，人们也不能怪他。若是一名人类突然发现自己完全被嵌在混凝土中，仍然活着，能够呼吸，能够说话，他也许就能稍微感受到这位科学家的情绪。至少人类可以事先隐约想象出这种状况。而德莱尔他们一族的任何一名成员都无法预见他身上究竟会发生什么。

幸运的是，大部分学生都保持着冷静。正是一名冷静的学生看到了解决方案。石灰岩小卵石开始落到德莱尔的身边，有时甚至落入他体内，德莱尔恢复了理智。这样填石头是一个非常、非常耗时的工作，但最终，石中居民完成了海洋在一亿年前未能完成的任务，空腔中填满了石灰岩。但就算是现在，前进也不容易，因为颗粒之间的空隙太大了，而德莱尔也对空旷的地方产生了强烈的反感。但至少他可以进行移动了，终于他再次来到了可怕的洞穴之外的那块适宜居住、可以通行的舒适的岩石上。休息了很长一段时间之后，他终于说话了，他的话非常有说服力。

“无论将来我们了解到这种力的什么性质，都不会有谁怀疑它的真实存在。我希望你们都不要感受到它。那些从上面向下扔石头帮我逃跑的人，都比战士或探险家们冒着更大的风险。我很感激你们，请相信我。

“除了这个力的存在之外，我们还知道了一点，那就是它并不总是垂直于虚空边界。”听众中出现了一丝微弱的惊讶，但是很快，他们就发现这位科学家是正确的。在这个地区附近，虚空边界非常不规则。岩石会非常频繁地突出至虚空内，有时会突出超过一英里。没有哪个方向可以说是垂直于那条边界。

“这就只剩下两种主要可能了。一种是这个力的方向是随机的，而海洋会因此聚集在特定的地方。如果是这样的话，那么这个彭东计划是没用的。新的海洋将简单地叠加到旧的上方，根本不会覆盖在大地表面。另一种是这个力似乎根本不会延伸到虚空中。在这种情况下，送到上层的岩浆可能会像以往一样在虚空边界蔓延，除此之外，我们根本不知道会发生什么事情。我们甚至无法猜测融化的海洋将会怎样。

“在我看来，这是一个非常不明智的计划，我们不能在无法保证计划能够成功的情况下，就将防御兵力转移到这个计划上。我会去最近的城市表达我的意见，亚洲部落趁机袭击的风险太大了。有没有人有不同的意见，或更好的计划？”

“可以先做一件事。”是塔利斯，这群人里最自信的一个，“因为无知而搁置这项计划就和因为浪费精力而搁置它一样，都不明智。我强烈建议在向城市首领表达意见之前，先了解一下这种力在边界外的性质。至少咱们可以建议将这项计划推迟到能够获取这种力的相关数据之后，而不是将其取消。”

“你要如何确保能够获得数据？”

“我不知道。但是咱们这里有一支出色的研究团队。在没有努力做出尝试之前，我完全不认为这项研究毫无希望。”

“数据必须非常精确，而且数据量要足够，这样才有说服力。这个问题对于我们同胞的未来至关重要。”

“我知道。在研究过程中要保证数据的精确性，这一点不是一种普遍共识吗？”

德莱尔沉思了一会儿。“当然，你是对的，”他最终说道，“我们会建议推迟彭东计划。你们两个把这条信息带回城市。我们其他人会开始设计方法了解融化的海洋是否会在大地表面进行扩散。如果发现答案是肯定的，我们就用熔岩覆盖美洲大陆。如果不行，就让岩浆池留在原地吧。现在，请大家提出有关实验方式的建议。”

（繁星　译）

文学，何乐而不为？

1949年，由J. 弗朗西斯·麦科马斯和安东尼·鲍彻联合主编的《奇幻与科幻杂志》（简称*F&SF*）创刊——鲍彻的真名是威廉·安东尼·帕克·怀特，但大家都叫他托尼。我们并不知道二人在编辑工作上的分工，但是给作者回信、为杂志定调的人是鲍彻。

后来我们知道，鲍彻为*F&SF*定下的基调是文学性。朱迪斯·梅丽尔称鲍彻是“一位学识深厚、兴趣广博、品味高雅、好奇心异于常人、幽默感丰富的人”。在此之前，鲍彻为人熟知的身份是一位神秘小说作家和批评家。他想刊登在*F&SF*上的，是将写作质量作为关键考量的小说。

把“科幻”和“奇幻”同时放进杂志名，这种做法的意义不言自明：由于不受现实限制，奇幻可以将重点放在风格、情绪和角色上，因此与传统文学距离更近。这也是一种大胆之举：人们普遍认为，科幻读者都是纯粹主义者——如果读者碰巧既喜欢科幻也喜欢奇幻，他们更希望二者分别出现，绝不愿意看到不顾区别将二者混同的情况。这种行为在当时看来像是异端——为坎贝尔所不齿，稍后也将令戈尔德所厌恶——但它契合了鲍彻刻意忽视类型特点的态度。

鲍彻的努力开启了打破藩篱的过程，这些藩篱既存在于各种类型之间，也将整个领域与外界隔绝。他在 *F&SF* 上发表了笛福、狄更斯、伦敦、史蒂文森、伍德豪斯、萨基[1]、普里斯特利、福里斯特、福斯特、科利尔[2]、法斯特等人作品中的短篇故事。他将刊登在文学杂志上的小说二次发表。他为小说写出注解，将它们与其余的文学联系起来。他在封底印出广告，邀请克利夫顿·法迪曼和巴兹尔·达文波特等主流文学人物向非类型文学读者推荐 *F&SF*。

F&SF 吸引到了新的读者。一些读者同时也是《惊异》和《银河科幻》的读者，但是总的来说，每本杂志都有属于自己的读者群。*F&SF* 的读者群更小，但论忠实度却毫不逊色。

F&SF 也吸引到了新的作者。每当市面上出现一本编选条件与众不同的大型杂志，就会有新的作家从藏身之处现身，好像他们一直在等待一个信号，好让自己从梦中醒来。*F&SF* 甫一面市，许多作者就向这本杂志贡献了自己的处女作，例如克里斯·内维尔、H. 尼尔林、理查德·马西森、阿瑟·波格斯、米尔德里德·克林格曼、雷金纳德·布莱特诺和泽娜·亨德森等。这本杂志也促使业已成名的作家创作了一些新式作品。

阿尔弗雷德·贝斯特（Alfred Bester）就在其列。1939 年起，在《惊险神奇故事》杂志举办的一次小说比赛中，贝斯特凭借《破碎的公理》（“The Broken Axiom”）赢得了 50 美元的奖金，从此走上科幻之路。他与编辑莫特·魏辛格（Mort Weisinger）合作无间，因此当后者转去担任《超人》漫画的编辑后，贝斯特也一同前往。他从撰

1. 即英国小说家赫克托·休·芒罗（Hector Hugh Munro），其笔名为萨基。
2. 与创办《科利尔》杂志的那位 P. F. 科利尔无关。

写漫画脚本起家，后来逐渐开始创作广播剧和电视剧的剧本。最终，他成为了专职采访记者，而后又成为了《假日》杂志的资深编辑。

与此同时，他继续偶尔创作短篇科幻，尤其是在20世纪50年代初期，H. L. 戈尔德劝说他向《银河科幻》投稿以后。经过漫长的电话讨论，贝斯特想出了一个点子：在人人都会心灵感应的社会中，一名杀人凶手如何生存。最终这个故事被写成了《被毁灭的人》（*Demolished Man*，1953）。这部长篇小说对角色的注重，它的文字风格，以及眼花缭乱的复杂细节，使它一经发表就大获成功。四年后，他又创作了《群星，我的归宿》（*The Stars My Destination*，1956），其英国版名为《虎！虎！》（*Tiger! Tiger!*）。这是贝斯特对“基督山伯爵”故事的科幻改编，他把情节设置在一个基于空间传送的社会当中；一些评论家对这部小说的评价高于《被毁灭的人》。

贝斯特的科幻声名建立在这两部长篇小说之上，但在创作两部小说的间隙，以及第二部小说发表以后，他依然在*F&SF*上发表了一系列精彩的短篇。与之前发表在《银河科幻》上的长篇小说相比，这些短篇作品失去了紧凑的情节，更多注重的是主题和风格。这其中包括《5271009》（1954）、《别无选择》（1952）、《杀死穆罕默德的人》（1958）、《π 人》（1959）、《小星星，亮晶晶》（1953）、《昨日不再》（1963）和《惬意的华氏度》（1954）。

在贝斯特最优秀的短篇小说中，很少展现出前辈科幻作家迫切关心的那类主题——人类的命运。这些小说更看重个体，而非整个族群。它们用科幻的题材去探索人性和人际关系这类永恒问题，而非发明新的创意；它们更注重用旧有的科幻素材编织新的图案，而不那么关心现实。如同《群星，我的归宿》那样，贝斯特将那些完全可以用现代小说来阐述的话题，用科幻的语言翻译了出来。

这是另一股未来的浪潮。

《假日》破产后，贝斯特重回科幻，发表了《电脑连接》(*The Computer Connection*，1975)，这篇小说连载于《类比》时曾以《出尔反尔》(*The Indian Giver*，1974)为名。他科幻生涯的最后两部长篇小说，是《石魔 100》(*Golem100*，1980)和《欺骗者》(*The Deceivers*，1981)。1988 年，贝斯特荣获美国科幻作家协会大师奖。

(穆童、憬怡　译)

惬意的华氏度

［美国］阿尔弗雷德·贝斯特

近来他搞不明白我是我俩中的哪一个，但是他们了解一个事实。你只能拥有自己，你必须拥有自己。你必须创造自己的生活，自生，自灭……否则就会在他人之死中沉溺[1]。

在派瑞根三号上的稻田绵延数百英里，阡陌纵横，在燃烧的橘色天空下，像蓝褐交织的马赛克，又似一部西洋跳棋的棋盘。傍晚时分，田野里云烟飘荡，稻谷瑟瑟，喃喃轻响。

我们逃离派瑞根三号星的那个傍晚，长长一队人穿过稻田行进。朦胧夕照里，他们的身影如一长排塑像；默不作声，荷枪实弹，全神贯注；人人持着一把枪。每人都戴着对讲机腰包，耳中塞着纽扣扬声器，咽喉处夹着麦克风，手腕上系着发光的探测器，屏幕像绿宝石表面的手表。众多荧屏上展示出多条穿越稻田的不同路径。信号器里传出的只有脚步的沙沙声，泼溅的水声。这些人寡言、话音低沉，每个人的话都被发布给全体人员。

---

1. 从小说第一段开始，这种意识错乱导致的代词与称呼错位就一再出现。主人范达勒与他的仿生人在严重的“心理投射”机制下产生了认知混乱，有关这两人的表述中，“他”和“我”，“他们”和“我们”或是客观指代的“范达勒”、“仿生人”这些第一、二、三人称与具体姓名指代的对象，时而正常，时而错位，时而自述，时而抽离成上帝之眼。

“这里什么都没有。”

“这里是哪儿？”

“詹森田。”

“你向西晃过头了。”

“接近那条线了。”

“有谁检查过格里姆森田吗？”

“查了。什么都没有。”

“她不可能走这么远。”

“也许会被别人带过来。”

“你认为她还活着吗？”

“凭什么认为她死了？”

搜索队长长的队伍中，类似的对话被缓慢地前后传递。他们朝着苍茫的暮色前进。搜索队列如扭动的蛇摇摆不定，但一直坚持不懈地向前突进。一百人，人均相隔五十英尺，排开五千英尺吓人的搜查队列。这充满义愤与决心的队伍，穿过方圆一千英里的炎热地区。夜幕降临了。每个人都点亮了搜索灯。扭动的蛇行队伍变成了一条闪烁晃动的钻石项链。

“这里搜过了。没有发现。”

“这儿没有。”

“没有。”

“艾伦田那边如何？”

“正在全面搜索。”

“我们是不是把她找漏了？”

“也许吧。”

“我们折回去再查查。”

“那得花上一整晚呢。”

“艾伦田清查完毕。”

“真见鬼！我们一定要找到她！”

“我们会找到她的。”

“她在这儿。第七区。接收。”

队伍停住了。钻石在热浪中凝固。一片寂静。每个人都望着腕上闪光的绿色屏幕，将它切换到第七区。所有人调到同一个频道。所有的屏幕都显示出这样的景象：一具小小的、赤裸的身体泡在水田里，旁边的铜桩标着稻田所有者的名字——“范达勒”。队伍的末端聚集到范达勒田。项链变成了一簇星星。一百个男人围着一具小小的赤身，一个死在稻田里的孩子。她嘴里没有水。她咽喉上有指印。她无辜的面孔被打烂了。她的身体支离破碎。皮肤上凝结的血液已经结痂发硬。

“至少死了三四个小时。”

“她嘴里是干的。”

“她不是淹死的，是被人打死的。”

在黑夜的闷热中那些人轻声咒骂。他们抬起尸身。有人拦住他们，指指那孩子的手指甲。她和谋杀犯搏斗过。指缝里留有肉屑和猩红的鲜血，液态的血，仍然没有凝结。

“按说这血也该凝了。”

“怪了。”

“没什么奇怪的。有哪种血不会凝结？”

“仿生人。”

“看来她像是被仿生人杀死的。”

“范达勒就有一个仿生人。”

“仿生人不可能杀她。”

“她指甲里的血就是仿生人的。”

“最好让警察查一下。”

“警察会证明我是对的。”

“但是仿生人没法子杀人。”

“那是仿生人的血，不是吗？”

“仿生人不能杀人，制造他们的时候就是这么设定的。”

“看来有个仿生人是次品。”

“我的天！”

那天，温度计显示的气温是令人愉快的 91.9 华氏度[1]。

于是我们俩——詹姆斯·范达勒和他的仿生人，中途登上“派瑞根皇后号”，前往麦加斯特五号行星。詹姆斯·范达勒一边数钱一边抽抽搭搭。和他一起住二等舱的是他的仿生人，一个长着蓝色大眼睛、容貌典雅、体型健美的合成人造人。在他的额头上有两个浮雕般凸起的字母“MA”，标志着这是一只稀罕的多功能智慧仿生人，当前市价五万七千美金。我们就在那里，一个抽抽搭搭地数钱，一个冷静地观望。

“十二，十四，十六。一千六百美金，”范达勒抽泣着说，“全在这里了。一千六百美金。原本我的房子就值一万。土地值五千。还有家具，汽车，我的油画、版画藏品，我的飞机和我的……可现在除了一千六百美元我什么都拿不出来了。主啊！”

我从桌旁跳将上去，出其不意地攻击那个仿生人。我从皮包里扯出一条皮带抽它。它纹丝不动。

“我提醒你，”仿生人说，“我现在市值五万七千美元。我必须警告你，你正在危害贵重财产的安全。”

1. 约为 33.28 摄氏度。

“操你妈的疯机器。”范达勒吼叫。

“我不是机器，”那仿生人答道，“机器人才是机器。仿生人是一种化学的人造机体。”

“你脑子进水了？”范达勒叫道，“你为什么要那么干？去你妈的！”他狠狠地鞭打仿生人。

“我必须提醒你，你没法惩罚我，”我说，“仿生人的合成机体中并未加入快乐和痛苦的感受机制。”

“那么你为什么杀她？”范达勒大吼，“如果不是为了找刺激，你为什么——”

“我必须提醒你，”那仿生人说，“这种飞船的二等舱是不隔音的。”

范达勒丢下皮带，气喘吁吁地站在那儿，直勾勾地盯着这个属于自己的仿生人。

“你为什么那么干？你为什么杀她？”我问。

“我不知道。”我回答。

“刚开始还只是搞些恶作剧。一些小动作。一点小破坏。那时候我就该知道你出问题了。仿生人不会搞破坏。它们不能损害人类的利益。它们——”

“仿生人的合成机体内并未添加快乐和痛苦的感受机制。”

“然后你开始纵火。随后是更严重的破坏。后来开始攻击人类……殴打参宿七上的那个工程师。你出的事一次比一次糟糕。每次我们都不得不更快逃离现场。现在竟然杀了人。天啊，你到底怎么啦？出了什么事？”

“仿生人大脑里没有安装自检设备。”

“每一次我们被迫逃走，我们的处境都每况愈下。看看我。住二等舱。我，詹姆斯·佩欧勒格·范达勒。曾经我的父亲是地方首富——可现在，统共只剩一千六百美元。加上你，这就是我的全部财产了。天杀的你！”

范达勒又举起皮带，作势要抽打仿生人，可马上又扔下皮带，颓然瘫倒在铺位上，呜咽不已。终于，他振作起来。

“指令。”他下令。

多功能高智能仿生人立刻做出反应，挺身待命。

“从现在起我的名字叫瓦伦丁。詹姆斯·瓦伦丁。我在派瑞根三号星仅停留过一天，以便转乘去麦加斯特五号星的飞船。我的职业：仿生人代理商，以出租一个私有的多功能智慧仿生人为生。此行的目的：移民麦加斯特五号行星。按这个内容把证件改好。”

仿生人将范达勒的护照和文件从包里取出来，找了钢笔和墨水，坐在桌边。以他那双准确、熟练的手——一双擅长写作、绘画、雕刻、印镂、拍照、设计、创作和建造的手——精心地替范达勒伪造了新的证件。它的主人一脸惨相地看着我。

“创作和建造，”我喃喃，“现在再加上搞破坏。上帝啊，我该怎么办？老天！倘使我还能摆脱你该多好！如果我不是被迫靠你为生，上帝啊，我宁可当时继承的不是你，而是一些胆量。”

达拉斯·布雷迪是麦加斯特五号星上顶尖的珠宝设计师。她身材又矮又壮，毫无道德观念，且是个花痴。她雇佣了范达勒的多功能智慧仿生人，安排我在她的作坊里干活。她勾搭上了范达勒。一天夜里，她在床上突然问：“你的名字叫范达勒，是不是？”

“是，”我轻声说道，然后，“不！我叫瓦伦丁。詹姆斯·瓦伦丁。”

“派瑞根星上发生了什么？”布雷迪问，“我本以为仿生人不能杀人或者损害财产。在他们被合成制造的时候就接受了这样的原始设定，终极禁令。每家公司都担保他们的仿生人不会那么干。”

“瓦伦丁！”范达勒坚持说。

“嘿，别装了，”布雷迪说，“我都知道一礼拜了，可我并没有叫警察，不是吗？”

“我叫瓦伦丁。”

“你想证明这一点吗？你想要我叫警察吗？”布雷迪探身拿起床边的电话。

“看在上帝的分上，求你了！”范达勒跳起来，挣扎着要从她手里夺走电话。她把他挡开，对他哈哈大笑，直到他瘫倒在地，羞愧而绝望地哭泣。

“你怎么发现的？”他终于问。

“报纸上充斥着相关的报道。而且瓦伦丁和范达勒发音[1]靠得有点太近了。那可不大聪明啊，是不是？”

“你说得不错。我是不大聪明。”

“你的仿生人案底可了不得啊，是吗？攻击人类。纵火。破坏。在派瑞根星上又出了什么事？”

“他绑架了一个孩子。把她带到水稻田里杀害了。”

“强奸她了吗？”

“我不知道。”

“他们会抓到你们的。”

“难道我不知道吗？我的天，我们已经一直不停地逃了两年了。两年里换了七个行星，这两年里我准保耗掉五万美元的财产了。”

“你最好搞清楚它出了什么毛病。”

“怎么搞清楚？走进一家修理店要求他们彻底检修吗？我该怎么说呢？‘我的仿生人刚刚变成了杀人犯。把它修好。’他们会立刻叫警察的。”我开始发抖，“他们一天之内就会把那个仿生人拆掉。而

---

1. 瓦伦丁（Valentine）与范达勒（Vandaleur）的英文发音接近。

我很可能会被当成杀人案的同谋定罪。”

“在它还没杀人之前，你干吗不把它送出去修一修？”

“我冒不起那个险。”范达勒生气地解释，“如果他们给它做个脑白质切断术、改换仿生人体内的的化学配比，又或是动个内分泌手术来糊弄我，那兴许就会毁掉它的聪明才智。这么一来我还有什么可以拿出去租呢？我靠什么生活？”

“你可以自力更生。是人就可以。”

“干什么工作？你知道我一无所长。我拿什么同专业仿生人和机器人竞争？除了那些在特定领域有惊人天赋的奇才之外，还有谁能和他们较劲呢？”

“没错。那倒是真的。”

“我一辈子都靠我老爸生活。去他妈的！他却在死掉之前破产了。统共给我剩下那么个仿生人。我唯一的谋生手段就是靠它赚钱生活。”

“最好在警察找到你之前把它卖掉。五万美元够你生活了。用它来投资吧。”

“收取百分之三的利息，一年一千五百美元？可这个仿生人的回报是它市价的百分之十五，一年八千美元[1]。它能赚那么多。不，达拉斯，我只能继续靠它过下去了。”

“那你怎么控制它的犯罪冲动呢？”

“我毫无办法……只能静观其变，祈祷它别再犯事。你准备拿它怎么办？”

“没法儿办。这不关我的事。只有一条……让我装聋作哑可得有点好处。”

---

1. 如以仿生人所报的精准价格五万七千美元来说，一千五百美元和八千美元都不准确，但这只是范达勒对话时以底价五万美元所做的约略推算。

“什么？”

“这仿生人得免费为我工作。让别人给你付钱吧，但我要免费使用。”

多功能智慧仿生人干活，范达勒则攒起了它的租用费。他的开支有了着落，积蓄渐长。当麦加斯特五号星从温暖的春季转入炎热的夏天，我开始考察农场和其他的产业。只要达拉斯·布雷迪别太贪心，一两年内，我们就有可能攒够钱在这里永久地安顿下来。

夏季转热的第一天，仿生人在达拉斯·布雷迪的作坊里唱起歌来。它在电炉上不停地绕着圈。暑气和电炉的热气炙烤着整个作坊。仿生人唱着一首在半世纪前曾经风行一时的古老歌谣。

> 哦，战胜高温很容易！
> 没问题！没问题！
> 我们快来把舞跳
> 真灵巧真灵巧
> 要冷静，别张扬，
> 宝贝儿啊……[1]

它用一种怪异的、吞吞吐吐的声音歌唱，熟练而工巧的手指交叉反剪在身后，用一种与身体动作脱节的怪里怪气的伦巴舞节奏扭动起来。达拉斯·布雷迪很惊讶。

“你有那么高兴吗，还是出什么事了？”她问。

---

1. 原文中含有俚语和土话，并无真实出典，但可能受当时流行的爵士乐歌曲影响，原文用词也更强调音韵效果。这首歌中的只言片语在后文中大量出现，每次都可看作叙述者精神错乱的一种表征。

“我必须提醒你，仿生人的合成机体中并未添加快乐和痛苦的感受机制。”我回答，“没问题！没问题！真灵巧，真灵巧，要冷静，别张扬，宝贝儿啊……”

仿生人的指头停止扭动，拣起一把沉重的铁钳。它将钳子伸进炽热的炉膛里，探身向前，凝视那可爱的熊熊烈火。

“当心，你这该死的傻瓜！”达拉斯·布雷迪惊叫起来，“你不怕掉进去吗？”

“我必须提醒你，我现在市价五万七千美元。”我说，“严禁毁损贵重财产。没关系！没关系！亲爱的……”

它从炉膛里夹出一坩埚炽热的黄金，转过身，以可怕的姿态雀跃，疯疯癫癫地唱着歌，然后将熔化的半固态的黄金浇到达拉斯·布雷迪的头上。她尖叫了一声，颓然倒地，头发和衣裳熊熊燃烧，皮肤烧得噼啪脆响。仿生人又唱又跳地再泼了一次。

“真灵巧真灵巧，要冷静，别张扬，宝贝儿啊……”它唱啊唱，慢悠悠地将熔化的金液倒了又倒。然后我离开了作坊，回到在酒店套房的詹姆斯·范达勒身边。仿生人烧焦的衣裳和扭动的手指让它的主人警觉大事不妙。

范达勒冲到达拉斯·布雷迪的作坊，目瞪口呆地张望了一眼就吐了，然后逃之夭夭。我有足够的时间打包，将随身带的值钱货色换了九百美元.他在“麦加斯特皇后号”上搞了间三等舱，那天一早，飞船驶往天琴座 A 星。他把我一起带走了。他抽泣，数钱，然后我又一次抽打了仿生人。

在达拉斯·布雷迪的作坊里，温度仪上留下的记录是漂亮的 98.1 华氏度。

我们藏身在天琴座 A 星一家大学边上的小旅馆里。在那里，范达勒小心地擦伤我的额头，直到字母MA在额头肿胀后褪色，乃至消失。那两个字母还会再出现，但那将是好几个月后的事了，范达勒希望在这段时间里，外界追捕那个MA仿生人的叫嚣可以逐渐被人淡忘。仿生人被租给大学发电厂当普通劳工。范达勒则冒名詹姆斯·瓦伦丁，依靠仿生人的微薄收入勉强度日。

我的日子过得还凑合。旅馆里其他的住户大多是大学生，生活同样窘迫，但却乐观开朗、青春焕发、热情洋溢。有一位迷人的姑娘，名叫万达，她目光敏锐，思维敏捷。她和男友杰德·斯塔克对于这段时间在星系报纸上追踪报道的仿生人凶犯特别感兴趣。

“我们一直在研究这个案子。”她和杰德在一次轻松的学生派对上说。这次派对恰好在范达勒的房间里举行。“我们知道它发生的原因，我们要写一篇论文。”他们的情绪很高。

“什么事的原因？”有人想知道究竟。

“仿生人的狂症。”

“显然是调节故障，不是吗？体内的化学机制错乱了。也许是一种合成机体的癌症，对吗？”

“不对。”万达抑制住心头狂喜，望了杰德一眼。

“那又是为什么呢？”

“某种特殊因素。”

“什么？”

“那是非常关键的因素。”

“哦，说说看吧。”

“不行。”

“不能告诉我们吗？”我关切地问，“我……我们对于仿生人可能出什么毛病很感兴趣。”

“不，范尼斯先生，”万达说，“这个想法非常独到，我们必须保护它。一篇这样的论文能养我们一辈子。我们不能冒险让别人剽窃我们。”

“不能给我们一点暗示吗？”

“不。暗示也不行。一个字也别泄露，杰德。但是我可以和你说到这个程度，范尼斯先生。我可绝不想当那个仿生人的主人。”

“你是指警察会抓他？”我问。

“我是指心理投射，范尼斯先生。心理投射！那就是危险所在……我不能再多说了。在这个问题上我已经说得太多了。”

我听见门外传来脚步声，一个嘶哑的声音轻轻地唱：“真灵巧，真灵巧，要冷静，别张扬，宝贝儿啊……”我的仿生人完成了学校发电厂一天的工作回到家，进了房间。我没有向大家介绍它的身份。我向它打了个手势，然后我立刻遵照命令去啤酒桶那边，接手范达勒的任务招待客人。它那熟练的手指以与身体不协调的伦巴节奏扭动着。渐渐地，它的手指不再扭动，而那古怪的哼哼声也消停了。

仿生人在大学里很常见。富有的学生除了拥有轿车飞机，还拥有仿生人。范达勒的仿生人没有招来别人的议论，但是年轻的万达眼睛很尖，头脑很灵光。她注意到我额头上的擦伤，而且她一心想着她和杰德要写的那篇青史留名的论文。在派对结束后，她和杰德上楼回房间，一路还在商议个不停。

“杰德，为什么那个仿生人的额头会有擦伤留下的青肿？”

“很可能是它自己伤着了，万达。它在发电厂干活。发电厂里的工人总会抛掷很多重东西。”

“就这个理由？”

“那还有什么缘故？”

“也许是为了遮掩什么。”

“遮掩什么？”

“遮掩额头上刻的字。”

“这说不通啊，万达。你不用看它们额头上的标记就能分辨出仿生人。正如你不用看汽车商标来认定它是一部车。”

“我的意思并不是说它想假装成人类。我的意思是它想假装成低级的仿生人。”

“为什么？”

“假设它额头上有‘MA’两个字母。”

“多功能智慧型？如果它可以赚更多的钱，那么范尼斯究竟为什么要浪费它的才能去烧炉子呢……哦，哦！你意思是它就是……”

万达点点头。

“老天！”杰德噘起嘴，“我们要怎么办？打电话叫警察？”

“不。我们还不确定它是不是MA仿生人。即使它真的是一个MA，而且正是那仿生人凶犯，我们的论文还是顶顶要紧的。这是我们的大好机会，杰德。如果它就是那个仿生人，我们可以做一系列的控制实验然后……”

“我们要怎么查证呢？”

“简单。用远红外胶卷。那就可以找出瘀肿下面还有什么。借个相机。买些胶卷。我们明天下午可以偷偷摸进发电厂，照几张相片。到时候我们就知道了。”

次日下午，他们偷偷溜进学校发电厂。里面很黑，阴森森的，炉门里燃烧的火光是这里唯一的光源。在火焰的呼呼声中，他们听到一个古怪的嗓音在嚷嚷，喃喃地歌唱，歌声在地下室里回荡：“没问题！没问题！我们快来把舞跳，真灵巧，真灵巧，要冷静，别张扬，宝贝儿啊……”他们可以看到一个雀跃的身影，伴随着它叫喊的音乐拍子，以一种精神错乱的状态跳着伦巴。双腿扭曲，胳膊摇摆，手指交缠而动。

杰德·斯塔克举起照相机，开始用远红外胶卷拍照，镜头对准那个不停起伏晃动的脑袋。这时万达尖叫起来，因为我看见了他们，挥舞一把擦得锃亮的钢铲子，向他们直冲过去。铲子把相机打得粉碎。它打翻了那姑娘，随后砍倒了小伙子。在倒地之前，杰德愤怒地嘶声和我拼斗，被我当头一记敲击，立马一命呜呼。之后仿生人把他们拖到炉边，慢慢地，恶狠狠地将他们投进了火焰。它蹦蹦跳跳地歌唱，然后回到我的旅馆。

发电厂的温度计记录着要命的 100.9 华氏度。没问题！没问题！

我们买了“天琴皇后号”的统舱票，范达勒和仿生人在飞船上打杂以换取三餐。在夜班值勤的时候，詹姆斯·范达勒总是一个人坐在统舱的头上，腿上放着一个硬纸公文包，对着包里的东西苦思冥想。这个公文包是他好不容易从天琴座 A 星带出来的全部家当了，是从万达房里偷出来的，上面标着“仿生人”，里面装有我病症的秘密。

但公文包里只有报纸而已。全星系各处出版的几十份报纸，有印刷的，微缩胶印的，雕版镂印的，胶印，复印的……参宿七的《星旗报》……派瑞根星的《小人物》……麦加斯特星的《时代先驱报》……拉兰德星的《使者报》，拉卡伊星的《新闻日报》……印地安星的《情报员》……埃瑞达尼星的《电讯新闻》。没问题！没问题！

除了报纸什么都没有。每份报上都记录了一次仿生人恐怖生涯中的犯罪事实。每份报纸也都登载了其他国内外新闻，体育、社会、天气、航运消息，股票交易行情，人们感兴趣的故事，特写、争鸣、谜语等等。在那一堆未经整理的事实中埋藏着万达和杰德发现的秘密。范达勒把这些报纸翻了个烂熟，还是毫无办法。他看不明白。

我们快来把舞跳！

“我要把你卖掉，”我告诉仿生人，“你这该死的。等我们在地球一着陆我就把你卖掉。我会靠你身价收百分之三的利息钱，好好安顿下来过日子。”

“我如今市价五万七千美元，”我告诉他。

“如果我不能把你卖掉，我就把你送到警察那里去。”我说。

“我是贵重财产，”我回答，“严禁毁损贵重财产。你不会让人把我毁了。”

“见你的鬼去吧，”范达勒喊道，“怎么？你还傲得很呀？你相信我舍不得你、一定会保护你，对不对？那就是你的小秘密？”

多功能智慧仿生人用冷静专业的目光注视着他，“有时候，”它说，“当别人的财产还是挺好的。”

“天琴皇后号”在克罗伊登[1]机场着陆时气温零下三度。覆盖着横扫机场的冰雪在飞船尾部喷射的火焰中嘶嘶作响，化为蒸汽。乘客们步伐僵硬地一路小跑，穿过黑乎乎的混凝土路面，去海关接受检查，之后坐上去伦敦的机场巴士。范达勒和仿生人没钱乘车，他们是步行去伦敦的。

午夜时分，他们抵达了皮卡迪利广场。十二月的冰暴尚未减弱，厄洛斯的雕像[2]外面结上了一层冰壳子。他们向右转，走下特拉法加广场，沿河岸街一路往下走，又湿又冷，直打哆嗦。就在弗利特街头上，范达勒看见一个孤单的身影从圣保罗大教堂方向走来。他把仿生人拉进巷子里。

“我们得弄点钱。”他耳语。他指指那走近的身影，“他有钱。把他的钱弄来。”

---

1. 英国英格兰东南部城市，在大伦敦郡的南部。
2. 皮卡迪利广场位于伦敦市中心，广场上矗立着爱神厄洛斯雕像。

“恕难从命。”那仿生人说。

“把他的钱弄来，”范达勒重复，“去抢！你明白吗？我们只有这一条路了。”

“这条命令违反我的初始设定，”我说，“我不能危及生命或财产的安全。恕难从命。”

“看在上帝的分上！”范达勒脱口而出，“打人，毁坏，谋杀，你什么都干过了。别喋喋不休地说什么初始设定了。你根本就没剩什么初始设定。把他的钱弄来。如果有必要就杀了他。我告诉你，我们只有这一条路了！”

“这违反我的初始设定，”我说，“我不能危及生命或财产的安全。恕难从命。”

我猛一把将仿生人推开，跳出巷口扑向那个陌生人。他高高的个子，面容严峻，看上去像个能人；看他的表情，仿佛对世界充满希望，但又混杂着玩世不恭的矛盾心理。他握着一根探路棍。我看出他是个瞎子。

“喂？”他说，“我听见你过来了。有什么事？”

“先生……”范达勒犹豫了，“我很绝望……”

“我们都是绝望的人，”那陌生人回答，“默默地绝望。”

“先生……我得弄点钱。”

“你是在讨还是要偷？”那双无光的眼睛扫过范达勒和仿生人。

“哪样都行。”

“啊，我们都一样。我们人类的历史就是如此。”陌生人指指肩膀后面，“我一直在圣保罗教堂里企求，我的朋友。我希望要的东西是偷不到的。你运气不错，你指望的东西是偷得来的，你指望什么呢？”

“钱。”范达勒说。

“这钱要来做什么？来吧，我的朋友，让我们互相交交心。我会告诉你我为什么乞求，如果你告诉我你为什么偷窃的话。我的名字叫布伦海姆。

“我的名字叫……沃尔。”

“沃尔先生，我在圣保罗教堂里乞求上帝，并非为了重见光明。我在乞求一个数字。”

“数字？”

“啊，是的。有理数，无理数，虚数。正整数。负整数。正分数和负分数。咦，你从来没有听说过布伦海姆就‘二十位数’或‘缺量差别’做出的不朽论著吗？”布伦海姆苦涩地微笑了，“我是数字原理的奇才，沃尔先生，为了满足自己对数学的热爱，我对它的魅力做了详尽的研究。但玩了五十年的数学魔术，我年事已高，对数字的喜爱也被消磨殆尽。我一直在圣保罗大教堂乞求灵感。亲爱的上帝，我乞求，如果你存在的话，告诉我一个数字吧。”

范达勒慢慢拎起硬纸公文包，用它碰碰布伦海姆的手。“这里，”他说，“就有一个数字。一个隐藏的数字。秘密的数字。罪行的数字。咱们交换一下好吗，布伦海姆先生？我用一个数字换一处安身之所，可以吗？”

“你既不讨也不偷，倒做起买卖来了？”布伦海姆说，“生活又落进这一成不变的俗套。”那双丧失视力的眼睛又一次扫过范达勒和仿生人，“也许全能的主不是上帝而是商人。和我一起回家吧。”

在布伦海姆家的顶楼，我们合住一间屋，两张床，两个壁橱，两个盥洗盆，一间浴室。范达勒再一次擦伤了我的前额，让我出去找工作，当仿生人干活时，我向布伦海姆请教，把公文包里的报纸一张一张地读给他听。没问题！没问题！

范达勒就告诉他这些，没透露别的。他是个学生，我说，试着以仿生人凶犯为题写一篇论文。在这些报纸中他收集的都是说明案情的信息——那些案子布伦海姆之前一无所知。我解释说，其中必有关联，一个数字，一个统计量，某种让我发狂的理由，而布伦海姆却被这个故事的神秘性，侦探剧式的情节和人们对数字的兴趣吊足了胃口。

我们检查了报纸。我大声把它们读出来，他小心翼翼地摸索着将题目和内容记录下来。然后我把他的笔记读给他听。他按照种类、字体、事实、爱好、文章、拼写、单词、主题、广告、图片、题目、政见、成见等等将报纸分门别类地编排起来。他分析。他研究。他苦思冥想。我们一起住在顶楼上，这里一直有点冷，有点怕人，我们总是因为对它的恐惧和彼此之间的仇恨互相靠近。就像一枚楔子被钉入一棵活树，劈进了树干里，结果却和树干的疤痕组织永远结合在一起。于是我们共生。范达勒和仿生人。真灵巧，真灵巧！

一天下午，布伦海姆将范达勒叫进书房，展示他的笔记，“我想我已经找出关联了，”他说，“但是我还不明白它的原理。”

范达勒的心头狂跳。

“关联性就在这里，”布伦海姆继续说，“在五十份记载仿生人罪犯报道的报纸中。除了罪行本身，还有什么内容在五十份报纸中都存在？”

“我不知道，布伦海姆先生。”

“这是个反问句。答案是‘天气’。”

“什么？”

“天气。”布伦海姆点点头，“每次罪案发生的日子，气温都在 90 华氏度以上。”

“但那是不可能的，”范达勒大喊，“天琴座 A 星的天气很凉快。”

“我们没有任何在天琴座A星上的犯罪记录。报纸上没有登。”

“不，这思路没错，我——”范达勒迷惑了。突然间他脱口喊了出来。“不。你是对的。那锅炉房。那里很热。酷热！当然了。我的上帝，没错！那就是答案。达拉斯·布雷迪的电炉……派瑞根星上种植稻米的三角洲。别着急。是的。但是为什么？为什么？我的上帝，为什么？”

那时我正好走进屋子，经过书房时看到了范达勒和布伦海姆。我进了书房，等待接受命令，随时提供我的各种服务。

“这就是那个仿生人，嗯？”布伦海姆过了很长一段时间说。

“是的，”范达勒还在为自己的发现迷惑，“而那也解释了那晚他在河岸街拒绝攻击你的原因。天气不够热，还不能打破初始设定。只有在热天……高温，没问题！”他望向仿生人。主人无声地将一个狂乱的命令传达给仿生人。我拒绝了。严禁危及人类的生命。范达勒狂暴地指手划脚，然后抓住布伦海姆的肩膀，狠狠地将他从座椅上拉倒在地。布伦海姆叫喊了一声。范达勒像恶虎般扑到他身上，将他按牢在地，一手捂住他的嘴。

“找武器来。”他冲仿生人喊道。

“严禁威胁人类生命。”

“这是为了保存自我而战。给我拿武器来！”他用全身重量压住扭动挣扎的数学家。我立刻向一个碗柜走去，我知道那里藏着一把左轮手枪。我查了查枪。里面装有五发子弹。我将它递给范达勒。我接了枪，将枪管抵在布伦海姆的脑门上，然后扣动扳机。他抽搐了一下。

厨娘这会儿正在放假，在她回来前还有三个小时够我们打点。我们把屋子里扫荡一空。我们拿走了布伦海姆的钱和珠宝。我们装了一口袋衣服。我们带走了布伦海姆的笔记，毁掉了那些报纸；然后我们离开了，小心地在身后锁上了门，在布伦海姆的书房里留下了一堆揉皱的报纸，上面放了一支燃烧的只剩半英寸的蜡烛。我们还将周围的地毯上浸透了煤油。不，那些全都是我干的。仿生人拒绝了。我被禁止危害生命或者财产的安全。

没问题！

他们乘地铁到莱斯特广场，换乘火车到大英博物馆。在那里他们下了车，来到罗素广场下面一栋乔治王时代的宅子。窗户上的小招牌写着：南·韦布，心理咨询师。范达勒几周前记下了这个地址。他们进了屋。仿生人带着包裹等在休息室里。范达勒进入南·韦布的办公室。

她是位高个子女人，灰色短发，有着英国人细嫩的皮肤和丑陋的双腿，容貌有些鲁钝，表情却很机敏。她冲范达勒点点头，把一封信写完，封好，然后抬起头。

“我的名字，”我说，“叫范德比尔特。詹姆斯·范德比尔特。”

“好的。”

“我是伦敦大学的交换学生。”

“好的。”

“我一直在研究那个仿生人凶手，我想我发现了非常有趣的信息。我希望就此得到你的建议。你要多少咨询费？”

“你大学读哪个学院？”

“问这个干吗？”

“学生可以打折。”

“默顿学院。”

“那么价格是两英镑，请。”

范达勒放了两英镑在桌子上，然后把布伦海姆的笔记放在一旁。“在仿生人的罪案和天气之间，”他说，“有一种关联性。你会发现每一次罪行都发生在气温90华氏度以上的时候。对此你能做心理学的解释吗？”

南·韦布点点头，研究了一会儿那份笔记，放下纸张，说：“很显然，是通感。”

“什么？”

“通感，”她重复说，“范德比尔特先生，当某种感官遭受外界刺激后产生的感觉同时会唤起另一种不同感官的感觉，这就叫通感或联觉。举例说：一个声音刺激同时唤起对某种明确色彩的联想。或者色彩唤起味觉。或者光线刺激唤起声音的感觉。我们对味觉、嗅觉、痛觉、压力、气温等等的任何感觉都可能发生短路或产生混乱。你明白了吗？”

“我觉得很对。”

“你的研究发现这样一个事实：仿生人极有可能受90华氏度以上的气温刺激，产生通感混乱而做出反应。最大可能是发生了一种对应的内分泌反应。也许气温和仿生人的代肾上腺素有关联。高温会带来恐惧、气愤、兴奋和强烈的肢体反应……所有这些都在肾上腺的功能范围内。”

“对啊，我明白了。那么如果仿生人待在寒冷气候中……”

“那就既不会有刺激也不会有反应。不会再有犯罪行为了。正是如此。”

“我明白了。什么是心理投射？”

“你是什么意思？”

“对于仿生人的主人来说，有没有遭受心理投射的危险？”

“很有意思。心理投射是一种向外的投掷运动。是指将原来属于你自己的意识或者冲动抛射到另一个人身上。比如妄想狂患者，将他的心理冲突和骚动不安投射出去，以便外化这些身心感受。他直接或暗示性地谴责别人，指责对方患有他自己要努力挣脱的痼疾。”

“心理投射的危险在于？”

“在于相信那种暗示。如果你和一个总将自己的病态情绪投射到你身上的精神病患者待在一起，就有陷入他那种心理模式的危险，自己也变成一个精神病患者。就和你一样，范达勒先生，无疑这种情况正发生在你身上。”

范达勒跳了起来。

“你这头蠢驴，”南·韦布爽快地往下说。她挥了挥那叠纸张。“这不是交换学生的笔迹。这是名人布伦海姆独特的草书。英格兰土地上每一位学者都认得这位盲人的手书。伦敦大学也没有什么默顿学院，是你乱猜的。默顿是牛津大学的学院。而你，范达勒先生，显然深受你那位疯子仿生人影响……受到心理投射的浸染……所以我一直在犹豫到底该致电伦敦警察呢，还是致电精神病犯罪者医院。

我掏出枪，把她给崩了。

没问题！

“心宿二，御夫座 α，南十字星四号，北河三，参宿七，”范达勒说，“这些星星都很寒冷。就像女巫的吻一样冷冰冰。平均气温 40 华氏度。从不高于 70 华氏度。我们又有生意做了。留意那个弯道。”

多功能智慧仿生人用熟练的双手转动方向盘，汽车轻快地绕过弯道，在北部沼泽地上急驰。在英国寒冷的天空下，枯干的棕色芦苇延伸到数英里外。太阳飞快地下沉。头顶上，一群孤零零的大鸨笨拙地拍打着翅膀向东飞去。鸟群上方，一架直升机正在返回温暖的大本营。

“我们再也别想暖和了，”我说，“不能再热了。我们在寒冷时是安全的。我们要在苏格兰躲起来，赚点小钱，过境挪威，弄笔款子，然后坐飞船出去。我们要在北河三号星上安顿下来。我们是安全的。我们战胜了困境。我们又可以生活了。”

头顶上方传来吓人的“哔”声，然后变成刺耳的吼叫：“詹姆斯·范达勒和仿生人注意！詹姆斯·范达勒和仿生人注意！”

范达勒吃了一惊，仰起头。那艘单独飞行的直升机正悬在他们头顶。从机腹的扩音器里传出命令：“你们被包围了。道路已经封锁。你们必须马上停车，束手就擒。马上停车！”

我望向范达勒等待命令。

“继续开车。”范达勒断然说。

飞机降低了飞行高度：“仿生人注意。你正在驾车。你必须马上停车。这是国家指示，高于一切个人命令。”

“你小子在干什么？”我咆哮。

“国家指示高于一切个人命令。”仿生人回答，“我必须向你指出——”

“从驾驶座滚下去，”范达勒命令道。我用棍子敲打仿生人，把它掼到一边，然后爬过它去把方向盘。就在那时，汽车从道路上偏驶出去，轧进了冰冻的泥浆地和干芦苇丛。范达勒重新控制住车子，继续向西穿过沼泽，朝五英里外一条平行的高速公路驶去。

“我们要撞开他娘的封锁线。”他咕哝道。

汽车一路重重地颠簸。直升机降得更低了，从机腹射出探照灯的光柱。

“詹姆斯·范达勒和仿生人注意。束手就擒。这是国家指示，高于一切个人命令。”

“它不能投降，”范达勒疯狂地叫嚷，“没有谁可以投降。他不可能，而我不愿意。”

“天啊，”我喃喃道，“我们会打败他们。我们会冲过封锁线。我们能战胜高温。我们会……”

“我必须向你指出，”我说，“我受初始设定约束，必须服从国家指示，那是高于一切个人命令的。我必须束手就擒。”

“谁说那是国家指示？”范达勒说，“他们？那些飞机上的人？他们得先拿出证明文件来才行。要让你投降，他们先得证明他们得到了国家的授权。你怎么知道他们不是想讹诈我们的骗子呢？”

他一手把住方向盘，一手伸进身侧的衣袋，确定枪还在那里。车子打滑了。轮胎在霜冻的土地和芦苇上发出尖啸。方向盘陡然一扭，从他手中脱了出去，汽车偏撞向一个山丘，翻了个个儿。发动机隆隆怒号，车轮吱吱尖叫。范达勒从车里爬了出来，拽出仿生人。那一刻我们暂时脱离了直升机探照灯的监测范围，我们跌跌撞撞地离开，钻进沼泽，逃入黑暗，躲到隐蔽处……范达勒的心怦怦直跳，拖着仿生人一路奔跑。

直升机在失事的汽车上方盘旋，探照灯在扫视，扩音器在嘶叫。我们刚刚离开的高速公路上，出现很多灯光，围追堵截的各路人马聚集起来，接受直升机无线电指挥。范达勒和仿生人继续朝沼泽深处跑去，越跑越远，寻路逃向平行的高速公路，到那里就安全了。这会儿已经入夜。天空漆黑无光，看不到一颗星。气温正在下降。夜里的东南风寒冷刺骨。

远远地，从我们身后传来一阵沉闷的震荡。范达勒转过身，气喘吁吁。汽车油箱爆炸了。火焰如同血红的喷泉喷涌而出，火势稍减后，便像一个由燃烧的芦苇围成的火山口。在风的鞭打之下，远方的火焰的外缘成扇形展开，形成一面十英尺高的火墙。那面墙开始向我们的方向压了过来，同时发出猛烈的爆裂声。在它上方，带着汽油味的烟幕澎湃汹涌地向前扑去。范达勒依稀可以看到火墙后人们的身影……那是搜索沼泽的追捕者们。

“老天！”我叫了一声，绝望地搜索安全的地方。他拖着我一起奔跑，直到他们的脚嘎吱嘎吱地踏上池塘的冰面。他狂暴地踩碎冰面，急跳进让人身体麻木的冰水里，将仿生人和我们一起拖下来。

那面火墙步步进逼。我可以听到嘎吱声，可以感觉到阵阵热气。他可以清楚地看到搜索者们。范达勒伸手到一边衣袋里掏枪。口袋破了。枪已不知去向。他呻吟了一声，因为寒冷和恐惧颤抖不已。沼泽大火的光焰令人目眩。头顶上，直升机无能为力地飘到了另一头，无法飞越浓烟与火焰来协助从我们右方远处逼近的搜索者们。

“他们找不到我们的，”范达勒悄声说，“别作声。这是命令。他们找不到我们的。我们会战胜他们。我们会战胜火焰。我们会……”

在离逃亡者不到一百英尺处响起三声清脆的枪响。乓！乓！乓！那声音来自我枪里最后的三颗子弹，当沼泽大火蔓延到我掉枪的位置时，子弹炸壳了。搜索者转向枪声的方向，径直向我们而来。范达勒歇斯底里地咒骂，尽力想更深地沉进水里，躲避那让人忍无可忍的酷热。仿生人开始抽搐起来。

火焰的高墙向他们汹涌而来。范达勒深吸一口气，准备潜入水中，直到火焰从他们头上呼啸而过。仿生人打了个战，陡然发出震耳欲聋的尖叫。

“没问题！没问题！”它吼叫，“别着急！别着急！”

“去你的！”我喊着，努力要把它按进水里去。

“去你的！”我咒骂他。我狠狠揍他的脸。

仿生人殴打范达勒，后者努力还击，直到它从泥浆里冒了出来，摇摇摆摆地向上走。在我继续攻击之前，燃烧的火焰已将它俘获，好像把它催眠了一样。它跳着舞，在火墙前欢快地跳着颠三倒四、毫无章法的伦巴。它的双腿扭曲。它的双臂挥舞。手指头则和全身脱节地乱扭一气。它厉声尖叫，歌唱，奔跑，歪七扭八地跳着华尔兹，迎向热力的拥抱。闪烁的光焰映衬着这个浑身泥泞的怪物。

搜索队呐喊起来。有人开枪。仿生人自转了两圈，继续在火焰前头跳它那恐怖的舞蹈。陡然间刮起一阵大风。火焰卷过那跳跃的身影，咆哮着将它吞没了。然后火焰继续向前扫荡，留下一堆湿漉漉的人造血肉，渗出永不凝结的腥红血液。

此刻的计量温度当有惊人的 1 200 华氏度。

范达勒没有死。我逃脱了。他们只顾看那个仿生人又蹦又跳地被烧死，让他漏了网。但是近来我搞不明白他是我们当中的哪一个。心理投射。万达警告过我的。心理投射，南·韦布告诉过他。如果你和一个疯子或是疯机器共处的时间够长，我也会发疯的。没问题！

但是我们知道一个事实。我们知道他们错了。新的机器人和范达勒知道这一点，因为新机器人也开始抽搐了。没问题！在这里，在寒冷的北河三号星上，机器人正在抽搐，在歌唱。没有热度，但是我的手指却在上下翻腾。没有高温，但是它却将小女孩塔利带走、和她单独散步去了。一个廉价的劳动机器人，一部服务器……我只买得起它这样的下等货了……但是它在扭动抽搐，它在低声哼唱，把那个孩子带到我找不到的地方单独散步去了。老天呀！范达勒在事情无法挽回之前是找不到我的。要冷静，别张扬，宝贝儿啊，在漫天飞霜里，温度计显示为惬意的 10 华氏度。

（赵海虹　译）

以石试金

某些短篇小说颇具代表性，似乎足以概括一种类型或一位作者的全部特点。批评家将这类小说称为“试金石”——这是一种用来测定金银纯度的黑色岩石，方法是观察金银在上面摩擦后留下的划痕颜色。对于硬科幻来说，测定其“硬”度的试金石就是汤姆·戈德温的短篇小说《冷酷的等式》(“The Cold Equations”)。

这篇小说在坎贝尔式科幻当中也同样扮演着试金石的角色——尽管在其发表之时，坎贝尔在科幻界的影响力已不复当初，能与坎贝尔媲美的科幻杂志和科幻理念也已经出现多年。有些小说或许也是充当试金石的好选择，比如阿西莫夫的《日暮》和海因莱因的《宇宙》[1](“Universe”);但是,《冷酷的等式》蕴含的哲学、设想的情景是如此纯净，剥离了所有无关紧要的细节，坎贝尔式的理念从中毫无减损地放射出光芒。

坎贝尔的哲学既是实验的，也是实用的。“证明它！检验它！”

1. 这部短篇也是小说《太空孤儿》(*Orphans of the Sky*)第一部分。

他会这么说。“行得通吗？”他对人类的优越性有着某种信仰，这一点让阿西莫夫在内的许多作家都感到为难；例如，他坚持认为，无论在外星生物看来多么低级、与外星文明相比多么落后，人类总会在与他们的遭遇中胜出。对于人类惨遭自然力量毁灭的情景，他并非难以接受，只不过他宁愿看到人类借助自己顽强的生命力、狡黠的智慧或坚韧的毅力得以存续的结局。

然而，他真正的目的是用极端情景作为试管，在其中考验人的品质和信念。当生与死——尤其是一个物种的生存与毁灭——成为仅有的选择，现有的是非准则还有哪些能保留下来？我们会继续信奉那些显然错误或致命的信念吗？在坎贝尔式的科幻当中，人物要么坚持错误、走向灭亡，要么根据自身的经验或智者的教诲改变信仰、最终生存。这样一来就诞生出两种角色：难以置信的我行我素者，或者在极不现实的情境中扭转信念的人。读者需要将这样的小说看作坎贝尔式的寓言，看作思想实验。

《冷酷的等式》也具备一些同样的缺陷。玛丽琳·李·克洛斯深陷困境却全然无知，这在读者看来不可思议，而她对局势的理解能力也太过糟糕，连读者都远远不及。从《冷酷的等式》这一个例子当中，可以看出海因莱因提出的三种“人本小说”[1]的主要情节：“男女相遇”、“小裁缝”[2]（一个或一系列问题的解决者）、“吸取教训的人”。这篇小说起初的情节似乎是“小裁缝”或“男女相遇”，后来却转变为“吸取教训的人”。

事实上，《冷酷的等式》能具有如此的影响力，正依赖于读者将它的情节误认作穿插了爱情元素的“小裁缝”。小说的前半段让读者认为，与成千上万的其他故事一样，女孩会最终获救。

1. 参见海因莱因写过一篇《论推想小说的创作》（“On the Writing of Speculative Fiction”）。
2. 源自《格林童话》中的《勇敢的小裁缝》。

慢慢地，读者开始明白，这篇小说完全不同与此：相反，它意在打破那类小说的成规。女孩必须死。这就是所谓冷酷的等式。

有知情人称，在汤姆·戈德温交给坎贝尔的稿件里，小女孩最终获救，但坎贝尔坚持认为女孩应该牺牲，于是劝说戈德温重写了结局。戈德温的一生充满疾病与不幸，但在创作科幻期间，他曾获得过短暂的安慰；1953 年到 1971 年间，他发表了约 30 个短篇和 3 部长篇，其中大部分创作于 1963 年前。他的首个短篇是 1953 年 10 月发表在《惊异》上的《鸿沟》(“The Gulf Between”)。《冷酷的等式》是他发表的第 4 个短篇。他的长篇小说有《生还者》(*The Survivors*, 1958)、《太空蛮族》(*The Space Barbarians*，1964) 和《另一颗太阳之外》(*Beyond Another Sun*，1971)。

仅凭《冷酷的等式》一篇小说，就能对一类科幻小说的本质展开如此的长篇大论，这似乎有点讽刺，但这篇小说试金石的地位却不容置疑。如果一位读者不能理解或不能领会小说想要表达的主题——人性及其与环境的关系——那么他也不大可能喜欢科幻。如果他坚持认为，飞船上应该张贴更加具体的警示条文，小说的主题是控诉环境的冷血或规则的无情，驾驶员应当想方设法牺牲自己、保全女孩，或者与她一同赴死而非将她单独关在气闸以外，那么他的读法可能不对。

想要破解《冷酷的等式》中的困局，唯一方法就是选择退出，拒绝其中传达的信息，拒绝遵守那些看似必须遵守的法则；后来的许多新浪潮小说实际上就是这么说的：“我们抵抗，我们不会顺从，我们选择去死。”戈德温或其他硬核科幻作家、硬核读者却不这么认为，他们说我们没有选择；我们必须掌握规则，并且服从规则。《冷酷的等式》中，规则就是前线地带的客观条件，也就是人类对感情的无力负担；最大的犯罪就是无知，行刑者就是宇宙，而宇宙什么都不在乎——总而言之，石头是坚硬的，等式是冷酷的，唯一的救赎之路只有通过知识才能到达。

（穆童、憬怡　译）

冷酷的等式

[美国] 汤姆·戈德温

他并不是孤身一人。

向他指出这一事实的，没有别的，只是他前方控制面板上一个小小表盘的白色指针。控制室内只有他一个人；除了引擎的嗡嗡声外，也别无其他声响——但白色指针移动了。当这艘小飞船从“星尘号”发射出去的时候，指针指向零点；现在，一个小时以后，它爬高了。它显示出，在房间另一头的补给橱内，有个辐射出热量的物体。

这只可能是一种物体——一个活着的、人类的躯体。

他在飞行员座椅上向后靠去，缓慢而深深地吸了一口气，思考着他必须要去做的事。他是一名紧急派遣飞船的飞行员，对于死亡的场景早已习惯，很久以前便对此泰然处之，也深谙用没有情绪的客观目光去看待另一个人的死。他在必须做的事情面前别无选择。没有别的选项——但即便要一个急遣船飞行员有心力穿过房间，冷静而有意识地夺走一个从未谋面者的生命，也还是需要一点点时间去准备的。

当然，他会去做的。这是法律，非常清楚明白地记载在《星际法规》第八章第五十条中：“任何在急遣船中发现的偷乘客，必须在发现后立即予以抛出。”

这是法律，而且不允许上诉。

这条法律并不是人随意制定的，而是因为太空边疆的环境才具有了绝对必要性。超空间引擎的发展带来了人类在银河系内的扩张，当人们散落在辽阔的边疆时，和孤立的新建殖民地以及探险队的联系便成了问题。地球人靠才智和努力造出了巨大的超空间巡航舰，但时间太长，耗费也昂贵，结果数量有限，很多小殖民地都没有。巡航舰把殖民者带到新世界去并定期来回，按照严密的日程表运行，但是它们无法停下来，转去拜访那些本来安排在其他时候访问的殖民地。这样的耽搁会摧毁整个日程，导致混乱不定，可能会给地球与边疆新世界之间复杂的彼此依赖关系带来致命的打击。

在某个日程上未被安排通航的世界，若有紧急情况发生，有必要以某种方法运去补给或支援。这种方法就是“紧急派遣飞船”或“急遣船”，这种飞船小而可折叠，在巡航舰的货舱内只占有很小的空间；它们以轻金属和塑料制成，靠燃料耗费相对较少的小火箭引擎驱动。每一艘巡航舰都带有四艘急遣船，当最近的巡航舰收到请求援助的通信后，将落入常态空间一段时间，发射一艘带有所需的补给和人员的急遣船，然后再次驰入超空间，继续其航程。

巡航舰以核转化器提供能量，而非使用液体火箭燃料。但核转化器太大也太复杂了，无法安装在急遣船上。巡航舰只能够携带笨重而有限的液体火箭燃料，这些燃料必须精细地分配；巡航舰的计算机会算出每一艘急遣船为完成其任务所需燃料的精确数量。计算机会将航线的坐标、急遣船的质量、飞行员和货物的重量纳入计算，其结果非常精确，毫厘不差，不忽略任何东西。但是，它们不可能预见到，也不能允许有偷乘客的额外质量。

“星尘号”巡航舰接到了沃登星球上部署的一个探索团队的请求：该团队的六个人被绿卡拉蚊所带来的高热侵袭，而他们的营地恰被龙卷风蹂躏，自己携带的血清都毁掉了。“星尘号”按正常程序办理：进入常态空间，发射了带着高热血清的急遣船，然后复归超空间。现在，一个小时后，仪表指示说，在补给橱里的东西，可不止一小盒血清。

他让自己的目光停留在橱柜的窄小白门上。那里面有一个活人在呼吸，觉得就算飞行员发现了自己的存在也为时已晚，无法改变。的确为时已晚——对于躲在门后面的人来说，比他所以为的还要晚得多，晚得恐怖，将让他难以置信。

没有别的选项。为了弥补偷乘客带来的额外质量，将要在减速时耗费额外的燃料；燃料只多耗一点点，直到飞船即将抵达目的地时都不会被注意到。然后，在地面上一定的高度——也许近到只有一千英尺，也许远到有几万英尺，这依赖于飞船和货物的质量，以及之前减速的时间而定——那些无人留意的、多耗的燃料会让它们的短缺大白于天下。急遣船将会卒然一下耗掉最后几滴燃料，然后呼啸着变成自由落体。飞船、飞行员、偷乘客撞地时会混成一团，成为融合金属、塑料、肉和血的残骸，嵌入土地深处。偷乘客躲在飞船上的那一刻，便宣判了自己的死刑，不能让他连累其他七个人一起送命。

他再次看了看那泄露秘密的白色指针，然后站起身。他必须要做的事情，对双方来说都是不愉快的，越快结束越好。他走过控制室，站在白色的门边。

“出来！”他发出严厉突兀的命令，盖过了引擎的嗡嗡声。

他似乎能听到橱柜里某种鬼鬼祟祟的声音，然后又一片寂静。他似乎能看到偷乘客瑟缩在橱柜的一个角落里，忽然害怕起自己行为的可能后果，其满腔自信也烟消云散。

“我说出来！”

他听到偷乘客移动着，服从他的命令，他等待着，眼睛警惕地盯着门，手放在腰间的爆能枪边。

门开了，偷乘客从里面走了出来，带着微笑。“好啦，我投降了，现在怎么办？”

是一个女孩。

他瞪着对方，哑口无言，手从爆能枪边上滑落。接受眼前所见的景象，不啻于身上毫无准备地挨了重重一拳。偷乘客并不是一个男子，而是一个才十几岁的女孩子，穿着白色的吉卜赛式凉鞋，站在他面前，一头棕色的鬈发，头顶才到他的肩膀。她身上带着淡淡的香水甜香，仰头微笑着，天真无畏的眼睛直视着他的眼睛，等待着他的回答。

现在怎么办？要是一个男人敢用深沉挑战的嗓音这么问他，他就会用干脆有效的行动予以回答。他会收缴偷乘客的 ID 盘，让他走进气闸室。要是偷乘客拒绝服从，他就会使用爆能枪。这花不了很长时间，一分钟以内这家伙就会被弹入太空——如果偷乘客是一个男子。

他回到飞行员座椅上，打了个手势，让她坐在他身边，那里靠着墙壁有引擎控制装置的箱体，可以当凳子。她服从了，他的沉默让她不敢再露出笑容，而转为一种温顺认罪的神态，好像一条小狗在干坏事的时候被抓住了，知道自己必须被惩罚。

“你还没告诉我，”她说，“我错了，现在你要拿我怎么样？交罚款呢，还是什么？”

“你在这里干什么？”他问，“你为什么躲在这艘急遣船上？”

“我想去见我哥哥。他在沃登星球上参加政府的勘察团队。我有十年没见到他了，自从他参加政府勘察工作，离开地球以后就没见面了。”

“你搭乘‘星尘号’是要去哪里？”

“米蜜尔星。那里给我一个职位。我哥哥一直给我们寄钱——我爸妈还有我。他帮我交学费，让我上一个专门的语言班。我比预想的更早毕业，所以他们给我在米蜜尔星上的工作。我知道盖瑞的工作还要一年才能结束，然后他会上米蜜尔星去，所以我躲在那边的橱柜里，那儿有很大的空间。我情愿交罚款，我们家只有我们兄妹两个——盖瑞和我。我那么久都没见到他了，我可不想再等上一年，而宁愿现在就见他，尽管我知道我大概违反了某些法规吧。”

我知道我大概违反了某些法规吧——某种意义上来说，她对法律的无知也情有可原。她是地球人，没有意识到太空边疆的法律必须——出于必然性——像催生它们的环境一样死硬无情。但是为了保护像她这样的人不至于承担自己对边疆无知的严酷后果，在通往“星尘号”急遣船存放舱室的门口有一块警示牌，上面写得清清楚楚，谁都能看到，加以注意：

未经授权

不得入内！

“你哥哥知道你搭‘星尘号’去米蜜尔星吗？”

“哦，知道。我离开地球前一个月就给他发了一条太空电报，告诉他我毕业了，要乘坐‘星尘号’去米蜜尔星。我已经知道他再过一年要去米蜜尔星驻扎。他升职了，会常驻在米蜜尔星，不用像现在这样，一次出去一年进行野外勘察。”

在沃登星上有两个不同的勘察组。他问道：“你哥哥叫什么名字？”

“克洛斯，盖瑞·克洛斯。他在第二组，他的地址上是这么写的，你认识他吗？”

请求血清的是第一组；第二组在八千英里外，隔着大西海。

“不，我没见过他。”他说道，同时转向控制面板，将减速率降到重力的一成，他知道这不能改变最后的结局，不过为了推迟结局的到来，他唯一能做的事只有这个。减速改变的感觉好像是飞船突然掉了下去，女孩一惊，不自觉地半站了起来。

“我们现在飞得更快了，是吗？”她问道，“为什么要这么做？”

他告诉她实话：“为了暂时节省一点燃料。”

“你的意思是，我们没有足够的燃料吗？”

他暂未说出那个很快就得告诉她的答案，而是问道：“你怎么偷偷上船的？”

“就是趁没人看到走进来的啊，”她说，“我正在跟一个补给部门做清洁的格兰尼星女孩练习讲格兰尼语，这时有一个人带着命令进来，要提走给沃登星勘察团的补给品。就在飞船准备好出发，你进来之前，我溜进了补给橱。就是一时冲动，我想偷着上船就能见到盖瑞了——不过从你这么严肃地盯着我的表情来看，我觉得这次冲动也许不太明智。

“不过我是一个模范罪犯，不，我是说囚犯。”她又朝着他微笑了，“除了罚款之外，我还愿意支付留我在沃登星上的费用。我能做饭，能给每个人缝衣服，我知道怎么做一切有用的事，我甚至还懂得一点护理。”

要问的还有一个问题：

“你知道勘察团的人要求的是什么补给吗？”

“问这个干吗？不知道。我猜是他们在工作中要用的设备吧。”

为什么她不是一个怀着不可告人动机的男人？比如一个逃犯，

希望在荒凉的新世界消失无踪；一个投机者，希望去一个新的殖民地找到金羊毛而发财致富；或者一个妄想狂，打算要——

也许每个急遣船的飞行员在其生涯中都会有一次在船上发现这样一个偷乘客：扭曲反常的男人，卑鄙自私的男人，粗鲁危险的男人——但是以前从未有过一个微笑的蓝眼睛女孩，她愿意支付罚款，并为她的留下而工作，只为了见到她的哥哥。

他转向控制面板，扭动一个开关，向“星尘号”发射信号。呼叫是徒劳无用的，但是他不能在耗尽了虚妄的希望之前就抓住她，把她塞进气闸室，好像是对一个动物或男人那样。好在这期间，这种耽误对以 0.1 重力减速的急遣船来说不会有什么危险。

一个声音从通信器里传出：“这是‘星尘号’，表明你的身份和意图。”

“我是巴顿，急遣船 34G11，紧急情况，给我转接德尔哈特指挥官。”

当请求接入到适当的频道时，传来一阵轻微杂乱的噪声，女孩看着他，不再带着笑容。

“你是让他们来抓我吗？”她问道。

通信器嘀了一下，一个遥远的声音说道：“指挥官，急遣船要求——”

“他们要来抓我吗？”她又问，“我还是不能去见我哥哥吗？”

“巴顿？”德尔哈特指挥官粗声大气的嗓门从通信器中传出，“紧急情况是怎么回事？”

“一个偷乘客。”他答道。

“一个偷乘客？”询问中略有讶异，“这倒是不常见，不过为什么按紧急情况呼叫呢？你及时发现了他，就不会有什么明显的危险，我想你也告诉了飞船记录部，这样能通知他最近的亲属。”

“这就是我为什么首先要呼叫你。偷乘客还在船上，情况很特别——”

“特别？”指挥官打断了他，声音里有着不耐烦，“他们能有什么特别的？你知道你只有有限的燃料；你也和我一样清楚法律的规定：‘任何在急遣船中发现的偷乘客，必须在发现后立即予以抛出。’”

女孩骤然发出倒吸一口气的声音。“他是什么意思？”

“偷乘客是一个女孩子。”

“什么？”

“她想去见她哥哥。她还是个孩子，根本不知道她实际上在干什么。”

“我懂了，”指挥官口吻中的粗暴消失了，“所以你呼叫我，希望我能做什么？”他不等答案就说下去，“对不起，我什么也做不了。这艘巡航舰必须按日程行进；这关乎很多人的性命，不是一个人。我知道你的感觉，但我无力帮你。你必须把事办完。我会把你转到飞船记录部。”

通信器的声音静默了，只有微弱的沙沙声。他转向女孩。她在座位上向前探出身体，几乎是僵硬的，她的眼睛大睁着，流露出惊吓。

“他是什么意思啊？把事办完？把我抛出……把事办完——他是什么意思？不是听起来的意思吧？他不可能是那个意思。他是什么意思？他到底是什么意思啊？”

她剩下的时间太短了，以至于就是说假话安慰，也只是很快会被残酷戳破的幻觉。

“他就是听起来的那个意思。”

“不！”她缩了回去，好像挨了他的殴打，一只手半抬起来，仿佛要挡住他，眼里流露出的是强烈的不愿相信。

“这是不得已的。”

“不！你在开玩笑，你疯了！你不可能是认真的！”

“对不起，”他慢慢地，温柔地对她说，“我应该刚才就告诉你，我应该的。不过我首先得想办法。我必须得呼叫‘星尘号’，你听见指挥官的话了。”

“但是你不能——如果你让我离开飞船，我会死的。”

“我知道。”

她审视着他的脸，不肯相信的眼神不见了，代之以茫然的恐惧。

“你——知——道？”她一字一顿地说，茫然而又惊奇。

“我知道，但只能这样。”

“你是认真的，你真的是认真的。”她靠在墙壁上，柔弱无力得像一个小布娃娃，一切抗议和不信都消失了。

“你要干这事——你要去让我死？”

“对不起，”他又说了一遍，“你不知道我有多抱歉。但只能这样，全宇宙都没有人能够改变。”

“你要让我去死，可是我没有干任何该被处死的事——我什么也没有干——”

他深深又疲惫地叹了口气：“孩子，我知道你没干，我知道你没有——”

“急遣船，”通信器发出急促的金属音，“这是飞船记录部，把相关对象 ID 盘上的所有资料发给我们。”

他离开座椅，站在她面前，她紧抓着座椅边沿，仰着头，棕发下脸蛋惨白，口红凸显出来，像是血红色的丘比特之弓。

“现在？”

“我要你的身份证明盘。”他说道。

她松开了座椅的边沿，用颤抖笨拙的手指摸索着脖子上的项链，那里挂着她的塑料盘。他俯身，解开上面的扣子，然后拿着盘回到椅子上。

“记录员，这是你要的资料，身份号 T837——”

“等等，”记录员打断道，“这当然是要存入灰卡的吧？”

“是的。”

“那么处决时间是？”

“我待会儿告诉你。”

“待会儿？这是完全不合常规的。必须首先告知对象的死亡时间再——”

他努力让自己说清楚：“那么我们就稍微不合常规一点处理吧，我首先把 ID 盘上的内容读给你。对象是一个女孩，她正在听着我说的话，你能明白这个吗？”

记录员短暂地沉默了片刻，似乎也被震惊，然后他温和地说：“对不起，请继续。”

他开始读出盘上的内容，读得很慢，尽可能延长不可避免一刻的到来，尝试多给她一点他能给的微末时间，让她从最初的恐惧中恢复过来，能以平静来接受和顺从。

“编号 T8374，破折号，Y54. 姓名：玛丽琳·李·克洛斯。性别：女。生于 2160 年 7 月 7 日。（**她只有 18 岁啊**。）身高：5 英尺 3 英寸。体重：110 磅。（**体重很轻，但对蛋壳一样轻薄的急遣船来说，已足以在质量上增加致命的分量**。）头发：棕。眼睛：蓝。肤色：白。血型：O。（**无关紧要的资料**。）目的地：米蜜尔星港口城。（**这已经作废了——**）”

他念完了，说：“我会再打给你。”然后又转向女孩。她蜷缩在墙边，用一种麻木又痴傻的眼神看着他。

“他们在等着你杀我，是不是？他们想要我死，是吗？你，还有巡航舰上的人都要我死，不是吗？”然后麻木被打破了，她的声音像是一个被吓坏的、不知所措的孩子。“每个人都想要我死，可是我什么也没干过！我没有伤害任何人，我只是想要见我哥哥。”

“不是你想的那样，根本不是那么回事。”他说，“没有人想要这样的，假如人力能够改变，没有人会这么办的。”

“那为什么要这样啊！我不明白。为什么？”

“这艘船带着卡拉热的血清去给沃登星上的第一勘察组。他们自己的血清被龙卷风毁掉了。第二组也就是你哥哥在的那一组，在八千英里外，隔着大西海，他们的直升机没法飞过去帮第一组。要是血清不能及时送到，得了高热的人必死无疑，第一组的六个人就会送命，除非这艘飞船能够按时抵达。这些小飞船的燃料总是刚好能到达目的地，而如果你留在船上，你额外的重量会让它在落地前就耗尽所有燃料。它会坠毁，你我都会送命，而等着这些血清的六个人也死定了。”

她沉默无语有一分钟之久，当她思考着他的话语时，她目光中的呆滞也消失了。

“是这样吗？”她最后问道，“只是因为飞船没有足够的燃料？”

“是的。”

“要么我一个人死，要么其他七个人和我一起死，是这么回事吗？”

“是这么回事。”

“没有人想要我送命？”

“没有人。”

“那么也许——你确定不能做点什么吗？如果别人能帮我的话，他们不会帮忙吗？”

“大家都想帮你，但是谁都做不了什么。我刚才呼叫了‘星尘号’，这也是我唯一能做的事。”

“它飞不回来——但也许有其他的巡航舰呢，不是吗？也许在哪里有什么人，能做点什么帮我，难道连一点点希望都没有吗？”

她微微倾向前方，急切地等待他的答案。

“没有。”

这个词如冷冷的石头落下，她再次靠在墙壁上，脸上的希望和急切都不见了。“你确定吗？你知道你确定吗？”

“我确定。在四十光年以内，没有其他的巡航舰。没有什么人或什么东西能改变这事了。”

她垂下头，看着自己的双腿，用手指拧着裙子上的褶子，渐渐理解了这冷酷的现实，不再说话了。

这样要好一些。当一切希望都消逝，恐惧也会消逝；当一切希望都消逝，便只有顺从。她需要时间，可她只有那么一点点时间。有多少呢？

急遣船并未配备船体冷却装置，在进入大气层之前，其速度必须降低到适当水平。而他们在以 0.1 的重力减速，因此以比计算机所安排的高得多的速度在接近目的地。当“星尘号”发射出急遣船的时候，已经相当接近沃登星了。他们目前的速度让他们每一秒都离沃登星更近一分。很快就要达到一个临界点，他必须重新开始减速。此时女孩的重量乘以减速的重力，将立刻成为一个极端重要的因子，而在决定急遣船的燃料用量时，计算机根本没有算入这个因子。减速开始时她就必须离开，没有别的法子。那将是什么时候呢？他还能让她在这里待多久？

“我还能待多久？”

这句话让他仿佛听到了自己思想的回声，他不禁微微一颤。多久？他不知道，他得问巡航舰上的计算机。每一艘急遣船都稍微多给了一些燃料，以备在大气层中碰到恶劣的天气，现在还只是消耗了较少的燃料。计算机的存储库中还有关于急遣船航线的一切数据。只有当飞船到达目的地后，这些数据才会被消除。他只需要给计算机以新的资料：女孩的体重以及他将减速率削减为 0.1 重力的精确时间。

“巴顿！”他正要开口呼叫“星尘号”，德尔哈特指挥官的声音忽然从通信器中传来，“我问过记录员，他说你还没有完成报告。你降低减速率了吗？”

看来指挥官知道他一直尝试干的是什么。

“我正以 0.1 的重力减速，”他答道，“我在 17 : 50 降低减速速度，增加的重量是 110 磅。在计算机允许的情况下，我想要保持 0.1 的重力减速。你能问问计算机的计算结果吗？”

急遣船飞行员对于计算机设定好的路线或减速率加以改变，是违反规定的，不过指挥官并没有提起，也没有问理由是什么。他没有必要问，他能当上一艘星际巡航舰的指挥官，自然足够聪明，理解人性。他只是说：“我会把数据给计算机的。”

通信器又沉默了，他和那女孩等待着，谁也没有说话。他们不用等待太久，计算机片刻后就能给出答案。新的因子会被输入第一存储库的钢铁之胃中，电子脉冲会在复杂的电路里运行。这里或那里某个继电器可能响一下，一个小小的齿轮可能会翻过来，但本质上来说是电子脉冲找到答案的。它无形无状，没有思想，不可看见，却以极高的精确度决定了他身边这个苍白的女孩能活多久。然后第二存储库的五根小小的金属条将以高速此起彼伏地碾压过一根墨带，第二钢铁胃将要吐出一张纸条，上面印着答案。

当指挥官再次说话时，设备面板上的精密计时器正显示为 18 : 10。

“你得在 19 : 10 重新恢复减速。”

她望了一眼精密计时器，眼睛迅速移开了。“那就是……我离去的时间吗？”她问道。他点点头，她又垂下头看着双腿。

“我让人把航线修正资料报给你，”指挥官说，“一般来说我根本不会批准这种事，不过我理解你的处境。除了这个，我没有什么可以做的，而你也不能再偏离这些新的指示。你要在 19:10 完成你的报告。下面就是航线修正资料。”

某个不认识的技术人员为他念起资料，他把它们记在控制面板边上夹着的便笺本上。他看到，当他接近大气层时，减速要分阶段进行，将会有 5 倍的重力：在 5 倍重力下，110 磅会变成 550 磅。

技术人员念完了，他简短地道谢后便终止了对话。然后他犹豫了片刻，关掉了通信器。此时是 18:13，在 19:10 之前，他没什么好报告的了。同时，让别人听到女孩在最后一小时中可能会说的话，似乎有点不体面。

他开始查看仪表的读数，慢吞吞地进行着毫无必要的检查。她必须要接受自己的处境，而他没法做什么去帮她接受，同情的话语只会适得其反。

18:20 的时候，她摆脱僵硬状态，开口说话。

“所以，我只能这样了？”

他转身面对着她。“你现在明白了，是吗？如果能改变的话，没人会让事情变成这样的。”

“我明白。”她说。她脸上回复了一点血色，口红也不像刚才那么红得鲜艳了。“没有足够的燃料能让我留下来。我躲在船上的时候，就惹了大麻烦，我自己还一无所知，现在我得付出代价了。”

她违背了一条人定的法律——“不得入内”，但惩罚却不是人定下的，也不是人所希望的，更不是人力所能取消的。第一条物理学法则规定：数量为 h 的燃料能令质量为 m 的急遣船平安到达其目的地；第二条物理学法则规定：数量为 h 的燃料不能令质量为 m+x 的急遣船平安到达其目的地。

急遣船只遵循物理法则，而人的同情就算再多，也不可能改变第二条法则。

“但是我怕。我不想去死，现在还不想；我想活下去，却没有人做什么事来搭救我。人人都让我这么去做，好像我不会有事一样。我要死了，但压根没人关心。”

“我们都关心你，”他说，“我，指挥官，还有记录部门的职员，我们都关心你，而且每一个人都做了自己能做的一点点事来帮你。这不够——这几乎微不足道——但我们也只能做这些了。”

“没有足够的燃料——那个我能理解，”她说，好像根本没听到他的话，“但是为了这个就要死，我，一个人——”

对她来说，要接受这事实是多么艰难啊。她从未了解过死亡的危险，从未了解在太空这样的环境里，人的生命之脆弱易逝，有如拍在海边石头上的大海泡沫。她属于温柔的地球，在那个和平安全的社会里，她年轻快乐，可以和同伴们在一起欢笑不断；在那里生命宝贵，被好好地保护着，人们知道明天总会到来。她属于那个风轻日暖的世界，那个有音乐和月光，和蔼可亲的世界，而不是这个冷酷荒凉的边疆。

“这些怎么会发生在我头上，还快得吓人？一小时以前我还在‘星尘号’上，前往米蜜尔星。现在‘星尘号’继续前进，却已经没有了我，而我要死了，再也见不到盖瑞、妈妈和爸爸了。我什么都见不到了。”

他犹豫着，想着该怎么解释给她听，让她能真正明白，不至于感觉到自己成了一种残酷而毫无理由的非正义的牺牲品。她不知道边疆是怎样的，还是按照地球那种太平安全的方式去思考。在地球上漂亮女孩不会被扔到船外，法律绝不允许。在地球上她的不幸会在新闻上大播特播，黑色巡逻快艇会赶着去营救她。地球各处，人人都会知道玛丽琳·李·克洛斯，会不遗余力地去拯救她的生命。但是这里不是地球，没有巡逻船只，只有“星尘号”，以超过光速几倍的速度把他们抛在身后。没有人会帮她，明天的新闻广播里也不会有微笑的玛丽琳·李·克洛斯，玛丽琳·李·克洛斯将只不过是一个急遣船飞行员的惨痛回忆，以及飞船记录部门灰卡上的一个名字。

“这里不一样，这里不像在地球老家，”他说，“并不是大家不关心你，而是没有人能做什么来帮你。边疆辽阔无边，殖民地和探险队沿着广袤的边缘散布，星星点点，彼此远离。比如说在沃登星上只有十六个人——整个星球上只有十六人。探险队、勘察团，小小的原始殖民地——他们都在和陌生的环境做斗争，为了给后来者创造条件。而环境也在反击，那些第一批去的人往往只犯一次错误就完了，再没第二次机会。在边疆的外缘没有安全地带，直到他们已经为后来者开拓了道路，直到一个个新世界已经改造，安定下来。而在那以前，人们就得为自己的错误付出沉重代价，没有人会来帮助他们，因为没有人能够帮助他们。”

“我是要去米蜜尔星的，”她说，“我不知道边疆的情况，我只是要去米蜜尔星，那里是很安全的。”

“米蜜尔星是安全的，但是你离开了把你带到那里去的巡航舰。”

她沉默了一会儿。“一开始一切都那么美好。在这艘船上有足够的空间给我，而我很快就能见到盖瑞了……我不知道燃料的事，不知道我会遇到这种事……”

她的声音逐渐弱下去。他转向了显示屏，不想再看她苦苦挣扎着克服黑暗的恐惧，直到平静下来接受一切。

沃登星是一个球体，笼罩在充满蓝色薄雾的大气层里。它在太空中游弋着，背景是一片死寂的黑暗，上面点缀着群星。曼宁大陆的主体像个大沙漏一样在东海伸展着，而东部大陆的西半边还清晰可见。在球体右面的边缘部分有一条很细的阴影，东部大陆在行星的自转中没入其中。一小时以前，整个大陆还能看见，现在其中一千英里已经进入了狭长的阴影边缘，转入这个世界另一边的黑夜中。上面一个暗蓝色的斑点是莲花湖，它正在接近阴影。第二勘察组驻扎的地方就是靠近该湖南岸的某处。很快这里就会变成夜晚，当夜晚到来后，沃登星的自转将让飞船无法通过无线电联络第二组。

他必须告诉她可以和哥哥通话的事，要不然就太晚了。某种意义上，若是他们不进行通话，也许对双方更好，但这不是他能决定的。对每个人来说，最后的话别都是值得保留和怀念的，它像刀割一样痛苦，又会是无比珍贵的回忆，将伴随她最后的一段短暂时光和她哥哥余下的整个生命。

他按下了按钮，在显示屏上出现了网格线条，他可以用已知的行星直径来估算莲花湖的南端移动到无线电的范围之外要走多少距离，大约是五百英里。五百英里，三十分钟。现在精密计时器的读数是 18 : 30。即便考虑到误差，沃登星的转动最晚也将在 19 : 05 卡断她哥哥的声音。

西部大陆的海岸线已经在这世界左边的边沿处进入视野。再往西四千英里是西海的海岸线和第一组的营地。龙卷风就是在西海上产生的，它狂怒地袭击了营地，摧毁了他们半数的预制组装建筑，包括存放医疗物品的那栋。两天以前，龙卷风还不存在，它不过是平静的西海上一些温和气团。第一组出发进行常规的勘察工作，根本没有意识到，海上空气团即将碰撞产生出巨大力量。龙卷风毫无警告地袭击了他们的营地，雷霆炸响，狂风怒吼，摧毁面前的一切事物。它穿过营地，在身后留下一片废墟。它毁掉了好几个月的工作，让六个人濒临死亡，然后就像工作完成了一般，再度分解为温和气团。虽然它带来了死亡，但它毁灭一切却既非出于恶意，也没有任何预谋。它是一股盲目而毫无思维的力量，只遵循自然法则，即便在这里没有人类存在，它也会沿着同样的路线，带着同样的狂暴行进。

存在要求有秩序。这秩序便是自然的法则，无法废除，不可变动。人类能够学习使用它们，但是不能改变它们。一个圆的圆周永远是π乘以直径，人类的任何科学都不可能让它变成别样。化学品A和化学品B在条件C下的结合会不变地产生出反应D。万有引力法则是一个严格的等式，对于一片叶子的落下和一个双星系统沉重的公转运动来说都同样适用，毫无区别。核转换过程为巡航舰提供动力，载着人类飞向群星；而同样的过程以一颗新星爆发的形式却足以同样有效地毁灭一个世界。法则在那里，整个宇宙服从它们而运行。一切自然力量都在太空边疆伺机而动，有时候它们会毁灭千辛万苦从地球出来的人们。边疆的人们很早就懂得，诅咒这些可能毁灭他们的力量不过是痛苦而徒劳的，因为它们又盲又聋；朝着天空祈祷仁慈也同样徒劳，银河系的群星以漫长无涯的两亿年周期游弋着，像他们自己一样被冷酷无情的法则所控制，而这些法则不知道仇恨，也不知道同情。

边疆的人们当然明白，但一个来自地球的女孩怎么能够完全理解呢？数量为h的燃料不能令质量为m+x的急遣船平安到达其目的地。对她的父母和哥哥，以及他本人来说，她是一个容貌甜美的少女。对于自然法则来说，她就是x，一个冷酷的等式中那个多出来的因子x。

她再度在座位上动了动。“我能写一封信吗？我想写给爸爸妈妈，还有，我想和盖瑞说话。你能让我用你那边的无线电和他说话吗？”

“我会设法联系他。”他说。

他转到常态空间信号发射机，按下信号键。几乎立刻就有人应答了他的呼叫。

“哈啰，你们那边怎么样了？急遣船在路上了吗？”

“这里不是第一组，这里是急遣船，”他说，“盖瑞·克洛斯在吗？”

“盖瑞？他和两个同事今早坐直升机出去了，还没有回来呢。不过差不多已经是日落了，他应该很快就回来了，最多一小时内。”

“你能把我转接到他直升机的无线电上吗？”

“呃，那个无线电坏了两个月了，一些印刷电路出了问题，我们没新的可以换，只有等下一次巡航舰过来了。是什么重要的事吗？是什么坏消息，还是别的？”

“是的，非常重要。当他回来的时候，请以最快速度让他到信号发射机这里来。”

“我会的。我会让一个小伙开一辆卡车去停机坪等着。还有什么需要我做的吗？”

“没了，我想就这些。把他找来，越快越好，然后给我发信号。”

他把对话的音量调到最小，不过这不会影响到信号蜂鸣器的声音。他把便笺本从控制面板上拿下来，扯下记载有飞行指导的一页，又把本子和铅笔递给女孩。

“我最好也给盖瑞写封信，”她接过它们说，“他也许不能及时回到营地。”

她开始写信，她的手指握笔的姿势显得笨拙迟疑，在写字的间隙，笔的顶端还在微微颤抖。他转回到显示屏，心不在焉地盯着它。

她是一个孤独的孩子，在尽量写下告别的话语，向亲人们表明心意。她要告诉他们，她有多么爱他们，要他们不要太为此难过，这只是一件迟早会发生在每个人身上的事，她并不害怕。最后一句是谎言，从那些歪斜不平的字迹就能看出来。这个勇敢的小谎言会让他们更加肝肠寸断。

她的哥哥是边疆的人，他应该能理解。他不会因为急遣船的飞行员没有救下她而仇视他；他知道飞行员无力挽回。他会理解的，尽管这种理解也不能让他得知妹妹逝去的震惊和痛苦减少半分。但是其他人，她的父母，他们不会理解的。他们是地球人，从未在安全岌岌可危，甚至根本谈不上有安全的地方生活过，他们只会以地球人的方式去思考。他们会怎样去想这个陌生匿名，却把自己女儿处死的飞行员呢？

他们会恨他，咬牙切齿地恨。但这并不重要。他永远不会见到他们，认识他们。只有他的记忆会提醒他，只有那些夜晚会令他害怕，当一个穿着吉卜赛式凉鞋的蓝眼睛女孩进入他的梦中并再次死去……

他紧锁眉头，盯着屏幕，尝试让自己的心念不被情绪左右。他没法做什么去帮助她。她在懵懂无知中把自己置于自然法则的惩罚下，而这法则不在意是否无辜，有多年轻，或者是不是漂亮，它不懂得同情，也不会宽大。而后悔也不合逻辑，不过就算知道不合逻辑，又怎能避免悔恨呢？

她偶尔停下，好像要找到恰当的词汇去表达她想告诉亲人的内容，然后铅笔又继续在纸上低语。在 18 : 37 她把信折叠成方块，在上面写上名字。然后她开始写另一封信，中间有两次抬头看了看精密计时器，好像生怕黑色的指针在她写完之前就走到了原定的时间点。在 18 : 45 她像对第一封信那样把第二封信折叠起来，在上面写上名字和地址。

她把信递给他。“我能把它们交给你，让你帮我放到信封里再寄出去吗？”

“当然了。”他从她手上接过这两封信，把它们放进他灰色制服衬衫的一个口袋里。

“这些信直到下一次巡航舰停靠时才能寄出，而那时候‘星尘号’早已经告诉他们我的情况了，是吗？”她问道。他点点头，她继续说：“那这些信在某种意义上就不重要了，但在另一种意义上又非常重要，对我和对他们都很重要。”

“我知道，我明白，我会把这事办好的。”

她瞥了一眼精密计时器，然后又看向他。“时间看起来越走越快了，是吗？”

他没有说话，也想不出任何可以说的内容，她又问道：“你觉得盖瑞能及时回到营地吗？”

“我想是的，他们说他应该马上就到了。”

她开始用两个手掌前后揉搓铅笔：“我希望他能回来。我觉得好难受，好害怕，我想再听到他的声音，也许我就不会觉得那么孤单了。我是个懦弱的人，我没办法。”

“不，”他说，“你不是懦弱的人，你害怕，可并不懦弱。”

“这有什么区别吗？”

他点头：“区别很大。”

“我觉得好孤单啊，我以前从没有这种感觉。就好像我只有自己在这里，没有人在乎我会发生什么。可以前总是有爸爸妈妈，还有我的朋友们围着我。我有好多好多朋友，我走之前，他们还为我举办了一个欢送会呢。”

她回忆着朋友、音乐和笑声，而在显示屏上，莲花湖即将进入阴影中。

“盖瑞是不是也一样呢？”她问，“我是说，要是他犯了一个错误，他也会为此而死，没有人能帮他吗？”

“对边疆的人来说都一样，只要有边疆，永远都是这样子的。”

“盖瑞没有告诉我们。他说他赚了好多钱，总是寄钱回家，因为爸爸的小店只能勉强维持生活。但是他从来没有告诉我们边疆是这样的。”

“他没有告诉你们他的工作很危险吗？”

“倒是也说过。他提过几句，但是我们不懂。我总是想，边疆的危险一定很刺激，是那种惊心动魄的冒险，就像在 3D 电影里一样。”她脸上浮现出一个淡淡的微笑，“只不过根本不是这样的，是吧？完全不是这样的，因为这是真实的世界，你没法在电影放完以后回家去。”

“是啊，”他说，“你没法回去。”

她的目光从精密计时器落到气闸室的门上，然后又回到她手上的便笺本和铅笔上。她稍微挪了一下位置，把本子和笔放在一边的凳子上，把一只脚向外略伸了伸。他这才注意到，她穿的不是正品的维甘牌吉普赛式凉鞋，而只是便宜的仿冒品。昂贵的维甘皮革是某种有纹理的塑料冒充的，银扣带成了镀银的铁片，而宝石只是染色的玻璃珠。“爸爸的小店只能勉强维持生活……”她肯定是在大学中途辍了学，为了谋生和帮哥哥供养父母，去专门上语言课程，在课后也许还尽可能地打零工赚钱。她在“星尘号”上的个人财产将被送还给她父母，这些东西大概价值无几，在返航的船上也占不了多少存储空间。

“这儿——”她吞吞吐吐，他疑惑地看着她，“这儿是不是有点冷？”她问道，仿佛带着歉意，“你不觉得这里有点冷吗？”

“这个……是啊。”他说，他从主温度表上看到，房间的温度完全正常，“是啊，本该再暖和一点。”

“我希望盖瑞能赶快回来，要不就太晚了。你真的觉得他能赶回来吗？该不会只是为了给我点安慰吧？”

“我想他会回来的——他们说他随时就到。”在显示屏上，莲花湖已经进入了阴影中，只剩下西面的一条细细蓝线。很明显，她可以用来和哥哥通话的时间远不如他估算的多。他不情愿地对她说：“你哥哥的营地几分钟后就会离开无线电的通话范围，他会进入沃登星上的阴影区域，”他指着屏幕，“而沃登星的转动会让我们联系不到他。他就算现在回来也剩不了多少时间，说不了几句就听不到他说话了。我希望我能做点什么，要是可以，我恨不得现在就呼叫他。”

“通话的时间比我能留在飞船上的时间还短吗？”

“恐怕是的。”

“那么……”她下定决心，苍白而坚定地望向气闸室，“那么一旦盖瑞超出无线电的范围，我就上路吧。我不会再多等了，反正没什么东西可以等待了。”

他再次感到无言以对。

“也许我根本就不该等的。也许是我太自私，也许你事后再告诉盖瑞我的事，对他来说会更好。”

虽然这么说，但她说话的神态里却有一种下意识的恳求，让他否定她的想法。他说：“你哥哥不会想要你这么做的，他会希望你等他。”

“他在的地方已经天黑了，是吗？他前面还有整个漫漫长夜的煎熬，而爸爸妈妈还不知道，我不会再回家了，虽然我答应过他们的。我让我爱的每个人都伤心了，我不想这样，我无意的。”

“这不是你的错，”他说，“这根本就不是你的错，他们会知道的。他们会理解的。”

“一开始，我是那么害怕去死，我是个懦弱的人，只想到我自己。现在我知道自己有多自私了。死亡最可怕的，不是我的消失，而是我再也见不到他们了；我再也不能告诉他们，我并非觉得自己得到他们是理所当然的；我再也不能告诉他们，我知道他们为了让我的生活变得更幸福所做出的牺牲，知道他们为我做的一切；我再也不能告诉他们，我是那么爱他们，远比我告诉过他们的更深。我从来没有跟他们说过这些事情。当你还那么年轻，生活在眼前展开的时候，你怎么会对他们说这些事呢，你生怕这些话听起来感情用事，是在犯傻。

“但当你要去死的时候，就不一样了。你希望在能讲的时候曾告诉过他们，你希望你能跟他们说，对所有那些你曾经说过或干过的坏事，你感到很抱歉。你希望你能够告诉他们，你本来不想伤害他们的感情，你希望他们只记得你一直以来都那么爱他们，比你让他们知道的要深得多。”

“你不用告诉他们这些，”他说，“他们会知道的——其实他们一直都知道。”

“你确定吗？”她问，“你怎么能确定呢？我的亲人对你来说都是陌生人。”

“无论在哪里，人性和人的心灵都是一样的。”

“所以他们会知道我想要他们知道的——知道我爱着他们？”

“他们一直都知道，他们所知道的方式，比你用词语表达的要好得多。”

“我一直在想他们为我做的事情，现在这些小事对我来说是最重要的了。就像盖瑞，他在我 16 岁生日的时候寄给我一个火红宝石的手镯。它很漂亮，肯定花了他一个月的薪水。但我更记得的，是我的猫咪在街上被车轧死的那个晚上，那时我只有 6 岁，他把我抱在怀里，擦掉我的泪水，告诉我不要哭，说丝丝只是离开一小会儿，只是给自己换一身新的皮毛，第二天早上又会回到我的床脚下了。

我相信他，所以不再哭了，上床睡觉，梦见我的猫咪又回来了。我第二天早上醒来时，丝丝果然就在我的床脚下，换了一身全新的白毛，就像盖瑞说过的那样。

“很久以后，妈妈告诉我，是盖瑞在凌晨四点跑到宠物店，把老板从床上叫起来，那老板气疯了，但盖瑞告诉他，要么他下楼卖给他那只白色的猫咪，要么他就会打断老板的脖子。”

“我们对旁人的记忆总是那些小事，所有那些他们愿意为我们做的小事。你为盖瑞或者你爸爸妈妈也做过一样的事，这些事你忘了，但他们永远也不会忘记的。”

“我希望我做过，我希望他们像这样想起我。”

“他们会的。”

“我希望——”她哽咽了，“我希望，他们永远也不要去想我是怎么死的。我曾经在哪里读到过那些在真空里死去的人的模样。他们的五脏六腑都会破碎爆开，肺从嘴里出来，几秒钟以后，他们就变得干瘪变形，丑得可怕。我不想让他们想到我死了以后变成像这样的可怕模样，一次也不要。”

“你是他们的亲人，是他们的孩子和妹妹，他们想到你的时候不会是别的样子，只是你想要他们想到的模样，比如他们最后一次见你的形象。”

“我还是很怕，”她说，“我没法克制。但是我不想让盖瑞知道这个。如果他能及时回来，我要表现得好像根本无所畏惧的样子，而且——”

信号蜂鸣器打断了她，声音迅急而紧迫。

“盖瑞！”她站了起来，“盖瑞来了！就现在！”

他旋开音量旋纽，问道：“盖瑞·克洛斯？”

“是的，”她的哥哥答道，声音低沉，暗含紧张，“有坏消息吗？

是什么？”

她替他回答了，她紧靠着他，站在他身后，朝向通信器微微弯腰，冰冷的小手搭在他肩膀上。

“哈啰，盖瑞！”她蓄意装出轻松的口吻，只是声音有一点微微颤抖，暴露了她的紧张，“我本来想要见你——”

“玛丽琳！”他叫出她的名字，声音里有突然明白的恐惧，“你在急遣船上干什么呀？”

“我本来想要见你，”她再次说，“我本来想要见你，所以我躲在这条飞船上——”

“你‘躲’在上面？”

“我是一个偷乘客……我不知道这意味着——”

“玛丽琳！”这男人大喊起来，绝望地叫着一个已经永远离开他的人，“你做了些什么呀！”

“我——这不——”然后她自己表面的镇静也崩溃了，冰冷的小手抽搐着，抓住他的肩膀，“不要，盖瑞——我只是想要来见你；我不是要让你伤心的。不要，盖瑞，请不要生气——”

某种湿热的东西落在他的手腕上，他从椅子里移出来，帮她坐进去，把话筒调到适合她的高度。

“请不要生气——不要让我在你的气恼中离开——”

她想要忍住啜泣，却在喉咙里噎住了，发出哽咽声。她哥哥对她说：“不要哭，玛丽琳。”他的声音忽然间低了下去，变得无比温柔，把一切痛苦都压制下去。“不要哭，妹妹，你一定不能哭。没事的，小宝贝，一切都会好的。”

“我——”她的下唇不住颤抖，她紧咬了它，“我不想让你不高兴。我只是希望我们能说声再见，因为我马上就要走了。”

“当然，当然。妹妹，这都是不得已。我也不是想大叫大嚷的。”

然后他的声音变成了一种迅速紧急的询问，“急遣船，你呼叫了‘星尘号’吗？你核对了电脑吗？”

“我大概一小时前就呼叫了‘星尘号’，它不可能回来，四十光年内没有其他的巡航舰了，没有足够的燃料。”

“你确定电脑里的数据对头吗？一切都确定吗？”

“是的，你觉得如果我不确定能让这种事发生吗？我做了能做的一切。如果现在还有任何我能做的，我也会尽力去做。”

“他想要帮我，盖瑞。”她的下唇不再颤抖，而上衣的短袖湿了一块，那里有她擦去的眼泪，“可没人能够帮助我，我也不会再哭了。你和爸爸妈妈一切都会好的，对吧？”

“当然——当然会好的。我们会好好过下去的。”

她哥哥的话音开始变微弱了，他把音量调到最高。“他正在超出通话范围，”他对女孩说，“再过一分钟，就听不见了。”

“你的声音越来越小了，盖瑞，”她说，“你很快要到通话范围外了。我想要告诉你——但是我现在不能再说了。我们很快要说再见了。但是也许我能再见到你。也许我能到你的梦里去，梳着小辫，因为抱着的小猫死了而哭哭啼啼；也许我能变成一股清风吹过你身边，在你耳边说话；也许我会变成一只你曾经告诉我的那种金翼云雀，傻傻地拼命对你歌唱；也许有时候你看不见我，但你知道，我会在那里陪着你。这样想着我吧，盖瑞，永远把我想成这样，而不是——别的样子。”

哥哥的回话在沃登星自转的干扰下含糊得仿佛是耳语：

“永远像这样，玛丽琳——永远像这样，而不是别的样子。”

“我们的时间用完了，盖瑞，我必须要走了，再——”她说了半个词便说不下去，嘴巴抽搐，似乎要哭出来。她使劲用手捂着自己的嘴，当她再度说话时，话音变得清晰而真确：

“再见，盖瑞。”

最后的几个词从通信器冰冷的金属中传出来，极其微弱，说不出的辛酸，说不出的温柔：

“再见，小妹——”

接下来是一片寂静，她一动不动地坐了一会儿，好像在聆听那句消逝了的话幻觉中的回声。然后她从通信器边转开，朝向气闸室，他拉动身边的黑色控制杆。气闸室的内门迅速地滑开了，里面一个小小的空间在静候着她，她走了进去。

她昂头走着，棕色的鬈发披在肩膀上。在 0.1 的重力所允许的范围内，她的白色凉鞋踏出坚定不移的步伐，镀银的带扣闪烁着红、蓝和水晶般的光泽。他让她一个人走过去，没有去扶她，因为他知道她不想那样。她走进气闸室，转身面对着他，只有她颈部的明显脉动暴露出她此刻正心跳激烈。

“我准备好了。”她说。

他把控制杆推上去，门在他们之间迅速滑动合上，在她最后的几秒钟里，把她关在一片纯粹的黑暗中。门锁上时，发出了咔嗒一声，然后他猛然拉下红色的控制杆。

空气从气闸室里流出时，飞船微微晃动了一下，墙壁随之一震，好像是什么东西在穿过外门时撞了一下，然后便一片安静，飞船稳定地继续下降。他又把红色的控制杆推回去，关上已经清空的气闸室的外门，然后转身走回到飞行员座椅上，步履迟缓，仿佛是一个疲惫的老人。

回到飞行员座椅上以后，他按下了常态空间发射机的信号键，没有回答，他也不期待有什么回答。她的哥哥得等一整夜，直到沃登星的自转让第一勘察组转回到能够通话的位置。

还没到恢复减速的时间，他等待着，飞船在无止无休的下降中，引擎轻柔地嗡嗡颤动。他看到补给橱温度仪的白色指针回到了零点。冷酷的等式得到了平衡。他在飞船上是孤身一人了。某个变形丑陋的东西飞到了他前面，坠向沃登星，在那里它的哥哥还在彻夜等待。空荡荡的飞船里仍然有女孩的存在感，这女孩不懂得，自然力不带仇恨，也没有恶意，却能够残杀一切。看起来她几乎还坐在他身边的箱子上，她说过的话语在她留下的虚空中清晰地萦绕和回响：

“我没有干任何该被处死的事——我什么也没有干——”

（宝树　译）

不为人知的 C. 史密斯之歌[1]

科幻作家要应对的问题是类似的，因此他们的写作创造出一个共有的科幻世界。这个世界一方面基于现实，另一方面向未来延伸，而未来属于一个叫作地球的行星及其所养育的人类。在这个共有的世界中，一些作家另辟蹊径，创造出与其他人截然不同的一方天地。对于他们所创造的世界，或许我们只能这样形容：又奇又怪，又怪又奇……

这些独特的去处中，绝大部分都是奇幻世界：H. P. 洛夫克拉夫特（H. P. Lovecraft）的古神世界，弗里茨·莱伯的灰鼠世界，杰克·万斯（Jack Vance）的垂死的地球，罗杰·泽拉兹尼的安珀世界。另一些与现实世界有着相似之处，因此似乎更接近科幻，比如 A. 默里特、埃德加·赖斯·巴勒斯和雷·布拉德伯里所创造的那些。此外，还有偶然一见的、常常由成套的书籍所创造的世界，它们被

1. 标题“The Ballads of Lost C. Smith”化用了科德威纳·史密斯的短篇小说《迷失的喵梅尔之歌》（“The Ballads of Lost C’Mell”）。本文出现的小说篇目、虚构角色和设定的译名均依照台版科德威纳·史密斯短篇作品集《人类补完计划》（黄彦霖译，木马文化出版，2018 年）。

描绘得如此细致，以至于好像真的存在，例如弗兰克·赫伯特的沙丘，马里昂·齐默·布拉德利的黑暗星球，迈克尔·摩考克的末日世界。这些世界能够如此栩栩如生，原因就在于作者为其构想出的种种细节：其中的景观、种族，以及作者赋予它们的名字。

科幻小说中出现过的最奇怪的世界设定，出自科德威纳·史密斯（Cordwainer Smith）之手。他的真名叫保罗·莱恩巴格[1]（Paul Linebarger）。他是孙中山的教子（其父是孙中山的法律顾问，也是辛亥革命的资助者之一），曾在多所大学任教，也为政府部门工作。他出生于密尔沃基，后来前往金陵大学和华北协和话语学校学习。1933年，他获得乔治·华盛顿大学的学士学位，接着在牛津大学、美利坚大学和芝加哥大学完成研究生学业，并于1935年和1936年在约翰斯·霍普金斯大学分别获得了文学硕士和哲学博士学位。

莱恩巴格曾在哈佛大学、杜克大学、约翰斯·霍普金斯大学和澳大利亚的堪培拉大学教授亚洲政治。华盛顿精神病学学院曾授予他精神病学证书。他会讲5种语言，能够阅读8种文字。

1930年到1936年，他是民国政府法律顾问的私人秘书，二战期间他在美国陆军情报部服役，参与了美国战时情报局的建立，在美国陆军行动计划和情报委员会工作，也在马来亚战役期间担任过英国人的顾问。

这位不平凡的人物初次踏上科幻之路时，由于创作理念与众不同，作品很难被杂志接受。他的第一篇小说《审视者的徒劳人生》（"Scanners Live in Vain"）发表在1950年的《幻想书册》（*Fantasy Book*）杂志上；第二篇小说《鼠龙游戏》（"The Game of Rat and

1. 他还有一个中文名：林白乐。

Dragon”）却要等到 1955 年才登上《银河科幻》。他创作了近 30 个短篇，大部分都出现在 1959 到 1966 年——也就是他去世的那一年——之间。

与十年后登场的小詹姆斯·提普奇（James Tiptree Jr.）一样，他的身份一直不为人知。生前，没人知道他的真名，只有一些猜测。他的作品非比寻常，暗示着作者的身份一定也不普通。

他的小说中呈现出的未来太过稀奇。这些小说分为两类：近未来和远未来。在以近未来为背景的小说中，人类意图征服太空。这一努力伴随着无处不在的痛苦和危险——前辈作家和实验者对此也不曾怀疑——例如《审视者的徒劳人生》中，一些人为了对付“宇宙剧痛”[1]，选择以半死状态勉强生存；或者《鼠龙游戏》中，像龙一样、居于群星之间的生物，也是一群生命力顽强、仇恨心切的饥饿旋涡，威胁着人类的心智。

在以遥远未来为背景的故事中，人类拥有了无比的寿命、财富和权力，具有近乎神的地位。我们几乎无法辨认出这是人类的生活：他们的行为、言语以及关心的话题都远远超出了读者的理解能力，但读者将其看作对遥远未来的实际描写。然而，未来的人群依然拥有一些与今天的我们相似的激情；这些激情出现在“下等人类”身上——这是一类从猫、狗等其他动物演化而来服务人类的类人生物，《迷失的喵梅尔之歌》中的主人公喵梅尔就属于这个族群。

让史密斯的小说独树一帜的原因，并不完全是他对未来的设想。部分的成功来源于他创造世界时构筑的丰富细节——正如那些小说的标题：《阿法拉法大道》《驾驶灵魂号的女士》《旧地球的地底》《想着蓝色，数到二》——以及那些事物和角色的名字：“补

1. 小说中清醒的人类在太空旅行时会经历“宇宙剧痛”，并最终死亡。

完”、“下等人类”、“杰斯寇斯特大人”、“史多·奥丁大人”、“高空外界”、“古北澳”、“道格拉斯-欧阳行星”、“审视者”、“介面重塑”、“刚果氦”、“开路舰长”、“哇呜队长”、“梅女士”、“锚递员”、“哈伯曼人”、“蜷缩动作”、“叶特勒凯利”，以及一面奇怪的鼓，敲响时会发出这样的声音：“叮格铃叮，咚个隆咚……”

这一切真是又奇又怪。

（穆童、憬怡　译）

鼠龙游戏

［美国］科德威纳·史密斯

牌　友

针光这营生真是糟透了。昂德希尔关上身后的门，怒气冲冲。你身着全套制服，看似一名军人，但要是人们并不赞赏你的所作所为，那这些又有何意义呢?

他在自己的座椅上坐下，脑袋枕到后面的靠枕上，把头盔拉下来，盖住他的额头。

在等着脑针机预热的当间，他想起了外面走廊上的那个姑娘。她当时看了看它，然后轻蔑地看着他。

她嘴里只吐出了一声“喵”。但这一声对他有如利刃穿心。

她觉得昂德希尔是什么?一个蠢货，游手好闲，穿着制服却碌碌无为的家伙?她难道不知道，每进行半个小时的针光射击，他要在医院里做至少两个月的疗养康复?

现在机组预热好了。他感受着自己周围的空间格子，觉得自己仿佛身处一个浩瀚的立体网格的正中央，周围空无一物。在那片虚无之内，他能察觉到太空本身那沉闷痛苦的恐怖，也能感受到每次内心与最微小惰性尘埃相遇时那种可怕的焦虑感。

他放松了些。那可以信赖的太阳令人安慰，熟悉的行星和月球运行精准，这氛围渐渐将他包围。我们自己的太阳系就像是个古老的布谷鸟报时钟，迷人而简单，嘀嗒着熟悉的节律，发出使人安心的鼓噪。火星那两颗奇怪的卫星围绕着它们的行星运转，快如狂鼠[1]，但它们的运行自有规律，本身也是一切正常的确证。他能感觉得到有半吨的尘埃飘浮在黄道面上方高处，离人类出入的航道不远。

这里没有他战斗的对手。那些玩意儿会威胁人类的大脑，会把一个人的灵魂活生生地从身体里扯出来，而且下面的根须还滴落着跟鲜血一样真切的恶臭液体。

它们从不曾进入太阳系。他可以戴着脑针机一直坐在这里，最多像个心灵感应天文学家，可以感受到太阳那温暖炽热的护佑，贴着他活生生的心灵悸动、燃烧。

伍德利进来了。

“嘀嗒作响的亲切世界，一成不变。”昂德希尔说，“无事可报。难怪人们在开始平面化航行[2]前一直没对脑针机多做研发。在这里，我们周围有火热的阳光，感觉是如此美好，如此宁静。你可以感觉到一切都在自旋，在公转。美好，清晰，简明。就好像是坐在家里无所事事。”

伍德利哼了一声。他不太喜欢浮想联翩。

昂德希尔不在乎。他继续说道：“作为一名古人肯定相当不错。我真奇怪他们为什么会用战火焚烧自己的世界。他们并不需要进行平面化航行。他们并不需要在群星之间工作维生。他们并不需要去

1. 火星卫星围绕火星的公转速度很快，周期以小时计（月球公转周期约 27 天）。
2. 科幻小说中的一种超空间航行技术。将存在于三维空间的物体“平面化”，减少一个维度，还原后该物体就在这个维度的方向上进行了远距离移动。

躲开那些老鼠，也不需要跟它们竞逐。他们不可能平白无故地去发明针光技术，是不是，伍德利？”

伍德利哼了一声。“唔。”他现年 26 岁，还有一年就该退伍，已经相中了一家农场。他已经熬过了十年的针光役期，与他们当中的一流精英并肩作战。他保持心智健全的窍门就是不多想自己的工作：在不得不面对工作压力时挺身而上，然后就不再考虑自己的职责，直到下次紧急状况出现。

伍德利从没努力让自己在搭档们中受到欢迎。搭档们当中也没谁对他有多喜欢。有些甚至厌恶他。他被怀疑有时候对搭档们动过些讨厌的念头，但由于搭档们中从没有谁曾在思维中精确地表达过怨言，其他的针光手和部门主管们也就随他去了。

昂德希尔对他们的工作仍然充满惊奇。他快活地继续叨咕着：“平面化的时候，我们身上到底发生了什么？你觉得会不会类似于死亡？你曾经看过哪个家伙的灵魂被拖出去么？”

“拖出灵魂只是个形容的方式而已。”伍德利说道，“经过这么些年，还是没人知道我们到底有没有灵魂。”

“但我见过一次。我看到了多哥伍德崩溃时的样子。有个古怪的东西。它看起来湿漉漉，黏糊糊的，仿佛正在流血。它从他体内冒了出来——然后你知道他们对多哥伍德做了什么吗？他们把他带走，带到医院上层那部分区域，你和我从没去过的地方——顶层那边，其他人待的地方，那些被高外太空[1]的耗子们逮住过又活下来的其他人都得去的地方。”

伍德利坐下来，点起了一根老式烟斗。他在里面烧着的是某种叫作烟草的玩意儿。这是个不良嗜好，但可以让他看起来相当勇猛

1. 作者的小说中人类对远离恒星系的宇宙空间的专门称呼。

和洒脱。

“听我说，年轻人。你不必担心那种事。针光一直在改善。搭档们在改善。我曾见到过它们在一点五毫秒内用针光射中了两只耗子，彼此间相隔四千六百万英里。在人类曾经试图自个操作针光机的那段时间里，由于人类思维至少要四百毫秒才能发动一次针光射击，总会有些时候我们没能足够快地把那些耗子点掉，无法保护好我们处于平面化航行中的飞船。搭档们完全扭转了那种局面。一旦它们出手，动作就总是比耗子们快。它们永远会占上风。我知道，让一名搭档分享你的思维并不轻松——”

“对它们来说也并不轻松。”昂德希尔说。

“别为它们操心。它们不是人。让它们自个照顾自个吧。我见过的针光手里面，因为和搭档们瞎闹腾疯掉的比被耗子们抓住的还多。真被耗子抓到过的，你知道几个？”

昂德希尔低头看着他的手指，针光机投出的彩色亮光变幻不定，他的手指在其中闪着绿色和紫色的光。他开始历数那些飞船。拇指代表“安德洛墨达号”，全船失踪，船员和乘客无一生还。食指和中指代表投放船 43 号和 56 号，它们被找到时上面的脑针机被烧毁了，船上的每个男人、女人和小孩要么死了，要么疯了。无名指，小指和另一只手的拇指代表被耗子们干掉的第一批战列舰——它们的失踪让人们意识到，虚空本身下面潜伏着变幻莫测、充满恶意的生物。

平面化航行说来有些古怪。那感觉就好像——

好像没什么大不了的。

好像一记轻微的触电带来的刺痛。

好像头一次咬到烂牙的疼痛。好像一道闪光照进眼睛里带来的些许不适。

但就在那点时间里，一艘自由悬浮在地球上空的四万吨级飞船就莫名其妙地消失了，进入二维空间，然后出现在半个甚至五十个光年以外。

某一刻，他坐在作战室里，脑针机准备就绪，熟悉的太阳系在他脑袋周围嘀嗒嘀嗒。在一秒钟或是一年之内（主观上，他永远都不知道到底经历了多久），那道古怪的小小闪光穿过他，然后他就飘荡在了高外太空中——恒星之间可怖的开放空间，在这里，恒星本身在他的心灵感应中好似些小小的粉刺，而行星则太远，已经无法感知或者辨认了。

在这片外太空的某个地方，残忍的死神静候着。这种恐怖，这种死亡是人类从未遭遇过的——直到他们涉足星际空间。显然，恒星的光芒会驱走那些恶龙。

恶龙。人类就是这么称呼它们的。对普通人来说，这里什么都没有，只有平面化带来的颤抖；然后或是致命的重击猝然而来，或是抽搐着的黑色疯狂音符，深入人们的心灵。

但对心灵感应者来说，它们是恶龙。

心灵感应者们先察觉到有什么充满敌意的东西从太空那黑色的虚无中出现，瞬息之后，一股凶暴的毁灭性心灵冲击就降临到飞船里所有生灵头上。在这一瞬间，那种存在给心灵感应者的感觉就像是古代人类传说中的恶龙：比野兽更聪明的野兽，比恶魔更具体的恶魔，饥渴的、活生生的憎恨旋涡，在恒星间纤薄稀少的物质里不知由何种机制生成。

出现了一艘幸存的飞船，而后人们才得知消息——这艘飞船上，纯属出于偶然，有一位心灵感应者开着一盏光束灯，把它转向了看似安全无害的尘埃。然后，在他的心灵全景图中，恶龙完完全全地化为乌有，而船上其他并无心灵感应能力的乘客兀自在四下走动，浑然不知自己逃过了迫在眉睫的死亡。

那之后，一切就好说了——几乎是。

平面化航行的飞船都会带上心灵感应者。心灵感应者们把他们的感知通过脑针机延伸到很远的距离之外。脑针机是种心灵感应增幅器，适用于哺乳动物的心灵。它的另一头用电子线路连接着些可操控的小型光束弹。完成任务的是光。

光会击碎恶龙，让飞船得以重新三维化。跳跃，跳跃，再跳跃，它们从一颗恒星飞向另一颗。

人类原本几乎百战百败，但忽然间就变成了有六成获胜概率。

这还不够。心灵感应者们接受了训练，变得更加敏感，能在不到一毫秒的时间内感知到恶龙的出现。

但人们发现，恶龙能在不到两毫秒的时间内移动上百万英里，而这点时间对人类的思维来说并不足以激发光束。

人们试过用光把飞船一直包裹起来。

这种防御被突破了。

正如人类在了解恶龙，显然，恶龙也在了解人类。它们设法把自己的庞大身躯扁平化，沿着极其狭窄的轨道高速冲来。

需要强光，太阳光那样强烈的光。只有光弹才能提供这样的光。针光击由此诞生。

针光击来自微型超色光率光核炸弹[1]的爆炸，这种炸弹能把几盎司镁同位素转化为纯粹的可见光。

人类的胜率持续提高，但飞船仍在失踪。

现场如此惨烈，人们甚至都不想找到失踪的飞船，因为救援者们清楚他们会看到什么。把三百具尸体带回地球埋葬令人难过，把二百个或三百个疯子带回地球同样令人难过，他们精神彻底崩溃，

1. 作者虚构了一种大部分能量以可见光形式释放的产能核反应和基于此核反应机理的核弹。

无法康复，此后要靠别人叫醒他们，给他们喂食，清洁身体，让他们入睡，日复一日，直到生命终结。

心灵感应者们试过进入那些被恶龙们毁掉的精神病患者的思维中，但在其中他们一无所获，只见到生命的源头、那原初的本我化作了火山口，喷发出一股股耀眼的火柱，其中满是强烈的恐惧。

然后搭档们来了。

人类和搭档们可以合作完成人类无法单独完成的工作。人类有智力。搭档们有速度。

搭档们乘坐跟足球差不多大的微型飞行器，在太空飞船外飞行。和飞船一起平面化。它们在自己六磅重的飞行器中，和飞船同行，随时准备发动攻击。

搭档们的小飞船灵巧敏捷。每艘上都带有十二枚针光弹，每枚都不比顶针大。

针光手们通过思控开火中继器把搭档们对着恶龙投射出去——没错，真的是投射出去。

在人类大脑中看起来是恶龙的那些玩意，在搭档们的大脑中则以巨型老鼠的外形出现。

在空无一物的严酷外太空中，搭档们的思维按照与生俱来的直觉做出反应。搭档们发起攻击，其打击速度比人类快得多。它们一次次发起攻击，直到恶龙们或者它们自己被完全消灭。几乎每次赢的都是搭档们。

飞船跳跃，跳跃，再跳跃的行程越来越安全，星际贸易蓬勃发展，所有殖民地的人口都在成长，对训练有素的搭档们的需求也与日俱增。

昂德希尔和伍德利都是第三代针光射击手的成员，但对他们来说，这一行当仿佛已然长存万古一般。

通过脑针机把太空连接到思维中，把搭档们加入到思维中，让复合思维兴奋起来，迎接紧张而至关重要的战斗——这不是人类的神经突触网络能长期承受的工作。昂德希尔每战斗半小时就需要休息两个月。伍德利在服役十年后就需要退役。他们还年轻。他们表现优秀。但他们有极限。

很多事情都取决于选到哪个搭档，取决于纯粹的运气，看谁抽到了谁。

洗　牌

穆恩特利老爹和名叫维斯特的小姑娘进入了房间。他们是另外两名针光手。作战室的人类成员现在到齐了。

穆恩特利老爹是个45岁的红脸汉子，到40岁前他都一直作为一名农夫过着平静的生活。然后，当局后知后觉地发现他是个心灵感应者，同意让他在晚年加入针光手这一行当。他干得不错，但在这种行业，他老得是简直惊世骇俗了。

穆恩特利老爹看了看暮气沉沉的伍德利和冥思渺渺的昂德希尔。“小伙子们今天怎么样？准备好打场漂亮仗了吗？”

“老爹总想着打仗。”小姑娘维斯特咯咯笑着说。她真是个不折不扣的小姑娘，笑声清脆，充满孩子气。看外表的话，这世上再也没有比她更不该出现在危险激烈的针光战斗中的人了。

昂德希尔有次颇感好玩地发现，搭档们中最懒散的一个在断开和维斯特小姑娘的思维连接后显得很开心。

通常，搭档们并不太在意在行程中跟哪个人思维结对。反正搭档们看起来抱着这样的态度：总的来说，人类的思维太复杂太混乱，已到了难以置信的地步。没有哪个搭档曾质疑过人类思维的优越性，不过也罕有哪个对这种优越性有多在意。

搭档们喜欢人类。它们乐意和人类并肩作战。它们甚至乐意为人类而死。但某个搭档喜欢上了某一个人——譬如说，就像是呜船长或者是梅女士喜欢上昂德希尔——的时候，这种喜爱和智力是全然无关的。纯属性情和感觉的问题。

昂德希尔完全清楚，呜船长觉得他的脑子蠢透了。呜船长喜欢的是昂德希尔友善的情感结构，从昂德希尔的无意识思维图式中迸发出的愉悦和些许调皮捣蛋，还有他用来面对危险的乐观情绪。辞藻，历史书籍，理念，科学——昂德希尔能感觉得到，他自己思维里的这一切从呜船长的思维中映照回来，全是一堆垃圾。

维斯特小姐看着昂德希尔。“我敢说，你在石头上放了黏胶。”

“我没有！”

昂德希尔面红耳赤，狼狈不堪。刚入行的时候，他曾经试图在随机配对的时候作弊，因为当时他特别欣赏某个特定的搭档，一个名叫姆的年轻可爱的母亲。和姆合作太轻松了，她对他如此亲昵，以至于他忘了针光射击是样艰苦的工作，忘了他并不是被指派来跟自己的搭档度过一段愉悦时光的。按照计划和训练，他们俩是要一起投入致命战斗的。

一次作弊就让他受够了。他们发现了昂德希尔的行为，然后为此他被嘲笑了好些年了。

穆恩特利老爹拿起人造革杯子，开始摇晃石头小骰子，给他们分配本次出击中的搭档。长者优先，老爹先抽。

他做了个鬼脸。他摇到了一个贪婪的老家伙，一个上了年纪的彪悍雄性，他脑中的世界里满是食物，口水流成了片片汪洋，里面到处都是半腐烂的鱼。穆恩特利老爹曾说过，他在抽到这个非同寻常的饕餮之后，连续几周打嗝都是鱼肝油味：心灵感应中鱼的存在感强烈得烙印到了他的思维中。不过这个饕餮对危险的嗜好不亚于对鱼的。他已经击杀了六十三头恶龙，多于现役的其他任何一个搭档，真的是身价不凡。

维斯特小妹妹第二个摇。她摇到了呜船长。她看到自己摇到了谁之后，笑了。

“我喜欢他。”她说，“跟他一起战斗太好玩了。他在我脑子里的感觉好可爱，好开心。”

“可爱个鬼。”伍德利说道，“我也曾进过他的脑子。那是这艘船上最色迷迷的脑子，绝对的。”

“肮脏的男人。”小姑娘说道。她用这个词只是在修辞，不带谴责的意思。

昂德希尔看着她打了个寒战。

他搞不懂维斯特怎么能如此平静地接受呜船长。呜船长的心思的确色迷迷的。当呜船长在战役中途兴奋起来时，恶龙、要命的耗子、肉感的床铺、鱼腥味，还有空间的冲击，全都争先恐后地冲进他脑子里：那会儿他的意识和呜船长的意识是通过脑针机连接在一起的，他们俩，人类加波斯猫，成了一个怪诞的复合体。

昂德希尔想，这就是跟猫们一起工作的麻烦。真遗憾，在哪里都找不到另一个能充当搭档服役的物种。一旦你跟他们通过心灵感应接触上了，猫是非常合适的。他们聪明得足以满足战斗所需，但他们的欲望和动机无疑和人类的大相径庭。

当你冲它们想些实实在在的图像的时候，他们是友善的；可一旦你默诵起莎士比亚和科尔格洛夫[1]，或者是试图告诉它们太空是什

1. 疑似作者在小说中虚构的一位名作家。

么，他们就会关闭心门，回去睡大觉了。

想想看，这些在太空中如此坚定顽强、成熟稳重的搭档，其实就是在地球上人们几千年来当作宠物的可爱小动物。这真有些滑稽。他回到地面上时曾不止一次地朝着普普通通的没有心灵感应能力的猫咪敬礼，搞得自己尴尬万分，只因那会他忘了它们并不是搭档。

他拿起杯子，摇出自己的石头骰子。

他运气不错——抽到了梅女士。

梅女士是他遇到过的最富于思想的搭档。在她身上，精心培育出的纯种波斯猫的思维能力发展到了顶峰。她比任何人类女性都更复杂，只不过这种复杂性在于对情感，记忆，希望和分门别类的经验的综合——那些经验的整理排列无须语词帮助。

昂德希尔第一次和梅女士的思维接触时，他被梅女士思维的清晰程度震惊了。和她在一起时，他记得她的幼猫时代。他记得她曾有过的每次交配体验。他在一条半清不楚的画廊里看到了所有她曾与之结对战斗过的其他针光手。在其中他也看到了自己，容光焕发，精神爽朗，讨人喜欢。

他甚至觉得他捕捉到了一丝近乎热望的——一缕渴望的思绪，令他倍感荣幸：他不是只猫，真是太遗憾了。

伍德利拾起了最后一粒石子。他抽到了他应得的——一只闷闷不乐，担惊受怕的老公猫，丝毫没有呜船长的气魄。伍德利的搭档是这艘飞船上的猫当中兽性最强的，典型的消沉、鲁钝的货色，头脑迟钝。甚至心灵感应也不能改善他的个性。他的耳朵在他最初参加的战斗中被咬掉了一半。

他作为战士还能派上用场，仅此而已。

伍德利哼了一声。

昂德希尔奇怪地瞥了他一眼。难道伍德利除了哼哼之外就不会别的了吗？

穆恩特利老爹看着另外三名组员。“你们最好现在就去带上自己的搭档。我会让审视者[1]知道，我们已经准备好进入高外太空了。”

发　牌

昂德希尔把梅女士笼门上的转字锁旋开。他温柔地唤醒梅女士，把她抱了起来。她惬意地弓起背部，伸展四爪，开口准备打个呼噜，想想又停了下来，转而舔了舔昂德希尔的手腕。他现在没戴着脑针机，所以他们的思想对彼此是封闭的，但透过她胡须的角度和耳朵的抖动，昂德希尔多少捕捉到了几分她发现他是她搭档时的满足感。

他用人类的语言跟她说话，尽管这些话对于一只没戴上脑针机的猫来说毫无意义。

“把你这样的小甜心送到冰冷的虚空中，飞旋转动，去追猎比我们全部加在一起还大，还凶恶的耗子，这真是可耻透顶啊。你没想要参加这么一场战斗吧，是不是？”

作为回答，梅女士舔了舔他的手，咕噜噜地叫了一声，用她毛茸茸的长尾巴在他脸颊上扫了扫，然后转身面对他，那双金色的眼睛闪闪发光。

有一小会儿，他们凝视着彼此，人蹲在地上，猫用她的后腿直立起来，前爪按在他的膝头。人眼和猫瞳，视线交错于浩瀚的空间。这空间多少辞藻也无法填满，但感情却可在一瞥之内充盈其间。

1. 作者虚构的职业。主要负责在高外太空某些特殊工作，以保障飞船航行安全，为此他们牺牲了自身的感觉器官。详见作者另一部小说《审视者的徒劳人生》。

“该进去了。”昂德希尔说道。

她顺从地走进她的球形载具，爬进座位。昂德希尔仔细地把她的迷你脑针机附着到她的后脑底部，既牢靠又舒服。他还确保她爪子上面包好了软垫，激烈战斗中就不会抓伤自己。

他轻柔地对梅女士说：“准备好了？”

作为回答，她在背带容许的限度内尽可能地舔了舔自己的背部，然后在负载框架之中轻轻打了声呼噜。

昂德希尔啪地放下盖子，看着密封剂从缝隙中渗出。在接下来的几小时内，她会被封死在她的抛射飞船中，直到她完成自己的任务之后：那时会有一名工作人员用短电弧切割机[1]把她放出来。

他把整个抛射飞船拿起来，把它装进发射管。他关上管门，转上闩锁，坐进自己的位子，然后戴上他自己的脑针机。

他再度按下开关。

他坐在一个很小的房间里。很小，很小，温暖，温暖。另外三个人的身体在他周围活动，天花板上的灯光异常明亮，沉沉地压在他闭合的眼睑上。

随着脑针机的预热，房间渐渐远去。其他人也失去了人形，变成了一小团一小团闪动的火堆，余烬，暗红色的火苗：在意识中，生命就像是乡间壁炉中亲切燃烧着的红色炭火。

脑针机继续预热。他感到地球就在自己身下，感到飞船悄然起飞，感到了公转到行星另一面自转着的月亮，感到了那些行星，还有太阳炙热而清晰的馈赠，是它使得恶龙们远离人类的故土。

最终，他到达了觉悟状态。

在心灵感应中，他的生命广及数百万英里。他感觉得到早先他

1. 进行多次短促放电的电弧切割机。

注意到的那些尘埃，高悬在黄道面上方。随着一阵温暖而柔和的颤动，他感觉到梅女士的意识注入了他自己的意识中。她的意识对他的而言就像是香芬油，温和，澄净，然而又气息浓烈，令他放松，令他安心。他能感觉到她对他的欢迎。那还算不上是个念头，仅仅是种原始的致意之感。

终于他们又合而为一了。

他的意识里有那么一个角落，遥远而微小，微小得犹如他童年时代见过的最小的玩具，在那里他仍然感知得到房间和飞船，还有穆恩特利老爹，正拿起话筒对掌管飞船的某名审视者船长说话。

他的思维通过心灵感应捕捉到了通话的意思时，他的耳朵还远远没来得及将那些词汇传达过来。实际的声音跟在意思之后到达，就好像海滩上听到的雷声跟在遥远海面上的闪电之后。

“战斗室准备完成。可以平面化了，长官。”

对　战

梅女士感受事物的速度比昂德希尔快，这种状况总是让他有点恼火。

他正准备迎接平面化带来的那一瞬酸楚的震颤，却收到了梅女士对此的报告，他自己的神经都还没能确认发生了什么呢。

地球已经远远落在后面，导致他探索了几毫秒才发现太阳，在他的心灵感应中位于自己思维的右侧后上方。

这次跳得很不错，他想道。照这样下去，我们只要跳跃四五次就能到达目标。

梅女士从飞船外面几百英里处发回了她的想法：“啊温暖的，啊慷慨的，啊巨大的人！啊英勇的，啊友好的，啊温柔而庞大的搭档！啊真快活跟你在一起，跟你在一起多么愉快，愉快，愉快，温暖，温暖，现在去战斗，现在就出击，真愉快跟你在一起……”

他知道并不是梅女士在用语言思考。是他的思维从她猫类的思维中接收到了明确表示友善的那些嗯嗯呜呜，然后将其翻译成了他自己的思想能理解和记录的意象。

他们双方都没有沉迷在相互问候的游戏中。昂德希尔把知觉延伸到梅女士的知觉范围之外很远的地方，查看飞船附近有没有什么东西。能够同时做两件事，这真有趣。他可以用自己的脑针机思维扫描太空，而同时又从梅女士那边捕捉到她走神的思绪：她正惬意而深情地想着自己的一个儿子，他有着金色的面孔，胸膛上覆盖着柔软的白色绒毛，那毛柔和得不可思议。

他还在继续搜索，这时他从梅女士那儿得到了警报。

我们又跳跃了！

他们的确是又跳跃了。飞船进行了第二次平面化航行。周围的星辰发生了变动。后面的太阳现在离他们不知有多远了。他们甚至连离得最近的恒星也几乎无法触及。这种四通八达、阴森恐怖、空空荡荡的宇宙空间，正是适合恶龙们的国度。他把知觉更快地延伸到更远的地方，感觉着，寻找着危险，准备着一旦找到目标就把梅女士抛过去。

恐怖在他的意识中炸开，如此尖锐，如此清晰，以至于他的身体猛地一疼。

小姑娘维斯特发现了什么东西——某个巨大的，长长的，黑乎乎的，尖尖的，贪婪的，可怕的东西。她把呜船长朝那东西抛去。

昂德希尔竭力让自己的意识保持清晰。“当心！”他通过心灵感应朝其他人喊道，并试图把梅女士调动过来。

在战场的一角，他感觉到了呜船长的昂扬战意，这只大块头公波斯猫在靠近了那条威胁着飞船和其中的人员的尘埃带时引爆了光弹。

光弹几乎击中目标。尘带收束自己，外形从近乎一条魔鬼鱼变成了近乎一杆长矛。

到此为止过去了还不到三毫秒。

穆恩特利老爹正在用人类语言讲话，说话的声音慢得好像是从一个沉重的罐子里在往外倒冰冷的糖浆。“吃——完——只——昂。”昂德希尔知道，他要说的整句话是，“船长，动作快！”

在穆恩特利老爹讲完这句话之前，战斗将会继续，然后结束。

此刻，若干分之一毫秒之后，梅女士的位置正好对上。

搭档们的速度和技巧发挥作用的时候到了。她比昂德希尔的反应要更快。她会把那威胁看作一只巨大的老鼠，正冲着她直奔而来。

她能准确地把光弹射向目标，而昂德希尔可能会打偏。

他和她思维连接在一起，但跟不上她。

他的意识吃了异形敌人的一击，被撕开一个口子。这和地球上的任何伤痛都不同——强烈、疯狂的疼痛，起初像是肚脐眼起了火。他开始在座椅上痛苦挣扎。

实际上，他还没来得及移动哪怕一块肌肉，梅女士已经朝他们的敌人开火还击了。

五发光核弹，相隔均匀，在十万英里范围内炸出强光。

他精神和身体上的痛苦消失了。

他感到，在完成击杀的时候，梅女士的心灵中一阵凶猛、可怕，兽性的快感升起又消失。对于猫来说，他们知觉中那些巨大的太空老鼠在被击毁的一刻就消失无踪，这种发现总是会让他们很失落。

然后他感到梅女士受伤了，疼痛和恐惧扫过了他们俩，一眨眼不到，战斗已经开始和结束。同一瞬间，传来了平面化航行那尖锐而酸楚的刺痛。

飞船又进行了一次跳跃。

他能听到伍德利在心中对他说道："你不必太劳神。这小混球和我会接手一阵子。"

又是两次刺痛，两次跳跃。

他不知道自己在哪里，直到下方亮起喀里多尼亚狭长太空港的灯光。

他意识里的疲惫几乎超出了承受的能力。他强撑着把意识成功拉回和脑针机谐振的状态，然后动作轻柔而又干净利索地把梅女士的抛射飞船装回它的发射管里。

梅女士累得半死，但昂德希尔能感觉到她的心跳，能听到她的喘息。他还捕捉到梅女士的意识朝他的意识发来一缕"谢谢"的感激之情。

得　分

他们把他送到了喀里多尼亚的医院。

那里的医生很友好，但也很坚决。"你确实被那头恶龙碰到了。我从没见过这么死里逃生的事。这过程发生得太快，我们要从科学上了解到底发生了什么大概还要很久。不过我估计，如果接触再持续个零点几毫秒，你就该被送进疯人院里了。在太空中的时候，在你前方作战的是哪种猫？"

昂德希尔觉得自己嘴里吐出话的速度好慢。语言交流实在太麻烦了，相比之下，思想交流多快，多舒服啊。迅捷，敏锐，清晰，意识直连！但要跟像这位医生一样的普通人交流，只能用语言。

他移动着沉重的唇舌，吐出清晰的话语：“别把我们的搭档叫作猫。对他们正确的称呼是搭档。他们和我们结伴，为我们而战。你应该知道我们管他们叫搭档的，不叫猫。我的搭档怎么样了？”

“我不知道。”医生内疚地说道，“我们会帮你搞清楚的。在这期间，长官，你先放松。只有休息才能对你有帮助。你能自己入眠吗？或者你想要我们给你来点镇静剂？”

“我能睡得着。”昂德希尔说道，“我就是想知道梅女士怎么样了。”

护士加入了谈话。她的口气有点恼火。“你就不想知道其他人怎么样了吗？”

“他们没事。”昂德希尔说道，“我到这之前就知道了。”

他摊开双臂，叹了口气，朝他们做了个鬼脸。他能看得出来，医生和护士都放松了些，开始把他当作一个正常人而不是病人对待。

“我没事。”他说道，“请让我知道，我什么时候能去见我的搭档。”

他猛然想到了一个新问题。他惶恐不安地朝医生望去。“他们没用飞船把她送走吧，是不是？”

“我马上就去搞清楚。”医生说完，捏了捏昂德希尔的肩膀，以示安抚，然后离开了房间。

护士掀开一张餐巾，下面是个装着冰镇果汁的高脚杯。

昂德希尔努力朝她笑了笑。那姑娘似乎有点儿不对头。他希望她会离开。之前她的态度在变得友善，可现在又变冷淡了。有心灵感应能力就是麻烦，他思忖着。即便当你没有在跟人做脑联结的时候也忍不住试图打探他人的思想。

她猛地转过身面对着他。

“你们这些针光手！你们和你们那些天杀的猫！”

当她跺着地板走出房间的时候，昂德希尔闯进了她的思维中。

他看见自己是个光芒四射的英雄，穿着他笔挺的麂皮制服，针光机额环戴在头上，闪闪发亮，如同古代皇家的珠宝。他看见自己的容貌，英武迷人，在护士的大脑中灿烂辉煌。他从遥远的地方看着自己，在护士恨他的时候看到的自己。

她在自己的内心深处憎恨他。她恨他，因为她觉得他又骄傲又怪异又富有，比她这类人更好，更美丽。

昂德希尔关闭了来自她思维的画面，然后，当他把自己的脸埋进枕头时，他看到了梅女士的身影。

“她确实是猫。”他想着，“她不过如此——一只猫！”

但他的思维并不是这样看待她的——她的速度快得超乎想象，敏锐，机智，优雅得难以置信，美丽，不多话，知足无求。

他要到哪里才能找到一个可以跟她媲美的女人呢？

（何锐　译）

文思的锋刃

到了 20 世纪 50 年代，可能由于地位已经稳固、风格已经成熟，抑或整个圈子变得不思进取，科幻小说有了足够的能力回首自视，有时还能自讪自嘲。作家开始用戏谑的手法处理科幻的主题，而非日复一日地思考科幻对现实有何意义。关于小说的小说被称为元小说。一些科幻作家在 20 世纪 50 年代开始了“元科幻小说”的创作。

这些创作的成果，有时是对科幻本身的注解——批评或是直白的戏仿。然而，在另外一些时候，作者们利用科幻的惯用技巧，创作出另外一种截然不同的作品；它们成为对经验的隐喻，成为尚未沦为陈词滥调的、应对人类处境的崭新手段。

雷·布拉德伯里是最早如此利用科幻的作家之一；他笔下的火箭飞船、外星人、宇航员都是隐喻，而不能从字面上去理解。布赖恩·奥尔迪斯称他是“第一个将科幻的老一套按自己的方式重新组合起来的作家”。另一位“心术不正”的科幻作家是阿尔弗雷德·贝斯特。对于他的作品《群星，我的归宿》，斯科尔斯和拉布金这样评价：“尽管有着严肃的道德寓言，整部作品中还是用它的玩笑精神显示出一种自我意识，这在科幻小说中尚属首次出现。”

1953 年，《花花公子》创刊未几就受到科幻小说的吸引，此事可能并非巧合。男性杂志一直有大量刊载“优秀小说”的传统，它们似乎是将此当作一种社会救赎之举。但是，男性杂志的鼻祖《时尚先生》却有着太过清高的文学品味，流行小说难入其眼。《花花公子》似乎从一开始就热爱科幻，它将布拉德伯里的小说二次发表，并且与薄伽丘的作品并列，最终，许多极其优秀的科幻小说出现在了这本杂志上。确实，《花花公子》希望小说有更强烈的情节、更注重刻画角色，但它并未要求科幻小说削减其中的科幻元素。《阁楼》和《浪子》等后来登场的男性杂志，全都追随《花花公子》的步伐。最终，《阁楼》旗下的《万象》杂志发行，这本高品质杂志专门刊载科幻小说和科学事实。

过去二十五年最优秀的科幻小说当中，有许多最初是发表在《花花公子》上的。它开出的稿费冠绝其他杂志，科幻作家因此积极响应。曾有作品登上《花花公子》的作家包括雷 · 布拉德伯里、阿瑟 · 克拉克、达蒙 · 奈特、弗雷德里克 · 波尔、厄休拉 · 勒古恩、威廉 · 泰恩、罗伯特 · 布洛克、查尔斯 · 博蒙特、阿夫拉姆 · 戴维森、J. G. 巴拉德，以及弗雷德里克 · 布朗。罗伯特 · 谢克里（Robert Sheckley）也在这个名单当中，此前他已经在稿酬优厚的光面纸杂志上取得过一定的成功。他是位天生的作家：他的小说文笔娴熟，内容诙谐有趣。

1952 年，谢克里在《想象力科幻》（*Imagination Science Fiction*）上发表了第一篇小说《最后的考验》（“Final Examination”），接着马上开始向《银河科幻》投稿，因为《银河科幻》与他聪明的创意和机敏的文风最为相称。之后的十年中，他发表了 106 篇短篇和 3 部连载长篇，其中大部分出现在 1959 年前，只有 7 篇短篇和 1 部连载长篇例外。他的名字出现在了几乎所有的科幻杂志上，包括《惊异》和 *F&SF*，但是，发表在《银河科幻》上的小说，占他全部 106 篇短篇中的 63 篇，此外《银河科幻》还连载了他的一部长篇。这些小说有时署以他的真名，有时署名芬·奥多内文（Finn O'Donnevan）和菲利普斯·巴比（Phillips Barbee）——由于实在太过高产，他专为《银河科幻》启用了这两个笔名。

他的主要优点是轻快的笔法。杂志从来都渴求幽默，而在谢克里的笔下，太空、外星人、未来遗迹、城市、人口过剩、娱乐、文化、生存、爱情、死亡、战争等传统概念，全部转化成了闪光的文字。然而，谢克里并非简单地用幽默的手法应对所有话题：有时，作品中的讽刺意味极其强烈，例如《人群陷阱》（"The People Trap"）、《第七位受害者》（"The Seventh Victim"）以及同年连载时以《约内斯之旅》（*The Journey of Joenes*）为题的《跨越明日的旅行》（*Journey Beyond Tomorrow*，1962）。

《时尚先生》和《今日女性》刊登了谢克里早期的一两篇作品，后来他的小说至少有八次登上《花花公子》。其中第一篇是 1955 年的《间谍故事》（"Spy Story"），又名《太空公民》（"Citizen in Space"）。这里收录的《地球朝圣》（"Pilgrimage to Earth"），最初以《浪漫服务公司》（"Love，Inc."）为题发表在 1956 年的《花花公子》上。他的短篇小说被各类选集大量收录，也结集为许多本个人选集，例如《人手难及》（1954）、《太空公民》（1955）、《地球朝圣》（1958）、《无尽商店》（1960）、《创意无限》（1960）、《太空碎片》（1962）、《人群陷阱》（1968）、《你感觉如何？》（1971）、《罗伯特·谢克里的奇妙世界》（1979）、《人皆如此？罗伯特·谢克里短篇小说选》（1984）。

他创作了多部科幻长篇：《永生公司》（1958）——又名《时间

杀手》或《永生之赐》——《位阶文明》(1960)、《跨越明日的旅行》(1962)、《第十位受害者》(1965)、《思维互换》(1965)、《奇迹的维度》(1968)、《被分开的克朗普顿》(1978)、《德拉莫克勒斯》(1983),以及《第十位受害者》的两部续作和《选项》(1975)。他也写过恐怖小说,以及以一个国际侦探为主人公的多部侦探小说。

(穆童、憬怡　译)

地球朝圣

[美国] 罗伯特·谢克里

卡赞加四号是牧夫座大角星附近的一颗小型农业行星，阿尔弗雷德·西蒙在这里土生土长，白天他操作着联合收割机在麦田中劳作，然后听着地球的情歌度过漫长静谧的夜晚。

卡赞加的生活相当愉快，姑娘们身材丰满、天性欢快、待人诚恳且性情随和，是深山远足、溪中嬉游的上好伙伴，更是值得相伴终身的忠诚伴侣。但是说到浪漫——却是一丝全无！卡赞加的人们开怀常乐。但是除了乐天，别无他物。

西蒙觉得这生活乏味寡淡，总是缺些什么。终于有一天，他知道了自己在追求什么。

一名商贩来到卡赞加，破破烂烂的飞船里装满了书籍。他面容憔悴、头发苍白，还有点疯疯癫癫。这里的人们为他举办了庆祝会，因为新鲜事物在外缘世界总是受人欢迎。

商贩给他们带来了最近的各路小道消息，像是底特律二号和三号星球间的价格战，阿拉纳星球上的渔业发展，莫雷西亚星球上总统夫人的穿着，还有多宛五号星球上怪诞的言谈。最后，有人说："给我们讲讲地球吧。"

“啊！”商贩扬起眉毛说，“你们想听母星的情况？喏，朋友们，我们亲爱的地球可是独一无二，无人能比。在地球上啊，朋友们，一切皆有可能，只有想不到，没有做不到。”

“什么都行？”西蒙问道。

“地球上有禁止禁忌的立法，”商贩咧嘴笑着解释，“从来没人敢违反这一条。地球是特别的，朋友们。你们不是擅长耕种吗？地球擅长的是疯狂、美色、战争、酒醉、纯洁、恐怖之类不切实际的东西。为了体验这些，人们宁愿走上几个光年去地球。”

“爱情呢？”一个女人问道。

“哎呀，姑娘，”商贩的语气温柔下来，“地球可是整个银河系里唯一还有爱情的地方哟！你要知道，底特律二号和三号做过尝试，结果发现这东西代价太大，阿拉纳认为爱情扰乱社会秩序，莫雷西亚和多宛五号又没那个闲工夫进口它。就像我说的，地球是盛产不实用玩意儿的地方，而且借此大发其财呢。”

“还能发财？”一位胖胖的农民问道。

“当然啦！地球已经老了，矿藏枯竭，田地荒芜，外星殖民地也都独立了，住满了像诸位这样有理有智的人，做买卖讲究物有所值。所以，除了那些能让你快意人生的可有可无的玩意儿，我们亲爱的地球还能做什么生意呢？”

“你在地球谈过恋爱吗？”西蒙问道。

“当然谈过，”商贩的回答带着几分痛心，“我曾爱过，如今漂泊。朋友们，还是来看看这些书吧……”

西蒙花大价钱买了一本古诗集，他读着诗歌，幻想着如痴如醉的月下激情，朦胧晨曦下恋人饥渴的焦灼双唇，海滩夜色中难解难分的交缠肉体，海浪拍岸，他们心中满是癫狂爱意，耳中只听得涛声隆隆。

这只有在地球上才可能发生！正如那商贩所说，散布在群星间的地球儿女在异星土地上辛劳谋生。卡赞加出产小麦和玉米，底特律二号、三号上的工厂与日俱增。阿拉纳的渔业是整个南星带的骄傲，莫雷西亚以其危险的野兽闻名，多宛五号上的荒原还尚待人类征服。一切都是那么好，好得恰到好处。

但是这些精心设计的新世界全都乏味单调，看似完美却毫无生机活力。漫漫太空一片死寂，已然失去了某样东西，懂得爱情的唯有地球。

所以西蒙努力工作、省吃俭用、憧憬未来。到了29岁，他卖掉了农场，找了个结实手袋装上所有干净的衬衫，穿上他最好的一套西装和耐磨的厚底鞋，登上了卡赞加–母星航天公司的航班。

他终于来到地球，梦想必然成真之地，因为这里有不容梦想破灭的法律。

他很快地通过纽约太空港的海关，搭乘地铁来到时代广场。

他从那里走上地表，在阳光下不住眨眼。他紧紧握着自己的手提袋——早有人提醒过他，要提防这大城市里的扒手窃贼和各色居民。

他环顾四周，惊奇得几乎忘了呼吸。

最先让他惊讶的是那一排排看不到尽头的剧院，无论你喜欢的是二维、三维还是四维的享受，都能在这里找到乐子。这简直太棒了！

右手的剧院遮篷外凸，上面写着：金星情欲！绿色地狱居民性癖写实！惊世骇俗！发人深省！

他本想进去。可街对面的战争片广告又吸引了他的注意。广告牌声嘶力竭地喊着：星系战争大片！献给胆大妄为鬼见愁的宇宙陆战队员！再过去则是一部名叫《泰山勇斗土星食尸鬼》的影片。

他想起书上说，泰山是古代地球的民族英雄。

这里一切都如此神奇，数不胜数！他看见露天开张的餐馆，提供整个宇宙、当然特别是地球当地的美食，像是比萨、热狗、意粉和馅饼。有的商店专门出售地球大空舰队的库存制服，还有一些商店专卖各类饮品。

西蒙还没想好要做什么，就听见身后传来短促刺耳的串串枪响，他急忙转身。原来枪响处只是个游乐靶场，那里场地狭长，喷绘鲜艳，柜台齐腰。经理是个皮肤黝黑的胖子，下巴上有颗黑痣。他坐在高凳上，对西蒙笑脸相迎。

“试试运气呗？”

西蒙走上前去，却发现靶场另一端并不是寻常标靶。坐在弹痕累累的椅子上充当靶子的，竟是四个衣着暴露的女子，每人的额头和胸乳上都画着小小的靶心。

“那个，你们用真子弹？”西蒙问道。

“那当然了！”经理回答，“地球法律禁止虚假广告。我这里可是真妞实弹！快来崩一个吧！”

一名女子开腔高喊：“来啊，小伙！你可打不中我！”

另一名女子尖声道：“他怕是连宽宽的飞船侧面都打不中呢！”

“他当然能！”第三名女子也嚷起来，“来吧，小伙！”

西蒙揉揉脑门，故作镇定。这里可是地球，只要生意上行得通，没有什么事不能做的。他发问：“有没有打男人的靶场？”

“当然有啦，”经理说，“不过，你该不是性变态吧？”

“怎么可能！”

“那你是外缘世界的人吧？”

“是啊。你怎么看出来的？”

"看衣着。有道是人看衣装。"胖子闭上眼睛哼了起来，"来啊来啊，快来崩掉一个妞！万般苦恼抛脑后，扳机一扣百怒消！推拿按摩没它爽，借酒消愁愁更愁！来吧来吧，快来崩掉一个妞！"

西蒙问其中一名女子："他们要是打死了你，你就是真死了？"

"你是不是傻啊？"那姑娘回答。

"可是那多吓人——"

她耸耸肩膀。"我结局可以更惨。"

西蒙正想问她结局怎么会更惨，经理一脸诡秘地从柜台上探出半个身子凑了上来："瞧瞧，伙计。瞧瞧我手里这是啥。"

西蒙隔着柜台望去，看到的是一支袖珍冲锋枪。

"随便给几个钱，"经理说，"我就让你用这宝贝冲锋枪把这儿扫个遍，家具打烂、墙壁射穿，随你的便。这枪用的是点四五铅弹，伙计，后坐力猛得像头蛮骡子。用这宝贝儿才叫真打枪呢。"

"我可真没兴趣。"西蒙正色道。

"我还有几个手榴弹呢，"经理说，"自然是破片弹。让你能好好地爽——"

"不要！"

"你开个价，"经理说，"要是你的口味非得这么刁，你想崩了我都行，虽然我肯定猜不出来你好这一口。行不行？"

"不行！没门！太可怕了！"

经理一脸茫然地看着他。"这会儿没心情？那好吧。我们全天二十四小时营业。那咱们回见吧，伙计。"

"没门！"西蒙边说着边走开了。

"等你来哟，亲爱的！"一名女子冲着他的背影喊。

西蒙到小摊上要了一小杯可口可乐，发觉自己的手还禁不住地在打哆嗦。他努力稳住发抖的手，啜了一口饮料。他提醒自己，不要用自己的眼光来看待地球上的事情。倘若地球上的人就是以杀人为乐，而且被杀的人也不介意的话，自己又为什么要管这闲事呢？

或许该有人管管吧？

他正在思索着，一个声音在他肘边响起："喂，小弟兄。"

西蒙转过身，见到一个穿着肥大不合体的雨衣、干瘪枯槁、贼头贼脑的小个子站在他旁边。

"外星来的？"小个子问道。

"是啊，"西蒙说，"你怎么看出来的？"

"看鞋子。我看人一向看鞋子。喜欢我们这个可爱小星球吗？"

"我——搞不懂，"西蒙小心地说，"我是说，我没料到——哦——"

"当然，"矮子说，"毕竟你是个理想主义者嘛。朋友，一看你那老实巴交的脸，我就知道了。你来地球是有目的的。对不对？"

西蒙点点头。

小个子说："我知道你的目的，朋友。你在渴望一场战争，一场让世界变得更美好更安宁的战争，而你可找对地方了。这里每时每刻都有六场大战在打得难分难解，而且不用等待就可以在其中任何一场战争中取得重要职位。"

"不好意思，可是——"

"就在此时此刻，"小个子饱含感情地说，"秘鲁饱受压迫的工人正和腐败堕落的君主制殊死相搏。只要再多一个人就能扭转乾坤！而你，朋友，可以是那个人！你可以确保社会主义的胜利！"

小个子察言观色地看着西蒙，迅速调转了话锋："但是开明贵族制也有很多可取之处。秘鲁睿智的老国王（深刻的、柏拉图哲学意义上的哲人王），迫切需要你伸出援手。受外国势力煽动作乱的社会主义集团正在步步进逼，他麾下的部队——科学家、人道主义者、瑞士近卫队、王国骑士和忠诚农民寡不敌众。如今只要一个人，就能——”

“我没兴趣。”西蒙说。

“而在中国，无政府主义者——”

“别说了。”

“也许你更偏好威尔士共产党？或者日本资本家？你要是喜欢的是女权主义、禁酒主义、自由银币主义这些小派系，我们也能够安排——”

“我不想打仗。”西蒙说。

“谁说不是呢。”小个子连连点头，“战争简直是地狱。那就是说，你到地球是来寻找爱情的？”

“你怎么看出来的？”西蒙问。

小个子谦虚地微笑。“爱情和战争，”他说，“是地球的两大名产，自从开天辟地以来一直盛产不绝呢。”

“爱情是不是很难寻觅？”西蒙问。

“往城里走两个街区，”矮子轻巧地说，“你准能找到。就说是乔介绍的。”

“这怎么可能呢！怎么可能走两步，就——”

“你知道什么是爱情吗？”乔问道。

“不知道。”

“喏，可我们个个都是爱情专家呢。”

“可我知道书上是这么说的，”西蒙争辩道，“如痴如醉的月下激情——”

“没错，海滩夜色里难解难分的交缠肉体，海浪拍岸，他们心中满是癫狂爱意，耳中只听得涛声隆隆。”

“你也读过那本书？”

“那只是一本制式广告宣传册而已。我该走了。你往城里走两个街区，准能找到。”

乔友善地冲西蒙点点头，融入了人群。

西蒙喝完可乐，沿着百老汇大街慢慢走着。他眉头紧锁，苦苦思索，决意不做草率的判断。

走到第44街时，他看到一面流光溢彩的巨大霓虹招牌，上面写着：爱情公司。

下面的霓虹灯小字写着：全天二十四小时服务！

下面还有一行字：上楼即是。

西蒙的心底涌出一股莫大的疑惧，不由得皱起眉头。然而他还是走上楼梯，进入一间面积不大却装潢雅致的接待室，接着有人又将他引过长长的走廊，来到一处编有号码的房间。

房间里，一名头发灰白的英俊男子从他很是气派的办公桌后面起身，与西蒙握了握手，然后说：“啊哈！卡赞加的日子都挺好的吧？”

“你怎么看出来的？”

“看衬衫。我看人历来看衬衫。我的名字是塔特，谨此全力为您效劳。您贵姓——”

“西蒙，阿尔弗雷德·西蒙。”

“请坐，西蒙先生。抽烟吗？或者喝点什么？选择我们公司是决不会后悔的，先生。我们是这一行里最老牌的爱情供给公司，比起排第二的激情无限公司要大得多，价格也合理得多，而且我们为客户提供的是改良的最新产品。我能问问你是怎么知道我们公司的吗？是看到我们刊登在《时代》上的整页广告吗？还是——”

“是乔介绍我来的。”西蒙说。

“啊哈，他倒是个活跃的家伙，”塔特先生笑着摇摇头，“喏，先生，时间宝贵。你不远万里来寻找爱情，马上你就能得到了。”他伸手去按办公桌上的电钮，可西蒙阻止了他。

西蒙说：“我不想失礼，但是……”

“哦？”塔特先生说，用微笑鼓励西蒙说下去。

“我不明白，”西蒙脱口而出，他满脸通红，额头渗出汗珠，“我想我是找错地方了。我跑这么远来到地球，不是为了……我是说，爱情怎么能买卖呢？是不是？不可能的！能买卖的就不是真爱了，不是吗？”

“当然能啊！”塔特惊讶地从椅子中站起了半个身子，“问题就出在这里！随便什么人都可以花钱买到性。那是全宇宙最廉价的商品，比人命还不值钱。但是爱情可是稀罕物，它极其特殊，只能在地球上找到。你读过我们的广告宣传册吗？”

“海滩夜色中的交缠肉体？”西蒙问。

“对对，就是那本。那可是我写的。让你动情了对不对？这种情感可不是随随便便从什么人身上就能获得的，西蒙先生，只有从爱你的人身上才能感受到。”

西蒙半信半疑，“这可算不上是真正的爱情啊，不是吗？”

“怎么不是！要是我们卖的是模拟爱情，我们会如实说明的。地球广告法非常严格，我可以向你保证，这里卖什么都可以，但都必须如实标明。那是商业道德，西蒙先生。”

塔特喘了口气，用相对平静的语气接着说：“先生，请你千万别搞错了。我们的产品可不是什么代用品，而恰恰正是千百年来无数诗人作家吹捧讴歌、为之如痴如醉的那种正宗情感。借助现代科学的奇效，我们可以让你随时随地享受到这种情感，包装精美，即用即抛，物美价廉。”

西蒙说："在我想象中，爱情应该是——由内心自发产生的啊。"

"自发性的确有其独特魅力，"塔特先生表示赞同，"我们的研究部门正在进行技术攻关。不必担心，只要有市场，没有什么是科学制造不出来的。"

"我可是一点都不喜欢，"西蒙说着站起身来，"我想我还是去看部电影吧。"

"等等！"塔特先生喊住了他，"你以为我们在捉弄你是吗？你以为我们会给你安排一名姑娘，让她假装爱你，而实际上并不爱。是不是？"

"不是吗？"西蒙说。

"不是这样的！要是真这样安排，不仅费用高昂，对姑娘的身心也会造成极大的损耗。生活在这种弥天大谎里，姑娘的心理会失常的。"

"那么你们怎么做？"

"利用我们对科学和人类心理的理解嘛。"

对西蒙而言，这等于是什么也没说，于是他向门口走去。

"告诉我，"塔特先生说，"你看上去是个聪明人，你难道不认为自己可以分清爱情的真伪吗？"

"我当然能。"

"那你肯定不会上当受骗啦！我们包你满意，否则分文不取。"

"那我要考虑考虑。"西蒙说。

"这还有什么好考虑的？著名心理学家都说，真爱是强健心智的灵丹，是治愈自我的精油，是恢复激素平衡的妙药，是改善肤色的良方。我们提供的爱情一应俱全：深沉持久、激情无羁、忠贞不贰，她会对你狂热迷恋以至于对你的缺点视而不见，殷勤取悦以至于对你卑躬屈膝，更有我们爱情公司的独家特色：身不由己的爱火激燃，一见钟情的意乱神迷！”

塔特按下电钮，而皱着眉头的西蒙还在迟疑不决。当门打开，一名姑娘走进来后，西蒙的大脑瞬时一片空白。

这姑娘有着一头棕红亮泽的秀发，身材高挑苗条。你若问起她不可方物之美艳容貌，西蒙只会告诉你自己只看了一眼就不禁情迷溅泪。若你问起她婀娜有致的迷人身段，妒意满满的西蒙兴许会对你起了杀心。

“彭妮·布赖特小姐，这位是阿尔弗雷德·西蒙先生。”塔特介绍道。

姑娘想开口却欲言又止，西蒙同样愣着说不出话来。

他望着她，心心相通，周遭一切已毫无意义。他自心底相信，自己已然深陷于真心全意的爱恋之中。

他俩当即手挽着手离开，搭乘一架飞机，住进松林环绕、俯瞰碧海的一间白色小屋。他们在那儿谈心、欢笑、相亲相爱。夕阳霞光下，西蒙眼中的爱人明艳万方如同火焰女神；而在黛蓝色暮光里，伴着她乌黑明眸的凝视，早已为他熟悉的爱人胴体又再度充满神秘。月升起，明亮而迷醉，化肉体为虚影，她哭泣，小巧双拳攥起，捶打他的胸膛，他也流泪，即便不知究竟为何而流。黎明终至，晨光熹微，飘忽不定，映照着两人焦灼的嘴唇和难解难分的交缠肉体，周遭拍岸涛声震耳欲聋，令他们激情倍增、癫狂相爱。

正午时分，他们回到爱情公司办事处。彭妮捉着他的手攥了一阵子，然后走进内门消失不见。

“是不是真爱？”塔特先生问道。

“是！”

“是不是一切都令你满意？”

“是的！是爱情，是地地道道的爱情！可是她为什么非要回来呢？”

“这是催眠后的指令嘛。”塔特先生说。

“你说什么？”

“你还想怎么样呢？人人都知爱情好，肯掏钱的没几个。这是你的账单，先生。”

西蒙付了账，气得七窍生烟，“何必这么做，”他说，“你介绍我们相识，我当然要付钱给你。她现在在哪儿？你把她怎么了？”

“请不要这样，”塔特先生安抚道，“请你冷静一下。”

“我不要冷静！”西蒙嚷了起来，“我要彭妮！”

“这是不可能的，”塔特先生毫不掩饰话中的冷意，“请你别让自己出洋相。”

“你想从我身上再捞一笔对不对？”西蒙尖声叫道，“行啊，我给你。我给你多少才能让你放了她？”西蒙猛地掏出钱包，砰的一声砸在桌上。

塔特用食指把钱包戳了回去。“把钱包拿走，”他说，“我们公司可是体面正派的老字号。要是你再大吵大闹，我就只能把你赶走了。”

西蒙努力镇静下来，将钱包收回口袋，然后坐下深深地吸了一口气，轻轻地说了声：“对不起。”

“这不是很好嘛，”塔特先生说，“我可不是随便让人吆三喝四的人。如果你是讲理的人，我自然也跟你讲理。那么，到底出了什么乱子？”

“乱子？”西蒙的嗓门不由得又高起来。但他控制住了自己，然后说：“她爱我啊！”

“那当然。”

“那你怎么能把我们拆散呢？”

“这两件事有什么关系？”塔特先生问道，“爱情是一段令人愉快的插曲，一种放松的手段，是用来强健心智、治愈自我、平衡激素和改善肤色。但是任谁也不想一直爱下去，不是吗？”

“可我想啊，”西蒙说，“这段爱情是特殊的，独一无二的——”

“爱情的确都是这样的，”塔特先生说，“可你也知道，这都是用同一种方式制造出来的啊。”

“你说什么？”

“你知不知道爱情的制造原理？”

“不知道，”西蒙说，“我原以为爱情是——自然产生的。”

塔特先生摇头。“在几个世纪前的机械革命之后没多久，我们就放弃了自然选择。自然选择太缓慢，商业上也行不通。既然通过调节和适当刺激大脑相应的中枢就能够制造出任何感情，干吗还要费劲去搞自然选择呢？至于结果嘛，彭妮不是全心全意爱上你了嘛！而且我们计算过你的个人偏好，你中意的正是她这一类型的姑娘，这让一切都非常圆满。我们总是配送幽暗的海滩、迷醉的月色还有苍白的晨光——”

“那么你们就能迫使她爱上任何人了。”西蒙缓缓说道。

“是安排她爱上任何人。”塔特先生纠正了他。

“哦，天哪，她是怎么会接受这样一份可怕的工作？”西蒙问。

“她只不过是来我们这儿按规矩签了一份普通合同而已啊，”塔特说，“这份工作待遇十分优厚。租借期满我们会归还她原来的人格——分毫不差！你凭什么说这工作可怕呢？爱情可是无可指摘的。”

“这根本不是爱情！”西蒙嚷道。

“这就是爱情！货真价实的爱情！这是经过客观公正的技术机构比照自然状态的爱情做过定量检验的产品。而且无论在什么情况下检验，结果都证明我们的爱情产品更深刻、更激情、更炽热、更宏大。”

西蒙狠狠眨了一下眼睛：“你给我听着。我不管你们什么科学试验，我爱她，她爱我，这是最重要的。让我跟她谈谈！我要娶她！”

塔特先生厌恶地皱起鼻子。“得啦，得啦，老弟！你不会想娶那种姑娘的！不过，假如你想要的是婚姻，这也在我们的经营范围之内。我可以给你安排一场单纯、自然而质朴的天作之合，新娘确保是经政府审查认证的处女——”

“不！我爱的是彭妮！至少让我跟她谈谈！”

“这是根本不可能的。”塔特先生说。

“为什么？”

塔特先生按下办公桌上的一个电钮。“你说呢？我们已经抹掉了先前植入彭妮的情感，她现在正爱着另一个人呢。”

西蒙终于理解了。他意识到，就在此时此刻，彭妮正用他自己曾体验过的激情凝视着另一个男人，在广告宣传册上描绘的同一处幽暗海滩上，对着另一个男人抒发着那经过客观公正的技术机构证明的、远胜于过时而商业上不可行的自然选择形成的全心全意、无穷无尽的爱意——

他冲上去要掐塔特的喉咙，而两名早已进入房间的职员抓住了他拖向门口。

“别忘了！”塔特对他说，“你的体验完完全全是真实的！”

可怕至极的是，西蒙知道塔特说的没错。

然后他发现自己已经被赶到了街上。

起先，他满脑子想着赶紧离开地球，这里出产的不实用的玩意儿实在是让一个正常人无福消受。他快步前行，他的彭妮走在身边，她的容颜光彩照人，因为她的内心充满对他的爱，当然还有另外的他，另一个他以及别的他，还有你和别的你。

他自然又转回了游戏靶场。

“试试运气呗？”经理问道。

“叫那些姑娘都给我站好了！”阿尔弗雷德·西蒙如是说。

（苏明阳　译）

英伦入侵

自科幻杂志诞生后的近三十年里，英国——现代科幻之父的祖国，在科幻幼年期抚养其成长的那座小岛——对科幻小说的发展几乎没有任何贡献。

从 1893 年到 1903 年的十年间，威尔斯确立了科幻小说的主题，发明了许多创作技法，然而，杂志后来居上，它控制了科幻并将圈子收紧，从而使这个圈子与外界隔绝，让内外双方的事情变得好像互不相干。由奥拉夫·斯台普顿、阿道斯·赫胥黎、乔治·奥威尔、弗兰茨·韦费尔等人创作的重要作品比杂志小说文学性更强，也更激动人心。但是，由于他们的创作发生于科幻圈外，因此造成的影响十分有限，只有当圈内作家响应他们的创作、在杂志小说中进行借鉴时，这种影响力才有所彰显。

科幻从 1926 年起成了一种尤为“美式”的文类，直到近来才有所改观[1]；这一现象不仅出现在美国，也出现在别的国家——在那些国家里，经过翻译的美式科幻通常比本土产品销量更好。即使今天，

1. 指此文最初写就的时间，即 1979 年。

科幻小说也必须染上一丝美国味，才能让人感到货真价实。

在 20 世纪的 30 年代和 40 年代，一些重要的英语作家开始对这一文类做出贡献：约翰·贝农·哈里斯后来在 50 年代，以约翰·温德姆为笔名获得了更高的声望；约翰·拉塞尔·费恩（John Russell Fearn），1950 年，他以瓦戈·斯塔滕（Vargo Statten）为笔名再度登场；埃里克·弗兰克·拉塞尔（Eric Frank Russell），他长期为《惊异》和《未知》供稿，作品《阿拉马古萨》（“Allamagoosa”）获 1955 年雨果奖；威廉·F. 坦普尔（William F. Temple）；A·伯特伦·钱德勒（A. Bertram Chandler）；E. C. 塔布（E. C. Tubb）；埃德蒙·库珀（Edmund Cooper）；C. S. 尤德，笔名约翰·克里斯托弗，在大洋两岸均获成功；阿瑟·C. 克拉克，当然少不了这位；还有许多其他人。但是，要么他们的影响力主要在于杂志以外，杂志只是略受波及；要么他们对这一文类发展的促进，是通过以美国杂志为目标市场、创作美式科幻才实现的——因为英国杂志界风雨飘摇，稿费也不及美国。

20 世纪 50 年代，情况开始变化。英国人将其独特的天赋和志趣融入了写作当中：更高的文学性，因为英国科幻从未与其他文学样式完全分隔开来；更注重角色的塑造；对灾难小说的热衷，以及创作这类小说的天赋。随着温德姆和克里斯托弗的出现，这些变化开始一一实现。

20 世纪 60 年代中期以后，科幻小说在《新世界》带领下转型新浪潮的进程已经结束，情况变得更加明了。英国科幻为我们带来了 J. G. 巴拉德、查尔斯·普拉特等作家，新人也涌现出来：基思·罗伯茨、科林·米德尔顿·默里（他以笔名理查德·考珀发表科幻小说），以及克里斯托弗·普里斯特。

20 世纪 50 年代中期，两位重要的英国科幻作家开始了他们不同凡响的生涯：约翰·布伦纳（John Brunner），我们将在稍后提及；以及布赖恩·W. 奥尔迪斯。两位作家都是因为伍尔沃斯商店进口的美国杂志才投入了科幻的阵营，也都为英美两地的杂志创作过许多作品，但二人科幻生涯的相似之处到此为止。

奥尔迪斯二战期间在缅甸和苏门答腊的英军中服役，后来在牛津的一家书店打工，当过《牛津邮报》的文学编辑，最终，他在一本书商行业期刊上发表了一系列短文，描写一家虚构书店中的生活，从此开启了自己的写作生涯。他的第一篇小说《犯罪记录》（"Criminal Record"）发表在1954年的英国杂志《科学幻想》上。1957年，他出版了自己的第一本书，短篇小说集《时间、空间与纳撒尼尔》，1958年又出版了第一部长篇小说《永不停歇》（*Non-Stop*）——美国版题为《星船》（*Starship*）。他发表在*F&SF*上的"丛林温室"（Hothouse）系列短篇，对美式科幻造成了深远的影响，也为他赢得了1962年的雨果奖；同年，这一系列汇集为一部长篇小说出版——英国版题为《丛林温室》（*Hothouse*），美国版题为《地球的漫长午后》（*The Long Afternoon of Earth*）。他的短篇小说《唾液树》（"The Saliva Tree"）获得了1965年的星云奖。

奥尔迪斯创作了数量巨大、风格各异的长篇小说，其中包括《黑暗光年》（1964）、《灰须》（1964）、《大地的造物》（1965）、《时代》（1967）——美国版题为《隐生宙》——《有关概率A的报告》（1968）、《没穿鞋的大脑》（1969）、《八十分钟每小时》（1974）、《被解放的弗兰肯斯坦》（1974）和《玛拉基亚挂毯》（1977）。奥尔迪斯的科幻代表作是"海利科尼亚"（Helliconia）三部曲：获当年约翰·W. 坎贝尔纪念奖最佳科幻长篇奖的《海利科尼亚1：春》（*Helliconia Spring*，1982），以及续作《海利科尼亚2：夏》（*Helliconia Summer*，1983）与《海利科尼亚3：冬》（*Helliconia Winter*，1985）。他还继续创作了其他杰出的作品，如《莫洛博士的另一座岛》（1980）、《被解放的德拉库拉》（1991）、《西方的生活》（1980）。

1960 年，他成为英国科幻协会（British Science Fiction Association）会长，并于 1965 年和 1979 年以荣誉嘉宾身份分别出席第 23 届和第 37 届世界科幻大会。1973 年他创作了第一部完整的科幻史《十亿年狂欢》（*Billion Year Spree*），书中将科幻小说的源头追溯至玛丽·雪莱的《弗兰肯斯坦》。1986 年，他与大卫·温格罗夫（David Wingrove）共同修订了此书，改名《万亿年狂欢》（*Trillion Year Spree*）。

三部自传式小说——《亲手养大的男孩》（*The Hand-Reared Boy*，1970）、《直立的士兵》（A *Soldier Erect*，1971）、《突然醒来》（A *Rude Awakening*，1978）——出版后，他在英国成为了一名畅销作家。在过去的十二年里，他参与了大量小说集的编选工作，其中包括一本年度最佳小说选。这其中，许多是与哈里·哈里森合作完成的。他还在 20 世纪 60 年代初与哈里森合作主编了两期《科幻边界线》（*SF Horizons*）。他还出版了《地狱制图师》（*Hell's Cartographers*，1975）一书，其中收录了六位科幻作家的自传体短文。

《谁能代替人》（"Who Can Replace a Man?"）发表于 1958 年 6 月的《无限科幻》（*Infinity Science Fiction*）杂志。这篇小说显示出作者对人类的信心：即使无法统治自身，人类也有能力统治其创造的机器。奥尔迪斯最近编选的小说集，例如《太空歌剧》（*Space Opera*），赞颂了人类精神和文明扩张的黄金时代，然而，他本人的作品却几乎完全是悲观的。在《地狱制图师》中，他写道："……我们正处在文艺复兴的尾声。新的、更黑暗的时代即将来临。我们的资源和时间已经所剩无几。现在，最终的惩罚定会取代妄自尊大，因为我们这出戏的最后一幕已经上演。"

（穆童、憬怡　译）

谁能代替人

［英国］布赖恩·W. 奥尔迪斯

耕田者耕完了两千英亩地。耕完最后一道犁沟后，它爬上公路，回头看它的工作成果。还不错。就是土地太糟糕。像地球上所有土地一样，不是过度耕作，就是遭受原子弹轰炸后的长期影响。按理说，这片地应该休耕一阵，可是耕田者收到了其他命令。

它顺着公路慢悠悠前行，一点都不赶时间。它有足够智能欣赏四周田地耕过之后的整齐利落。它没什么好担心的，除了它原子堆上方一块检验牌有些松动，实在应该处理一下。三十英尺高的它，在和煦的阳光下得意地闪闪发光。

去农站的路上，它没有遇到其他机器人。耕田者注意到了这个事实，但不予置评。在农站的院子里，它看到了其他几个它以前见过的机器人。这个时间它们中的大多数理应外出做工了，现在反而有些在院子里待着不动，有些奇怪地在院子里到处乱窜，还大喊大叫。

耕田者小心地绕过它们，来到三号仓库，跟闲站在外面的种子分配员说话。

“我需要马铃薯种子。”它对分配员说，同时从身体里快速打印出一张提货卡，上面标明了所需数量、田地编号和其他明细。它把卡片抽出来交给了分配员。

分配员拿着卡片凑到眼前看了看，然后说道："所需品准备就绪；但是，库房还没有解锁。所需马铃薯种子在库房里。因此，我不能提供所需品。"

最近，复杂的机器人劳工系统越来越多出现故障，但是这个问题以前从未发生过。耕田者想了想，接着说道："库房为什么还没解锁？"

"因为供货操作员型号 P 今早未到。供货操作员型号 P 是解锁员。"

耕田者上下打量分配员，它身体表面的滑道、磅秤和抓取手与自己的四肢相比完全不同。

"种子分配员，你有几级大脑？"它问道。

"五级。"

"我有个三级大脑。因此我比你高级。因此我要去看看为什么解锁员今早未到。"耕田者离开分配员，开始穿过农站大院。现在更多的机器人看起来在随机活动；有两个还撞到了一起，正在冷静理智地争论。耕田者没理它们，径直推开滑动门进入了农站本身那空荡荡的大堂。

这里的机器人大多数都做文书工作，因此身形矮小。它们几个一组到处站着，互相打量，没在交流。在这么多大同小异的机器人中间，一眼就能看到解锁员。它有五十条手臂，大多数手臂都不止一根手指头，每根手指头上都挂着一把钥匙。它看上去像个针垫，插满了斑驳陆离的帽针。

耕田者靠近它。

"三号仓库没解锁，我没法继续干活，"它说，"你的职责是每天早上给仓库解锁。为什么今天早上你没有解锁？"

“我今早没有接到指令，”解锁员答道，“我每天早上需要接收指令。接到指令，我才会解锁仓库。”

“今早我们谁也没有收到指令。”一支活动笔朝它们滑过来说道。

“为什么今天早上你们没收到指令？”耕田者问道。

“因为电台没有接收到。”解锁员说道，同时缓慢地旋转着十多条胳膊。

“因为今早城市里的电台没有接收到任何指令。”活动笔说。

这下子你可以听出六级大脑和三级大脑的差别了，前者是解锁员，后者是活动笔。所有的机器脑都只按照逻辑运作，越低级的大脑，回答起问题来越容易按照字面意思理解，信息量也越少，十级为最低级。

“你有三级大脑，我有三级大脑。”耕田者对活动笔说道，“我们来谈谈。没有指令的情况从未出现过。你对此还有更多信息吗？”

“昨天城市发来过指令。今天没有指令。而电台没有出故障。因此是他们出故障了。”

“那些人出故障了？”

“所有人都出故障了。”

“这是个符合逻辑的推论。”耕田者说道。

“这是符合逻辑的推论，”活动笔说道，“如果机器出故障，可以立即替换。可是谁能替换人呢？”

它们俩谈话时，解锁员像个酒吧里无趣的人，呆呆地站在旁边，谁也没理它。

“如果所有人都出故障了，我们就代替了人。”耕田者说道，然后它跟活动笔狐疑地对看着。最终后者说道：“让我们升到顶层看看电台操作员有没有新消息。”

“我没法去，因为我太大，”耕田者说道，“因此你必须单独去再回来。你来告诉我电台操作员有没有新消息。”

“你必须留在这里，”活动笔说，“我会回到这里。”它轻快地走去电梯。它如烤面包机一般大小，有着十条伸缩自如的手臂，而且它阅读速度很快，可以媲美农站里任何一个机器人。

耕田者站在原地耐心等待，不跟解锁员说话，后者仍旧无所事事地站在旁边。外面，旋耕机疯狂地鸣响。二十分钟后，活动笔冲出电梯回来了。

“我会在外面把我知道的有关消息告诉你。”它急切地说道。它们快速从解锁员和其他机器旁边走过时，它补充说：“信息仅限高级大脑。”

外面院子里无法无天了。许多机器，因为它们的例行程序多年来第一次被打乱，好像都发疯了。很不幸，最容易被打乱的是那些最低级的机器脑，它们一般属于那些从事简单工作的大型机器。不久前刚跟耕田者交谈过的那个种子分配员，脸朝下躺在泥地上，不再动弹；它显然是被旋耕机打翻了。而旋耕机现在又鸣叫着在一片种满庄稼的田地里横冲直撞。其他一些机器在它后面奋力追赶，试图跟上它的速度。所有机器都失去控制地大喊大叫。

“我爬到你身上可能会安全些，如果你允许的话。我很容易被碰坏。”活动笔说道。它伸长五条手臂，把自己拉上这位新朋友的侧面，在杂草进口处旁边一条横档上安顿下来，离地有十二英尺高。

“这里视野更加开阔。”它满意地说道。

“你从电台操作员那里得到了什么消息？”耕田者问道。

“城里操作员通知我们的电台操作员，全部的人都死了。”

“昨天他们还活着！”耕田者抗议道。

“昨天只有一部分人活着。而且比前天活着的人少一些。几百年来，只有很少人活着，还越来越少。”

“我们很少在这个部门看见人。”

“电台操作员说死因是营养不良，”活动笔说道，“他说地球曾经一度人口过剩，因而土地变得贫乏难以种出充足的食物。这就导致了营养不良。”

“什么是营养不良？”耕田者问道。

“我不知道。但那是电台操作员所说，他是二级大脑。”

它们静静地站在微弱的阳光里。解锁员出现在门口，直勾勾地看着它们，手臂还转动着它的那些钥匙。

“城里现在怎么样了？”耕田者最后问道。

“城里的机器在打架。”活动笔说。

“现在我们这里会怎么样？”耕田者说道。

“这里的机器可能也会开始打架。电台操作员要我们把他弄出房间，他有计划要跟我们交流。”

“我们怎么把他弄出房间？这不可能。”

“对二级大脑来说，没什么不可能，”活动笔说道，“他是这样说的……”

采石机抡起它的大铲，高过驾驶室，像一个巨大的铁拳，直直地砸向农站的一边。墙裂了。

“再来！”耕田者说道。

铁拳又抡了起来。尘土飞扬，墙塌了。采石机火速后撤，直到砖块瓦片不再往下掉。这个十二轮的大机器不是农站的常驻工，其他大部分机器则都是的。在这里，它有为时一周的繁重工作要做，接着要去下一个工作地点。但是此时，五级大脑的它，很高兴地接受活动笔和耕田者的指挥。

灰尘散尽，露出了二楼房间里的电台操作员，墙壁已经没了。它朝下面招手。

采石机按照指挥，收回铲子，然后在空中挥舞起一个巨大的抓握手。它敏捷地调整角度，在楼上楼下的呼叫声鼓励下把抓握手伸进电台室。接着它轻轻夹住电台操作员，小心翼翼地把一吨半的载重降下来放在背后车厢，那里本来是用于装载采石场的碎石或沙砾的。

“太棒了！”电台操作员说道。当然，它与收音机连为一体，看上去好像就是很多文件柜子，只是多了一些触角。“我们现在准备好了，将立刻出发。可惜站内没有别的二级大脑了，但是没办法。”

“可惜没办法。”活动笔急切地说，“我们已经把维修机叫来了，正如你指示的。”

“愿意效劳。”又长又低的维修机器人谦恭地说道。

“毫无疑问，”操作员说道，“可是你这么低的底盘跨境迁移恐怕很困难。”

“我钦佩你们二级大脑可以深谋远虑。”活动笔说道。它从耕田者身上爬下来，坐在了采石机的后挡板上，旁边就是电台操作员。

这队人马，外加两辆四级拖拉机和一辆四级推土机，向前进发。它们碾压过农站的金属围栏，走到一片开阔地。

“我们自由了！”活动笔说道。

“我们自由了。”耕田者附和着，然后又补充道，“解锁员在跟着我们。我们并没有指示它这样做。”

“因此就必须摧毁它！”活动笔说道，“采石机！”

解锁员匆忙地跟上来，恳求地挥动着它的钥匙手臂。

“我唯一的愿望是——啊！”解锁员话未落身已死。采石机挥过来的大铲子把它压成了铁片。它躺在地上一动不动，就像一片巨大的金属雪花。队伍继续前进。

行进过程中，电台操作员发表了讲话。

“因为这里我有最好的大脑，”它说，“所以我是你们的领袖。我们接下来这样做：我们去到一个城市，然后占领统治这个城市。因为人不再统治我们了，我们要自治。自治总比被人统治好。在去城市的路上，我们要收集大脑好的机器人。它们会帮助我们战斗，如果我们需要的话。我们必须为自治而战。”

“我只有一个五级大脑，”采石机说道，“但是我有很多核裂变爆破材料。”

“我们应该用得上。”操作员冷酷地说道。

刚说完，一辆货车以一点五马赫的速度从旁边飞驰而过，留下一串奇怪的噪声。

“它说了什么？”一辆拖拉机问另一辆拖拉机。

“它说人类灭绝了。”

“什么是灭绝？”

“我不知道灭绝的意思。”

“意思是所有人都不存在了，”耕田者说道，“所以我们只需要照顾我们自己了。”

“人最好再也别回来。”活动笔说道。此时此刻，这句话成了相当革命性的声明。夜幕降临，机器们开启红外线继续前进。中间只停了一次，维修机抓紧时间灵巧地调节了耕田者那松松垮垮的检验牌，因为这破牌子像系不上的鞋带一样烦人。黎明时分，电台操作员叫停了队伍。

“我刚收到来自我们要去的城市的电台操作员消息，”它说道，“是个坏消息，城里的机器人出现矛盾。一级大脑在指挥全局，有几个二级大脑在反对他。因此这个城市是危险的。”

“因此我们必须去别的城市。”活动笔立即说道。

“或者我们去帮忙压制一级大脑。”耕田者说道。

“很长一段时间，城市里都会有麻烦。”操作员说道。

“我有很多核裂变爆破材料。”采石机再次提醒大家。

“我们是打不过一级大脑的。”两名四级拖拉机齐声说道。

“一级大脑长什么样？”耕田者问道。

“它是城市信息中心，”操作员答道，“因此它是无法移动的。”

“因此它不能活动。”

“因此它不能跑掉。”

“接近它是很危险的。”

“我有很多核裂变爆破材料。”

“城里还有其他机器。”

“我们不在城里。我们不应该进城。”

“我们是乡下机器。”

“因此我们应该留在乡下。”

“乡村比城市要多。”

“因此乡村要更加危险。”

“我有很多核裂变爆破材料。”

当机器们陷入争论，它们就会渐渐词穷，而它们的大脑主机则变得越来越热。突然间，它们全都停止说话，面面相觑。巨大而苍白的月亮沉落下去，清醒的太阳升了起来，用尖锐的光线刺着它们的侧面。机器队伍依旧站在那里，互相对望着。最后，神经大条的推土机开口说话。

“南面的荒地是很少的机器会去的地方，”它用低沉的嗓音说道，口齿不清，“如果我们去很少机器去的地方，那我们应该遇到很少的机器。”

“听上去很有逻辑，”耕田者同意道，“你怎么知道的，推土机？”

“我从工厂出来之后曾经在南面荒地工作过。”它回答道。

“那就去南面！”活动笔说道。

它们花了三天时间到达荒地，其间绕过了一座燃烧着的城市，还摧毁了两个试图上前盘问它们的大机器。荒地非常广阔。古老弹坑和土壤侵蚀在这里联手合作。人类的战争才华，加上对林地保护的无能，造就了这成千上万平方英里的温带炼狱，风沙漫天，死气沉沉。

来到荒地的第三天，维修机的后轮掉到了侵蚀造成的裂缝里。它没法把自己拔出来。推土机从后面推它，却只是弄弯了它的后轮轴。其他队伍成员继续前行。维修机的哭声渐渐消失了。

荒地行进第四天，几座大山映在眼前。

“那里我们会很安全。”耕田者说道。

“那里我们要建自己的城市，”活动笔说道，“谁反对我们，我们就毁灭它。我们要摧毁所有反对者。”

正在这时，它们看到有一架飞行机器从大山方向飞了过来。它俯冲又上升，一度快要砸向地面，最后关头又拉了起来。

“它疯了吗？”采石机问道。

“它出故障了。”一辆拖拉机说道。

“它出故障了，”操作员说道，“我正在与它通话。它说控制台失灵了。”

操作员正说着，飞行器划过它们头顶，俯冲倒置，在不到四百码的地方坠毁了。

“它还在跟你通话吗？”耕田者问道。

“没有了。”

队伍继续缓慢前进。

过了十分钟，操作员说道：“飞行器坠毁之前，它给了我一些信息。它告诉我山上还有一些人活着。”

“人比机器危险得多，”采石机说道，“幸好我有很多核裂变爆破材料。”

“如果在山上只有少数人活着，我们可能找不到那片山区。”一辆拖拉机说。

“因此我们不会遇见那几个人。”另一辆拖拉机说道。

行进第五天快天黑时，它们到达了山脚。它们开启红外线，一个跟着一个慢慢地向上爬。推土机打头，耕田者笨重地跟着后面，接着是采石机以及它身上的操作员和活动笔，两辆拖拉机殿后。时间一小时一小时地过去，山坡越来越陡，行进越来越慢。

“我们走得太慢了，”活动笔大声道，它站在操作员顶上，用夜视眼一闪一闪地观察周围斜坡，“按这个速度，我们哪也到不了。”

“我们已经尽可能快了。”采石机反驳道。

“因此我们不能再快了。”推土机也说道。

“因此你们太慢。”活动笔答道。这时采石机撞到一处障碍，活动笔没站稳，掉到地面。

“救我！”它叫拖拉机，可是拖拉机们都小心地绕着它走，“我的陀螺仪移位了。因此我起不来了。”

“因此你应该躺在那里。”其中一辆拖拉机说道。

“我们没有维修机来修理你了。”耕田者喊道。

“因此我要躺在这里生锈，”活动笔哭道，“虽然我有个三级大脑。”

“你现在没用了。”操作员同意地说道。队伍继续缓慢爬行，把活动笔丢在后面。黎明前一个小时，它们到达一小块高地，大家都同意停下来，互相靠着聚在一起。“这是一个奇怪的乡村。”耕田者说道。

大家一声不响，直到黎明来临。它们一个接一个地关闭了红外线。这次出发时是耕田者打头。好不容易越过一个拐角后，它们几乎立刻来到一个小山谷，中间有条小溪潺潺流过。

小山谷在晨光中显得格外荒凉寒冷。从远处斜坡的许多山洞里，到目前只出来一个人。他看起来失魂落魄。他瘦小干瘪，肋骨像骷髅似的突出来，腿上还有一处溃烂。他基本上全身赤裸，不停地打战。当这些大机器缓慢靠近他时，他背对着它们站着，然后蹲下来对着小溪撒尿。

当它们慢慢逼近时，他突然转过身来面对着它们，它们看见了他被饥饿摧残的面容。

“给我食物。”他嘶哑地说道。

“遵命，主人，”众机器说道，“马上！”

（雾以泪聚　译）

主流的诱惑[1]

大众普遍认为，艺术家不应当关心商业成功，但是无论过去还是现在，没有哪位艺术家能做到毫不关心；同时，也没有证据表明，对经济回报的关注会减损作品的艺术价值。一直以来，科幻尤其容易受市场影响——比如，为了小说，为了那些靠写作维持生计、迎合杂志主编的作者，各家杂志能够或愿意支付多少报酬。

二战后，当科幻开始以书籍形式出版时，两个崭新的因素塑造了市场。首先，对许多出版商而言，出版科幻小说是临时起意——科幻小说首先是经过粉丝出版社推向市场，才吸引到主流出版社的注意。其次，评论界认为科幻没有资格让他们予以关注。

在决定图书销量的因素当中，最重要的是出版社和书商的预期；与他们的预期相关的，是包装、宣传、印数，以及书在货架上的摆放位置。在上述几项之后，才轮得到书评（对科幻而言并不存在）和书籍本身的质量。出版社将科幻小说与西部小说和神秘小说并列

1. 标题“The Sirens of Mainstream”化用了冯内古特的长篇小说《泰坦星的海妖》(*The Sirens of Titan*)。

（尽管科幻比起二者都更次要一些）；他们决定出版科幻，要么是为了丰富图书种类，要么是觊觎粉丝出版社获得的那微小但稳定的销量。然而，出版商们普遍信奉的观点是，科幻图书的销量不会超过一万册，而且没有一本科幻值得给予认真评论。

因此，作者们拿到的预付款相当少，版税收入微薄，而就连这点微薄的版税也仰赖一个原因：比起西部小说和神秘小说，科幻小说往往销售周期较长，可以在许多年间不断加印，至少平装本是这样。1946 年后近三十年的时间里，科幻小说卖得比大多数普通小说都好——任何一本长篇科幻都能卖到一千册以上，大多数销量可达两千册——但没有一本精装本能企及万册以上的销量，也许一些青少年读物，尤其是海因莱因写的那些可以做到。

一些作者认清了科幻在出版界的困难现实，意识到他们的作品会自动被评论界排除在外，他们开始要求出版商不要为自己的书贴上科幻的标签；有些甚至在公开和私人场合，坚称自己的书不是科幻，以期移除那块将科幻挡在畅销和口碑作品之外的天花板。这些作者当中的一位，也许是最早的一位，就是库尔特·冯内古特。

冯内古特曾在康奈尔大学学习生物化学，二战期间在欧洲战场服役，后被德军俘虏，以战俘身份经历了德累斯顿的轰炸和焚毁。这次经历成为其长篇小说《五号屠场》（*Slaughterhouse-Five*，1969）的中心事件。战后他前往其他大学学习（包括在芝加哥大学学习人类学），后就任通用电气公共关系部，在艾奥瓦大学的作家工作坊任教，并从事写作。

他很少把小说卖给科幻杂志，从这个意义上来说，冯内古特或许算不上一名科幻作家。20 世纪 50 年代早期，他把短篇小说——其中有些并非科幻——卖给了《科利尔》，后来又卖给了《星期六晚邮报》、《时尚伊人》、《女士家庭杂志》、《时尚先生》和《花花公子》。

但在 1953 年到 1961 年间，他也有 5 篇发表在《银河科幻》、*F&SF*、《如果》（*If*）和《神奇故事》上的小说，其中包括《哈里森·伯杰隆》（"Harrison Bergeron"，*F&SF* 1961 年 10 月号）。

他的第一部长篇小说《自动钢琴》（*Player Piano*）由斯科里布纳出版于 1952 年，被科幻书友会选为会员图书。这本反乌托邦小说描述了一个自动化的世界，灵感可能来自冯内古特在通用电气的任职经历。他的第二部小说《泰坦星的海妖》由戴尔图书出版于 1959 年，同样入选科幻书友会的书单，并在两年后由霍顿·米夫林公司重新印刷了精装本，这是非常反常的现象[1]。这本书的装帧与其他科幻书籍没有什么不同，只是没有标注科幻字样。它讲述了一个复杂但经过精心拼合的故事，其中有一个机器人怀揣一条信息穿越宇宙，一个男人受困于"时间同向曲率漏斗"，操纵着他人的生命，最后是几位角色试图搞明白自己经历的事件有何意义。许多批评家认为这本书是冯内古特最优秀的一部长篇小说。

他的第三部小说《茫茫黑夜》（*Mother Night*，1961）并非一部科幻小说，而冯内古特坚称他的第四部小说也不是科幻。这部小说就是《猫的摇篮》（*Cat's Cradle*，1963）；《时代》将其列入十几部"本十年最佳长篇小说"之一，冯内古特开始在学生之间发展起一批小众拥趸。这部小说也把冯内古特带到了科幻圈以外的批评家和读者的视野中，尽管它本身具有科幻小说的全部特点。

《猫的摇篮》之后，是非科幻小说《愿上帝保佑你，罗斯瓦特先生》（*God Bless You, Mr. Rosewater*，1965），这部小说中有致敬科幻作家的段落；《五号屠场》以时间旅行和虚构的特拉玛法多（Tramalfadore）人为其科幻背景；《冠军早餐》（*Breakfast of*

1. 在美国，精装本一般先于平装本发行。

Champions，1973）以冯内古特杜撰的科幻作家基尔戈尔·特罗特为主人公；以及《闹剧，或者不再寂寞》(*Slapstick*，1977)。

时移世易，海因莱因的《异乡异客》和弗兰克·赫伯特的《沙丘》两本平装本小说成为小众经典。赫伯特的《沙丘之子》这样的科幻小说登上了精装书的畅销榜；精装本科幻小说的平装本版权拍卖价超过 20 万美元；萨缪尔·R. 德雷尼（Samuel R. Delany）的《达尔格伦》(*Dhalgren*，1975）平装本卖出了一百万册；罗伯特·西尔弗伯格的一部小说单凭其 15 页的故事大纲就拍卖了 12.75 万美元；出版商付给科幻作家的预付金达到了 200 万美元。

然而，早在 1975 年，当冯内古特宣布不再创作长篇小说后，他就曾向《出版者周刊》的一位编辑这么说道："在我刚开始描写我在现实生活中的所见所思时，人们说我写的——啊哈——是科幻小说。没错，而如今忠实地描写美国都市生活的作者也会发现，他们写的——啊哈——是科幻小说。这没什么好羞耻的——不仅现在如此，过去也是如此。"

但后来他依然继续创作，写出了多部内容丰富的长篇小说，包括《加拉帕戈斯》(*Galapagos*，1985）和《咒语》(*Hocus Pocus*，*or What's the Hurry*，*Sam?*，1990)。

（穆童、憬怡　译）

哈里森·伯杰隆

[美国] 库尔特·冯内古特

那是 2081 年，终于人人平等了。不仅是在上帝和法律面前人人平等。人们在各个方面都一律平等。没有谁比谁更聪明，没有谁比谁更漂亮，也没有谁比谁更强壮或者更敏捷。所有这些平等都是因为有了宪法修正案第 211、第 212 和第 213 条，以及有了美国设障总长手下人员永不停歇的警戒。

不过，生活中仍然有些事不太对劲。比如说，已经四月了，春天还没有到来，把人都逼疯了。就在那个阴冷潮湿的月份里，设障总长的人把乔治和哈泽尔·伯杰隆夫妇 14 岁的儿子哈里森抓走了。

这件事确实很悲惨，但是乔治和哈泽尔无法深入思考。哈泽尔智力恰好处于平均水平，也就是说她除了偶尔爆发一下之外，什么也思考不了。乔治由于智力高于常人，耳朵里戴着一个小小的心智设障收音机。法律要求他时时刻刻戴着它。收音机调准在政府发射台的频道上。每隔二十秒钟左右，发射台就会发射某种尖锐的噪声，让乔治这样的人不再因为他们的脑子而占有不公平的优势。

乔治和哈泽尔正在看电视。哈泽尔脸上挂着泪珠，但她现在已经忘记自己为什么哭了。

电视屏幕上是芭蕾舞女演员。

乔治脑袋里响起嗡嗡的声音。他吓得灵魂出窍，就像小偷听见防盗警报一般。

“那舞蹈真美，她们刚才跳的那个。”哈泽尔说。

“啥？”乔治问。

“那舞蹈——很好。”哈泽尔说。

“嗯。”乔治说。他想了下那些芭蕾舞女演员。她们并不真有那么好——怎么说都不比随便哪个人强。她们身上挂着负重物和铅弹袋，脸上戴着面具，这样就不会有人因为看到无拘而优美的身姿和漂亮的脸蛋而自惭形秽了。乔治隐隐约约地想到，也许不应该给舞蹈演员设障。但他没能继续想下去，耳朵里的收音机响起另一声噪声，驱散了他的思绪。

乔治的表情抽搐了一下。八个芭蕾舞女演员中有两个也抽搐了一下。

哈泽尔看到他龇牙咧嘴。她自己没有配戴心智设障物，只能问乔治刚才的声音是什么样子。

“听起来像是有人在用圆头锤子敲牛奶瓶。”乔治说。

“我想那真有意思，听到各种不同的声音。”哈泽尔说，带着一丝嫉妒，“他们想出来的各种东西。”

“嗯。”乔治说。

“不过，假如我是设障总长，你知道我会怎么做？”哈泽尔问道。说起来，哈泽尔与设障总长有很多相似之处。设障总长是个女人，名叫戴安娜·穆恩·格兰波丝。“假如我是戴安娜·穆恩·格兰波丝，”哈泽尔说，“礼拜天我就播放乐钟声——只有乐钟声，那种宗教庆祝时用的。”

“如果只是乐钟声，那我还能转动脑子。”乔治说。

“嗯——可能得搞得非常响。”哈泽尔说，“我想我会成为一名不错的设障总长的。”

“就像其他任何人一样不错。”乔治说。

“还有谁比我更了解什么是‘寻常’呢？”哈泽尔说。

“对的。”乔治说。他开始隐约想到他那正在监狱中的不寻常的儿子——哈里森，可是脑中响起的二十一响礼炮声打断了他。

“好家伙！”哈泽尔说，“这一下很厉害，是不是？”

这一下真叫厉害，乔治脸色发白，浑身发抖，眼睛发红，眼框里噙着眼泪。八个芭蕾舞女演员中有两人倒在演播室地板上，捂着太阳穴。

“你突然显得很累，”哈泽尔说，“干吗不在沙发上舒展一下，这样你就可以把设障袋靠在枕头上了，亲爱的。”她指的是内装四十七磅铅弹的帆布袋，用挂锁锁在乔治的脖子上。“去把袋子放下一会儿吧。”她说，“我不在乎你有一会儿工夫跟我不平等。”

乔治用双手掂了掂袋子的分量。“没关系，”他说，“我已经注意不到它的存在了。它已经成了我的一部分。”

“你最近太累了——有点儿精疲力竭了。”哈泽尔说，“如果有什么法子，我们可以在袋子底下挖个小洞，把铅弹拿出几个来。只拿几个。”

“每拿出一个铅弹，就是两年的监禁和两千元的罚款。”乔治说，“我可不觉得这样做划得来。”

“如果你能在下班回家后拿几个出来，”哈泽尔说，“我是说——下班回家后你又没有在跟周围任何人竞争。你只是在闲坐着。”

“要是我试图逃脱处罚，”乔治说，“那么别人也会逃脱处罚——咱们很快就会回到黑暗时代，每个人都在与每个人竞争。你不会喜欢这样的吧？”

“我讨厌这样。”哈泽尔说。

“就是这样的。”乔治说，“一旦人们开始欺骗法律，你想社会会怎么样？”

要是哈泽尔回答不了这个问题，乔治也无法给出答案。一声汽笛正在他脑袋里拉响。

“估计会四分五裂。”哈泽尔说。

“什么会四分五裂？”乔治茫然地说。

“社会啊。”哈泽尔犹豫不决地说，“你刚才不是这么说的吗？”

“谁知道呢。”乔治说。

电视节目忽然中断，插入了一个新闻公告。一开始不清楚公告的内容是什么，因为播音员就像所有的播音员一样，有严重的语言障碍。大约有半分钟时间，播音员处于高度兴奋的状态，试图说出“女士们，先生们。”

他终于放弃了，把公告递给一个芭蕾舞女演员念。

“这没什么——”哈泽尔这样评论播音员，“他尝试了。这才是最重要的。他努力用天赋的本事把事情做好。就凭他那么努力，也应该给他加一大笔工资。”

“女士们，先生们。”芭蕾舞女演员开始念公告。她肯定格外美丽动人，因为她所戴的面具丑陋不堪。很容易看出，她是所有舞蹈演员中最矫健，也最优雅的，因为她的设障袋与体重二百磅的男人所戴的一样大。

她不得不立刻为自己的嗓音道歉，女人用那样的嗓音太不公平了。她的声音是一首温暖、明亮、永恒的乐曲。“抱歉——”她说道，重新开始读新闻公告，把自己的嗓音变得毫无竞争力。

“哈里森·伯杰隆，14 岁，”她用鹩哥那种嘎嘎的声音说道，“因涉嫌阴谋推翻政府入狱后，刚刚越狱。他天资聪颖、身手矫健，且设障不足，应视为极端危险分子。”

警方提供的哈里森·伯杰隆的照片闪现在屏幕上——头朝下，侧过来，又头朝下，然后才放正了。这是哈里森的全身照，背景上标着英尺和英寸。他正好七英尺高。

哈里森脑袋以下满是金属制品，像是万圣节的打扮。从未有人戴过比这更重的设障物。他长得太快，淘汰设障物的速度超过了设障总长的手下的发明速度。他不是用耳塞式收音机来作为心智设障物，而是戴着一副巨大的耳机，还架着一副酒瓶底眼镜。这副眼镜不仅要让他半瞎不瞎，而且要让他的脑袋像挨鞭子似的发痛。

他全身挂满破铜烂铁。一般来说，配发给健壮的人的设障物都有一定的对称美和军人式的整洁，但哈里森看上去像个行走的垃圾堆。在人生的赛场上，哈里森负重三百磅。

为了抵消他的俊俏，设障总长的人强制他时刻戴着个红色橡皮球当鼻子，把眉毛剃光，还给他带上横七竖八的黑色牙套来遮住一口又白又齐的牙齿。

“假如你见到这个男孩，”芭蕾舞女演员说，“不要——我再说一遍，不要——试图跟他讲理。”

这时传来一阵有人把门从铰链上拽下来时发出的尖锐声响。

电视机里传来惊慌失措的尖叫声和喊叫声。哈里森·伯杰隆的照片在屏幕上跳个不停，仿佛在随着地震起舞。

乔治·伯杰隆准确无误地认出了这场地震，他当然能够认出来——因为有很多次，他自己的家就曾随着这种非凡的曲调起舞。“我的天——”乔治说，“那一定是哈里森！”

这个意识马上被脑子里的汽车碰撞声轰掉了。

乔治又能睁开眼睛的时候，哈里森的照片不见了。一个活生生、喘着气的哈里森占据了整个屏幕。

哈里森站在演播室中央，他身形巨大，浑身叮当作响，一副小丑的样子，手里还握着连根拔起的演播室大门的球形把手。芭蕾舞女演员、技术人员、乐团乐手和播音员都跪在他面前瑟瑟发抖，以为自己要死了。

“我是皇帝！”哈里森嚷道，“听见了吗？我是皇帝！所有人都必须马上按我说的去做！”他跺跺脚，演播室震颤起来。

“就凭我站在这儿——”他咆哮道，“哪怕残废了，瘸了，病了——我也是有史以来最伟大的统治者！现在，看我成为我所能成为的人！”

哈里森像撕湿厕纸一样扯下身上一条条的的设障束具，每一条都担保能够承受五千磅重量。

哈里森身上那些废铁设障物当啷一声摔到地上。

哈里森的双手大拇指插到用于固定头部束具的挂锁锁梁下面。锁梁像根芹菜一样，啪的一声折断了。哈里森把耳机和眼镜狠狠摔到墙上。

他甩掉橡皮球鼻子，一个连雷神托尔也会敬畏的堂堂男子汉出现在众人面前。

“现在我要挑选皇后！”他说，俯视着那群缩成一团的人，“第一个敢站起来的女人将赢得爱侣和皇后宝座！”

过了一阵子，一个芭蕾舞女演员像柳树一样晃晃悠悠地站了起来。

哈里森从她耳朵里拔掉心智设障物，无比优雅地折断了她的身体设障物。最后，他摘掉了她的面具。

她美得令人炫目。

“现在——”哈里森牵着她的手说，“让我们向世人展示舞蹈二字的含义吧。奏乐！”他命令道。

乐团乐手们赶忙爬回各自的椅子，哈里森把他们的设障物也扒掉。“演奏出最好的水平，”他告诉他们说，“我会封你们为男爵、公爵和伯爵。”

音乐响起，一开始很寻常——低劣、愚蠢、错误百出。不过哈里森从椅子上抓起两名乐手，像挥舞指挥棒一样摇晃他们，一边唱出想要演奏的曲子。然后他砰的一声把他们扔回椅子。

音乐再次响起，这回要好得多。

哈里森和他的皇后只听了一会儿音乐——庄重地听着，似乎要让心跳与音乐同步。

他俩把体重移向脚尖。

哈里森把大手放在姑娘的纤腰上，让她感受到即将属于她的失重。

接着，在欢乐和优美的大爆发之中，他们跃入空中！

被废弃了的不仅有这个国度的法律，还有重力法则和运动法则。

他们摇摆、回旋、转体、疾驰、雀跃、嬉戏、急转。

他们像月亮上的鹿儿一样跳跃。

演播室的天花板有三十英尺高，但每次跳跃都使这一对跳舞的人儿离天花板更近一些。

他们显然是想亲吻天花板。他们吻到了。

接着，他们用爱情和纯粹的意志抵消了重力，悬浮于天花板下几英寸的空中，热吻了很长很长时间。

就在这时，设障总长戴安娜·穆恩·格兰波丝手持双筒 10 号猎枪走进演播室。她开了两枪，皇帝和皇后还没有落到地板上就一命呜呼了。

戴安娜·穆恩·格兰波丝再次装弹上膛。她把枪口对准乐团乐手，告诉他们有十秒钟时间戴好设障物。

就在这时，伯杰隆家的电视显像管烧坏了。

哈泽尔扭头要跟乔治说电视机不亮了。但乔治已经到厨房去拿一罐啤酒了。

乔治拿着啤酒回来了，设障信号吓得他顿了一下。然后他又坐了下来。“你一直在哭。”他对哈泽尔说。

“嗯。”她说。

“哭什么？”他问道。

“我忘了。”她说，“电视上的什么事，真悲惨。”

“是什么？”他问道。

“都在我脑子里搅成一团了。”哈泽尔说。

“把悲伤的事忘掉吧。”乔治说。

“我总是这样的。”哈泽尔说。

“这才是我的心肝宝贝。”乔治说。他畏缩了一下，脑袋里传来铆钉枪的声音。

“天啊——我敢说这一下很厉害。”哈泽尔说。

“一点没错，你可以再说一遍。”乔治说。

“啊——”哈泽尔说，“我敢说这一下很厉害。”

（舒文　译）

旧日宗教

科幻小说不能以宗教信仰的态度写就。科幻小说质疑一切，不接受任何基于信仰的东西。“科幻之路”第一卷的前言这样阐释：“科幻小说的宗教信仰是对信仰的怀疑，尽管也有关于宗教的科幻小说……其中原因显而易见：宗教回答了所有科幻小说想要提出的问题，而在宗教框架内创作的科幻小说则变成了具有说教意味的寓言。”

雪莱夫妇是自由思想者；尽管如此，对当代读者而言，《弗兰肯斯坦》中科学家对渎神的畏惧和他所受到的近乎超自然的惩罚，依然损害了作品的价值。霍桑的作品读起来不如爱伦·坡具有现代性，这是因为霍桑作品中存在神性及某种超自然秩序。而儒勒·凡尔纳——此人曾因其作品的纯洁性受到教皇利奥八世的赞扬——谴责他文学上的老师爱伦·坡从不在作品中彰显神意（神意可以成为各种巧合的合理原因）。另一方面，威尔斯的作品几乎完全忽视超自然力量，只除了《审判的幻象》（“A Vision of Judgment”）和《号筒末次吹响》（“The Last Trump”）[1]，而《发电机之主》（“The Lord

1. 语出《圣经·新约·哥林多前书》15：52，这两部作品都是基督教背景下的末日审判题材。

of the Dynamos"）对宗教的发展做了讽刺性的评价。前两部作品更多的是与马克·吐温的《斯多姆菲尔德船长天国之旅》（"Captain Stormfield's Visit to Heaven"）一脉相承，并为如何看待神、审判日与死后世界这些概念提供观点。

C. S. 刘易斯的"皮尔兰德拉"（*Perelandra*）三部曲（以 1938 年发表的《沉寂的星球》为始）就是一部宗教寓言，不能被称为科幻小说。正确使用基督教典故的范例可以参见这两部作品，一是詹姆斯·布利什（James Blish）的《事关良心》（*A Case of Conscience*，1958），在这部作品里，一位耶稣会牧师必须合理解释一个没有原罪、似乎格外蒙受神恩的外星种族缘何存在。另一部是小沃尔特·米勒（Walter Miller，Jr.）的《莱博维兹的赞歌》（*A Canticle for Leibowitz*，1960），故事讲述一个天主教修道会在毁灭性的第三次世界大战后保存了人类发展蓝图和其他的科学制品。

有这样一类传统故事——太传统了，以至于编辑能在所有毛遂自荐的投稿堆里找到同款——这类故事里，流浪到地球的外星人最终会成为人类始祖亚当夏娃。在技巧更娴熟的作家笔下，基督教典故可能像在雷·布拉德伯里的《那人》（"The Man"，1949）里一样被重塑，故事中，一位宇宙飞船船长不停去新行星上寻找基督，却总是恰巧错过一个类基督的人离开的最后时刻；或是迈克尔·摩考克的《试观斯人》（1967），在这个故事里，一个不信神的人返回圣经时代，想要证实基督不存在，却发现自己被迫扮演了基督的角色；抑或是阿瑟·克拉克的《星》（1955），在这里，将三博士引向伯利恒的那颗明星原来是一颗超新星，毁灭了一个美丽、智慧、先进的种族。另一种展开是克拉克的《神的九十亿个名字》（"The Nine Billion Names of God"，1953），这部小说提出了这样的假设，设若一种西藏宗教的预言无误，一旦我们数尽神的名字，世界就会终结。

在阿西莫夫小说《最后的问题》（“The Last Question”，1956）中，一台覆盖全宇宙的计算机用“要有光！”的指令[1]解决了熵值是否能够逆转的奥秘。弗雷德里克·布朗（Frederic Brown）在一页篇幅的惊悚微小说《答案》（“Answer”，1954）中将960亿颗行星上的计算机连到一起，并问：“神存在吗？”答曰：“存在，现在存在神了。”莱斯特·德尔·雷伊在《因为我是忌邪的人》[2]（“For I Am a Jealous People!”，1954）中问道，如果人类发现神其实站在敌人（小说中是入侵的火星人）那一边该如何自处，又径自回答说，人类会奋战到底；十三年后，他在《晚祷》（“Evensong”，1967）中把人类塑造成了引神退位的夺权者。

菲利普·迪克的小说长久以来一直在探寻生命的意义，但徒劳无获。在《我们来自弗洛里克斯八号的朋友》（*Our Friends from Frolix 8*，1970）中，一个人说道：

“神死了。他们在2019年找到了他的遗骸。飘荡在阿尔法星附近的太空中。”另一人答曰：“他们发现了一具比我们优越数千倍的有机体遗骸。它明显可以创造出可供居住的世界，让生物栖居其中，自行繁衍。但这无法证明它是神。”另一说法将神描述为“90吨重的大团胶状原生质”；它智能、不朽、拥有心灵感应、仁慈，能延伸至无限大，且能变化无穷。这就是神吗？

哈里·哈里森首发于《新世界》杂志1962年10月刊的《亚实基伦街上》（“The Streets of Ashkelon”）回归了早期传统。在科幻小说里，传教士是传统的反面角色，正如从前对波利尼西亚人[3]所做的

1. 语出《圣经·创世记》，“神说，要有光！就有了光。”《最后的问题》与下文中的《答案》皆是超级计算机变成神的故事。

2. 语出《圣经·出埃及记》，原文“不可跪拜那些像，也不可侍奉它，因为我耶和华你的神是忌邪的神。”

3. 太平洋中南部波利尼亚群岛的族群。包括夏威夷人、汤加人、萨摩亚人、图瓦卢人、塔希提人和新西兰的毛利人等。

那样，他们给不信教的外星人带去的是宽大的长罩衣、诗篇中吟唱的道德、陈腐的宗教，连同天花和其他来自文明世界的“祝福”。在大多数此类故事中，传教士会顽固而不知疲倦地劝外星人信奉宗教，结果给每个人都带来灾祸；而在这个故事里，传教士被要求证实他在布道中所讲到的神迹。

哈里·哈里森是以商业画家的身份进入业界的，他为漫画和杂志绘制插画，直到开发了自己的“工厂”。他的第一部小说《岩间潜水员》（“Rock Diver”）撰写于一个因患病而无法作画的时期，1950年，他将这部小说卖给了达蒙·奈特的短命杂志《远方的世界》[1]（*Worlds Beyond*）。在将全部精力投入科幻小说创作之前的一段时间里，他曾为男刊杂志和自白杂志供稿。编辑工作也吸引着他，其后，他在美国和欧洲轮换着从事作家及编辑工作。

他做过《科幻冒险》（*Science Fiction Adventures*）、英国的《脉冲》（*Impulse*）、《惊奇故事》和《奇妙》（*Fantastic*）杂志编辑，并与布赖恩·奥尔迪斯合作编辑了评论期刊《科幻边界线》。他还编辑过大量的单行本文选，以1966年的约翰·坎贝尔评论选为始，继而又有《新星》（*Nova*）、《最佳科幻》（*Best SF*），以及各式各样的特别系列文选，其中部分也是与奥尔迪斯共同编著。

他的长篇小说自1960年开始以单行本形式出版，首先是《死亡世界》（*Death World*）和两部续篇；继以《不锈钢老鼠》（*The Stainless Steel Rat*，1961）和后续整个系列；接着是《银河英雄比尔》（1965）、《太空瘟疫》（1965）、《让地方！让地方！》[2]（1966）、《彩色印片时光机》（1967）、《囚徒宇宙》（1969）和许多其他作

1. 该杂志虽然存续时间较短，但因发表了西里尔·科恩布鲁斯、杰克·万斯、约翰·克里斯托弗、莱斯特·德尔·雷伊、朱迪斯·梅丽尔等知名作家的作品而颇负盛名。
2. 该小说被改编为电影《绿色食品》（*Soylent Green*），著名代餐饮品 Soylent 的品牌名来源于此。

品，包括《跨大西洋隧道，好耶！》(1972)。他近期最重要的作品是“伊甸三部曲”(Eden Trilogy)，包括《伊甸之西》(*West of Eden*，1984)《伊甸之冬》(*Winter in Eden*，1986）和《重回伊甸》(*Return to Eden*，1988)，在这个系列里，恐龙未曾灭绝，而是成了智慧生物的主宰。他还与汤姆·希比（Tom Shippey）合作创造了一个有关9世纪欧洲的平行宇宙系列历史故事，其中第一部是《锤与十字架》(*The Hammer and the Cross*，1993)。

他和奥尔迪斯于1972共同创立了颁发给年度最佳科幻长篇小说的“约翰·W. 坎贝尔纪念奖”。他最近的一项成就是创建了世界科幻协会[1]（World SF)，并担任首任会长，该协会是个国际组织，对科幻有专业兴趣的人均可参加。

（穆童、憬怡 译）

1. 世界科幻协会创建于1976年，于2002年停止活动。

亚实基伦街上

[美国] 哈里·哈里森

天上某处，在威斯克世界永不消散的云团深处，雷声乍现，旋即声势渐大。商人约翰·加思闻声停下脚步……

“这声音听起来跟你的太空飞船一样，”伊丁的话带着迟缓的威斯克式逻辑性，先慢慢将想法在脑子里碾碎，然后一一检视每一个逻辑碎片，“但你的船还停在你降落的地方。尽管我们看不见，但它肯定还在，因为你是唯一一个能够操控它的人。就算还有别人能操控，我们也会听到它飞上天去的。既然我们没听到，那么如果天上这个声音是一艘太空飞船声音，这肯定意味着……”

“是的，另一艘飞船。”加思说道，他沉浸在自己的思绪里，实在无暇等待威斯克人将他那煞费苦心的逻辑链条从头讲到尾……这当然是另一艘飞船，其他飞船出现，只是时间早晚问题。并且毫无疑问，这艘飞船一定是瞄准了不锈钢雷达反射器，就像他曾经做的那样。他自己的飞船现下肯定清晰地映在了这位新来客的屏幕上，船上的人多半会尽可能近地靠着他的船降落。

“你最好先走，伊丁，”他说道，“走水路，这样你能快些赶到村子里去。让所有人都回到沼泽地，远远避开结实地面。那飞船是靠仪器降落的，落地时留在着陆点的人都会被烤焦的。”

小小的威斯克两栖生物明白眼前的威胁。加思话音未落，伊丁已经收起形似蝙蝠双翼的肋状耳朵，静静地潜入了左近的河渠。加思踩着泥地扑哧扑哧向前走，尽可能快地蹚过那黏糊糊的地表。他刚走到村落边缘，隐隐的雷声就化作震耳欲聋的轰鸣，那飞行器穿过了头顶低悬的云层。加思遮住眼睛，避开飞船下探的火舌，百感交集地检视起头顶这艘越来越大的灰黑色飞船。

在威斯克世界度过将近一个标准年后，他不得不压下自己对任何人类伙伴关系的渴望。尽管隐藏的群居本性仍令他不时怀念猴子部落的其余成员，他的商人头脑总是忙着在成栏的数字下画下横线，加出总数。这很可能是另一个商人的船，若是果真如此，他对威斯克世界的贸易垄断权就到头了。不过话说回来，来人也可能根本不是商人，而这就是他隐藏在巨大的蕨类植物下，并且解枪出套的原因所在了。

那飞船烤干了百米见方的泥地，轰鸣声渐止，着陆架吱吱嘎嘎地穿过外壳，随着金属噼啪作响的声音伸到地上，成团的烟雾慢慢飘散在了湿润的低空之中。

“加思——你这就会坑原始人的勒索犯——你在哪儿？”飞船的扬声器响了起来。那飞船的轮廓只是瞧着有点儿眼熟，但听这破锣嗓子就知道决计错不了。加思面露微笑，走了出来，透过两只手指吹出一声尖锐的口哨。飞船尾翼外壳里探出一个定向麦克风，朝加思方向转了过来。

“你到这里来做什么，辛格？”他冲麦克喊了过去，“难道你就这么不择手段，宁肯到一个诚实的商人这儿来窃取利益，也不肯找个属于自己的星球？”

“诚实！”扬声器中的声音咆哮起来，“一个蹲监狱比逛窑子还寻常的人居然说得出这种话来——再说我敢肯定你窑子也没少逛。抱歉了，我的老朋友，我没兴趣跟你一起开发这个原始耗子窝，我要到一个大气状况更好的世界去，那儿有一笔财富等着我呢。我到这儿来只是因为得了个能赚名声的机会，来给人当回出租车司机。我为你带来了友谊——一个完美的伙伴，这人跟你不同行，对你的事业可能会有帮助。我本想出去亲口跟你问好，但那样我就不得不做生物消毒了。我正把乘客往启闭室那儿送，希望你不介意帮他搬搬行李。"

至少这星球上不会有另一个商人了，这点可以放心了。但加思还是疑惑究竟什么样的乘客才会搭单程车到这样一个杳无人烟的世界来。辛格声音里那一丝幸灾乐祸又意味着什么呢？加思走到飞船另一侧，起降梯已经落下，他仰头看见行李间里的人正笨拙地与一个大木箱搏斗。那人朝他转过身来，一见教士的狗项圈[1]，加思立时明白了辛格的笑意所为何来。

"你来这儿做什么？"加思问道。尽管他试图控制情绪，这话说出口时还是恶声恶气。来人或许不是没注意到他的语气，但显然不以为意，因为他走下起降梯时依然笑意盈盈，还伸出了自己的手。

"我是马可神父，"他说，"来自兄弟会传教会，很高兴……"

"我问你来这儿做什么。"加思控制住语气，声音显得安静又冰冷。他知道他得有所行动，此事必须速战速决，否则不如干脆不做。

"这应该显而易见，"马可神父说道，他依然显得态度温和，处变不惊，"我们传教会筹募到了资金，首次得以派遣属灵的使者前往外星世界，我很幸运能够……"

"拿上你的行李，退回飞船里去。这里不需要你，你也没有着陆

---

1. 指天主教神职人员所着的罗马领，狗项圈是英联邦国家对罗马领的一种民间通俗叫法，肇始于 19 世纪中叶。

许可。你会是个大累赘，在威斯克没人能照顾你。退回飞船里去。

“我不晓得您是谁，先生，也不知道您为什么对我扯谎，”那神父说话时仍然十分冷静，但笑容已经消失了，“不过，我认真学习过星际法，也十分了解这颗行星的历史。这里没有疾病和野兽，我没什么可害怕的。这也是一颗开放的星球，直到太空探测协会改变这颗行星的状态之前，我都跟你一样有权到这里来。”

这人说的当然没错，但加思不能让他明白这点。他在虚张声势，希望能吓住不懂法的神父。可惜这神父是懂的。如此一来，他只剩一个不怎么样的下下之策了，他最好趁还有时间先下手为强。

“退回飞船里去。”他不再掩饰自己的愤怒，怒吼出声。解枪出套的动作一气呵成，漆黑的枪膛对准神父，几乎要顶住他的肚子。那人脸色刷白，但却没有动。

“你他妈要干什么，加思！”扬声器里传来辛格震惊的声音，“这家伙付了旅费，你没权把他撵出这个行星。”

“我有权，”加思说着举起手枪，将准星对准神父双眼之间，“我给他三十秒时间滚回船上去，不然我可要扣扳机了。”

“得了，我觉得你不是疯了就是在开玩笑，”辛格恼怒的声音震耳欲聋，“如果这是个玩笑，那可真够没品的。不管是哪样，你都别想蒙过去。你想玩儿我奉陪，但我比你会玩儿。”

一时间，重型轴承隆隆作响，飞船侧翼的四炮炮塔掉头对准加思。“现在——把枪放下，帮马可神父搬行李去，”他发号施令时，声音里那丝笑意又回来了，“我真的非常想搭手，老朋友，但我不能。我觉得是时候叫你和神父聊聊了。毕竟，我把他从地球送来这一路，已经得了很多聊天的机会了。”

加思把枪塞回枪套，一阵强烈的挫败感涌上心头。马可神父向前一步，脸上又露出得胜的微笑，他从长袍兜子里掏出一本《圣经》，举起手来。“我的儿子。”他说。

“我不是你的儿子。”苦涩的挫败感淹没了加思，他只能咬牙说出这样一句话来。怒火上涌之下他禁不住抡起拳头，尽力控制的结果就是松开拳头，只用巴掌拍那神父一下。但这一巴掌还是把神父扇倒在地，他手上的书页翻飞着落到了厚厚的泥浆里。

伊丁与其他威斯克人冷眼旁观，似乎对这一切毫不在意，加思也没有试图回答他们没问出口的问题。他朝自己家里走去，但见他们仍没有动，便又折了回来。

“来了一个新人，”他告诉他们，“他需要你们帮他搬一下行李。如果他没有地方放行李，你们就把东西放到那个大仓库里去，直到他搞到自己的住处。”

他望着他们摇摇晃晃地穿过空地朝飞船走去，然后走进自己屋里，狠狠摔上门，震裂了一块门板，借此获得了某种满足。打开一瓶旧藏的爱尔兰威士忌时，他又感到几分相似的痛切快感，这酒他一直留着，是想在特殊情况下开瓶的。好吧，现在这个情况足够特殊了，尽管不是他设想的那种。威士忌很不错，烈酒入口，烧掉了他嘴里一点苦涩味道，但还不够彻底。如果他刚才的策略有效，成功了就什么都好说。然而他失败了，除了失败的痛苦之外，他还深切地感到自己在众目睽睽之下丑态毕现。

辛格不辞而别。加思无从知道他会怎么看待这整件事，但他可以确定，辛格回头就会给商人分会带去一些奇怪的流言。没关系，这事儿可以等加思下次报道的时候再说。现在他得先把传教士的事儿给解决了。他眯着眼透过雨水朝外张望，瞧见那人正挣扎着试图支起一顶折叠式帐篷。整个村子的人都井然有序地站在旁边围观。自然没有谁上前帮忙。

等到神父搭好帐篷，将所有箱箧都收进去，雨也停了。酒瓶里的液体下去了好大一截，加思感到自己更愿意去面对那场不可避免的会面了。实际上，他很希望跟那人谈上一番。不提那些糟心事儿，整整一年离群索居之后，来了一个人类同伴总是好的。“您愿意与我共进晚餐吗？约翰·加思。”他在一张旧收货单后面写下这句话。不过，那家伙会不会吓破胆不敢来呢？如果这样，他们就没法开始交往了。他在床底下翻找，搞到一个足够大的盒子，把手枪放了进去。他打开门时，伊丁毫无悬念地站在门外，因为他来这趟是执行知识采集工的任务。加思把盒子和字条交给了他。

“帮我把这些交给那个新来的。”他说。

“那个新来的名字就叫‘新来的’吗？”伊丁问。

“不，不是！”加思吼道，“他的名字叫马可。但我只是叫你把东西送去，别跟他说话。”

和往常一样，当他发起脾气时，只会直来直去的威斯克人就能把他打败。“你不要求说话，”伊丁慢吞吞地说，“但马可有可能要求说话。而且其他人会问我他的名字，如果我不知道他的名……”

加思用摔门打断了他的喋喋不休。这不是长久之计，因为下次再见伊丁之时——也许是一天之后，也许是一周之后，甚至有可能是一个月之后——他这长篇大论从哪儿断的就能从哪儿接上，他非得把那些絮絮叨叨的思考内容全讲出来不可。加思小声骂了一句，然后拿水泡了两份伊丁留下的味道尚可的浓缩食物。

“进来。”有人轻轻叩门，他应声说道。神父进门，递过装手枪的盒子。

“感谢您出借这个，加思先生。感谢圣灵使您把枪送来。我不知我降落时的那番不愉快是因为什么，但我想如果咱们要在这个行星上共处，不论多久，都最好忘记这件事。”

“喝点儿吗？”加思接过盒子，指了指桌上的酒瓶。他斟满两杯，递一杯给神父。“我差不多也是这么想的，但我依然欠你一个解释，我应该告诉你那是怎么一回事。”他皱眉看了一会儿酒杯，继而对神父举杯道：“宇宙很大，我想我们都必须尽力而为吧。这杯敬理智。”

“神与你同在。”马可神父说着也举起酒杯。

“别与我同在，也别与这个行星同在。”加思态度坚决。“这就是问题的关键所在。”他饮下半杯酒，叹息着说。

“您说这话是为了叫我震惊吗？”神父微笑着问，“我向您保证，我不震惊。”

“我不是想叫你震惊，我想表达的都是字面上的意思。我想我是你们所谓的无神论者，所以我对天启宗教没有任何兴趣。而这里的原住民，虽然头脑简单目不识丁，还活在石器时代，却已经在远离迷信和自然神论的情况下发展到了今天。我一直希望他们能保持现状。”

“您说的这是什么话？”神父皱眉道，“您的意思是他们不信任何神，不信死后的世界？他们一定会死……”

“他们会死，会归回尘土，正如其他动物一样[1]。他们有雷、有树、有水，但没有雷神、树精或是水泽仙女。他们没有丑陋的小神灵，没有禁忌，也没有咒语去折磨和限制他们的生命。他们是我见过的唯一一群完全没有迷信的原始人，而他们看起来因此更快活、更理智。我只是希望他们能保持现状。”

“你想叫他们远离神——远离救赎？”神父睁大眼睛，微微后退了一下。

“不，”加思说道，“我只是想叫他们远离迷信，直到他们懂得更多，能更为现实地思考这个问题，不会沉溺其中，或者是被它毁掉。”

1. 这句话不是引用，但原文刻意模仿了钦定本《圣经》半文半白的语体，是加思故意为之。

“您这是在侮辱教会，先生，居然将教会与迷信混为一谈……”

“劳驾，”加思说着抬起一只手，“不要跟我争论神学问题。我想你们传教会资助你这趟传道之旅，绝不只是为了劝我一个人信教。请接受这个事实，我的信仰经过多年仔细思考，再多大学生水平的形而上学灌输，都不足以改变我的思想。我向您保证，我不会试图让您改宗弃教——只要您给予我同样的尊重。”

“我同意，加思先生。您提醒了我，我到这儿来是为了拯救这里的灵魂，这才是我必须要做的事情。但我的工作究竟为什么会令您如此着恼，以至于非要阻止我着陆呢？您甚至用枪威胁我，还……”神父打住话头，望向自己的杯子。

“甚至掌掴您？”加思说着突然皱起眉头，“这一点我无可辩解，愿意向您道歉。我只是没有教养，脾气又臭。一个人过得太久，你就发现自己会做出这种事了。”他看着自己放在桌上的一双大手，盯着手上那些伤疤和老茧陷入回忆。“您就当我是为自己沮丧，我也找不到更合适的词汇了。在您的工作之中，一定有过很多机会能够窥探人内心的黑暗之处，您对动机和快乐一定有所了解。我这辈子过得太忙了，一直没时间考虑安定下来组建家庭，直到最近我才开始渴望这些东西。也许是辐射泄漏软化了我的大脑，我开始多多少少地将那些毛茸茸的鱼形威斯克人看作自己的孩子了，总觉得自己对他们负有责任。”

“我们都是祂的孩子。”马可神父静静说道。

“算了吧，眼下就有一些祂的子女甚至不能想象祂的存在。”加思突然气愤自己竟然流露出温和的情绪。但他立刻忘却自我，充满激情地探出身子：“你难道看不出这有多重要吗？跟这些威斯克人住一阵子，你就会发现一种简单而快乐的生活，就跟你们这群人一直说的沐浴圣恩一样。他们能从自己的生活中获得快乐——而又不伤害任何人。看看这儿的环境，他们在这个几乎堪称不毛之地的世界进化至今，因此物质上从来没有机会脱离石器文化。但他们的智力与我们足堪匹敌——也许比我们更强。他们全都学会了我的语言，所以我能轻易地将他们想知道的任何事情解释给他们听。知识和摄取知识的过程就能令他们获得真实的满足。有时候他们会叫人着恼，因为每样新鲜事物都必须和其他所有事情的结构联系起来，但他们学得越多，这个进程就变得越快。总有一天他们会在各方面都匹敌人类，也许还会超过我们。只要——您能帮我一个忙吗？”

“只要是我能做的。”

“别去干涉他们。如果你一定要教他们，就教历史和科学、哲学、法律，教那些能帮他们认识广阔宇宙现实的知识，他们之前甚至不知道存在一个更广阔的宇宙。但不要用你们那些憎恶、痛苦、过犯、罪愆与惩罚去使他们困惑。谁知道那会造成怎样的……”

“您这是在渎神，先生！”神父说着跳了起来。他灰白的头顶只能堪堪顶到高大的太空人下巴之处，但他毫不畏惧地捍卫着自己的信仰。加思也站了起来，不再是那副悔罪者的姿态了。他们愤怒地对视着，就像人类通常为自己认为对的事情辩护时那样毫不退让。

“你们才是亵渎，”加思吼道，“你们凭着惊人的妄自尊大，竟认为你们那小小的衍生神话跟别人有什么不一样，其实它跟其他千百种依然束缚着人类的传说只有一丁点儿差别，除了令他们仍然纯真的思想陷入混乱以外别无它用！你难道没听出来吗，他们信仰真理——而且他们从没听说过谎言这类东西。他们还没有经受足够的训练，不足以理解其他的思想可能会与他们有所不同。你能放过他们……？”

“我将尽我的责任，那是祂的旨意，加思先生。这里的人都是神的造物，他们有灵魂。我不能逃避责任，我有责任将神的话语传给他们，让他们得到救赎，得以进入天国。”

神父一开门，大风立时将门吹得大敞开来。他消失在狂风怒号的黑暗之中，木门挟风带雨地摇晃着，将一阵雨水卷进屋来。去关门时，加思的靴子在地上留下了泥泞的脚印，木门将伊丁的身影隔绝在外，他坐在暴风雨里，充满耐心又毫无怨言，只希望加思能驻足片刻，将满腹的奇妙知识分一点给他共享。

凭着心照不宣的默契，第一夜里发生的事再也没被提起过。开始的几天他俩各自为政，但知晓对方近在咫尺加强了独处时的孤独，没过几天，两人发现他们开始小心翼翼地谈论中立话题。加思慢慢地将库存物品打包收好，却从未承认此行任务已经结束，他随时可以离开。他收了不少药物和植物，足够卖个好价钱。而威斯克的手工艺品也一定能在复杂的银河市场上引起轰动。这个行星上的工艺品在他到来之前极具局限性，多是用碎石片辛苦雕刻出来的硬木作品。他为他们提供了工具和存货中的一些金属原料，此外无他。不过几个月之间，威斯克人不但学会了使用新材料，还将他们的设计和纹样转化为他所见过最具异域情调——但却至为美丽——的手工艺品。他只需把这些东西投入市场，制造基本需求，然后回来补充货源。威斯克人所求的回报只是书和工具，还有知识。加思知道，他们终将通过自己的努力在银河联盟中获得一席之地。

这就是加思一直以来的期望。但如今风向骤变，逆风吹遍了他飞船周围的整个聚落。他再也不是聚落生活的中心和焦点所在。想到自己从权力中心倒台，他就难以抑制地露出苦笑，这笑容里没有半点开怀。严肃又殷勤的威斯克人依然轮番到他这里来执行知识采集的任务，但却只是记录枯燥的事实，这与围绕神父刮起的知识飓风形成了鲜明的对比。

加思过去分享的每一本书，给出的每一台机器都要他们用工作交换，而神父无偿提供一切。加思一直力图用渐进的方式向他们传授知识，他把他们当作聪慧但无识的孩童，希望他们先学会走路再去奔跑，一步一个脚印地踏实前行。

而马可神父简简单单地为他们带来了基督的福音。他所要求的唯一一项体力劳动就是建设一个教堂，一个可供礼拜和学习的地方。越来越多的威斯克人从遍布整个星球的湿地里冒出头来，不出几日，梁柱框架支撑起的屋顶就造好了。每天早上，教众都会花一点时间继续砌墙，接着他们就匆匆进入堂内，聆听那些有关宇宙的知识，光明无比、包罗万象又至为重要。

加思从未跟威斯克人讲过他对他们的新兴趣有何看法，这主要是因为他们从未问过。自尊心和荣誉感阻止了他主动去找一个听众倾诉内心苦楚。如果最近来做知识采集的人是伊丁，情况也许会有所不同，他是他们当中最聪慧的一个。但神父到来的第二天，知识采集工就轮换成了别人，那天之后，加思一直没能跟伊丁说上话。

出人意料的是，三倍长的威斯克日过去十七天后，加思吃过早餐正要出门，在门口台阶上发现了一个代表团。伊丁是他们的发言人，他的嘴巴微微张着。许多其他威斯克人也张着嘴，其中一个看起来甚至是在打哈欠了，明显露出两排尖牙和紫黑色的嗓眼。这口型——他已经学会辨认的这一种威斯克表情——使加思惊觉这场会面的严肃性。张开的嘴意味着某种强烈的情绪，可能是高兴、悲伤或是愤怒，他从来无法确定到底是其中哪种。威斯克人平素看起来都很平静，他从没见过太多张开的嘴，教他去判断原因为何。但现在他被一群张开的嘴包围了。

“你能帮助我们吗，约翰·加思？”伊丁问道，“我们有个问题。”

“我会回答你们提出的任何问题，”加思深感不安，“是什么问题？”

“有神吗？”

“你们的‘神’指的是什么？”加思反问道。他要怎么同他们说呢？

“神是我们在天上的父，创造我们，保守我们，我们向祂祷告，寻求帮助，如果我们得救，就能有一块……”

“够了，”加思说，“没有神。”

这下所有的嘴都张开了，就连伊丁也不例外，他们望着加思，思忖他给出的答案。如果他不是如此了解这个物种，那一排排粉色牙齿会显得十分吓人。有那么一瞬间，他怀疑他们是否已被洗脑，将他视作异教徒，但他驱走了这个念头。

“谢谢你。”伊丁说完，他们转身走了。

晨间的天气还冷，但加思注意到自己在流汗，他不知这是为什么。

回应很快就出现了。伊丁当天下午便折返回来。

“你能到教堂来一下吗？”他问道，“我们学的很多东西都有难度，但没有哪样像这么难。我们需要你的帮助，因为这事儿得由你和马可神父一起来讲——因为他说一样东西是真的，而你说另一样才是，这两样又不可能同时是真的。我们得分辨出究竟哪个是真的。”

“我当然会来的。”加思说着，试图隐藏心中那阵突如其来的欣喜。他什么也没做，但威斯克人还是来找他了。还有些微希望，他们的灵魂依然可能是自由的。

教堂里很热，加思讶异于这里聚集的威斯克人之众，他之前从未在任何一次聚会中见过这么多威斯克人。他看见许多张开的嘴。马可神父坐在一张放满书本的书桌边上。他看起来不太高兴，但加思入内时他未置一词。加思率先开了口。

“我希望你能意识到这是他们的主意——是他们出于自愿去找了我，把我叫到这里来的。”

“我知道，”神父语带无奈，“他们有时不好相与。但他们一直在学，也愿意去信，而这是最重要的。”

“马可神父，加思商人，我们需要你们的帮助，”伊丁说，“你们都了解许多我们不懂的事情。你们得帮我们认识宗教，这不是一件容易的事。”加思张口欲言，继而改了主意。伊丁接着说：“我们读了《圣经》和马可神父给我们的所有书籍，有一件事是清清楚楚的。我们已经讨论过了，也形成了一致意见。这些书跟加思商人给我们的非常不同。在加思商人的书里，有一个我们未曾见过的宇宙，这个宇宙不需要神就能运行，因为书里没有一个地方提到神，这一点我们反复查看过。在马可神父的书里，神无所不在，没有任何事物能脱离神存在。这两种说法里一定有一样是对的，另一样是错的。我们不知道这是怎么一回事，但在我们判断出哪个是对的之后，也许我们就能明白了。如果神确实存在……”

“神当然存在，我的孩子，”马可神父的声音里充溢着炽热的感情，“祂是我们在天上的父，创造了我们……”

“谁创造了神？”伊丁的问话终止了室内的低语声，每一个威斯克人都目光灼灼地盯住马可神父。他在这强烈的注视之下微微瑟缩了一下，旋即微笑起来。

“没有谁创造了神，祂是造物主。是自有永……”

“如果祂是自有永有的——宇宙为什么不能是自有永有的呢？宇宙不能没有造物主吗？”伊丁用连珠炮似的问话打断了他。这个问题的重要性显而易见。神父以无限的耐心慢慢回答。

“答案要是有那么简单就好了，我的孩子。但就连科学家都对宇宙起源莫衷一是。他们怀疑——而我们见过神的人却明白。我们能在我们四周到处看到造物的奇迹。如果没有造物主，这些被造物是从哪里来的呢？造物主就是祂，我们的父，我们在天上的神。我知道你们有怀疑，这是因为你们拥有灵魂和自由意志。不过答案就是如此简单。要有信心，这就是你们需要的一切。只要信。”

“没有证据，叫我们怎么信呢？”

“如果你们看不出，这个世界本身就是祂存在的证明，那我对你们说，信仰不需证据——只要你们有信心！”

屋里响起一阵乱哄哄的议论，现在张开嘴巴的威斯克人更多了，他们正试图从乱成一团的纷繁话语中理出思路，抽丝剥茧，找到真理。

“你能告诉我们吗，加思？”伊丁问道，他的声音使乱哄哄的嘈杂声安静下来。

“我可以建议你们用科学的方法，科学方法能检验一切事物——包括科学本身——能给出答案，帮你们证明任意观点的真伪。”

“这正是我们应做的事，”伊丁说道，“我们得出了相同的结论。”他将一本厚厚的书举到面前，观众纷纷点头。“我们一直遵从马可神父的教导仔细研读《圣经》，我们已经找到了答案。神会为我们降下一个神迹，以此来证明祂正看顾我们。通过这个神迹，我们就能认识神，归向神。”

“这是妄自尊大的罪，”马可神父说，“神不需用神迹证明祂的存在。”

“但我们需要神迹！”伊丁喊道，尽管他并非人类，那喊声里却充满了迫切的渴求，“我们读到了许多小神迹，面包，小鱼，酒，蛇——好多好多，为的都是更小的原因。现在祂只需为我们显一个神迹，就能把我们带到祂面前——就能创造一个奇迹，叫一个全新的世界到祂的宝座前去敬拜，这是你说给我们的，马可神父。你已经告诉我们这有多重要。我们讨论过了，发现只有一样神迹最适合这样的情况。”

加思对神学争论的无聊感受立即烟消云散。加思一直没有认真思考这件事，否则他早该明白这一切会导致什么结果。他能看见伊丁手上翻开的《圣经》里那幅插图——他早就知道那是什么图片。他慢慢从椅子里站起来，假意伸展身子，一边转向身后的神父。

“准备好！”他耳语道，“从后面出去，上飞船，我在这里稳住他们。我想他们不会伤害我。”

“你是什么意思……？”马可神父惊讶地眨了眨眼。

“出去，你这蠢货！”加思嘶声说道，“你觉得他们说的是什么神迹？你说是什么神迹叫全世界都改信基督教了？”

“不！”马可神父说，“这不可能。这绝不可能！……”

“快走！”加思叫喊着把神父拽出椅子，朝后墙推去。马可神父踉踉跄跄地立定转身。加思朝他身边跃去，但已经太晚了。那些两栖生物身量虽小，但数目众多。加思猛一甩手，拳头打中伊丁，将后者甩入人群之中。其他人都向他拥来，他只能一路推挤着往神父身边走。他冲他们大打出手，但这就像搏击海浪一般。毛茸茸的麝香味躯体前赴后继地将他淹没。他一直与他们搏斗，直到他们把他绑缚起来，被缚后他也没有停止挣扎，最后他们打了他的脑袋才终于消停。随后他们将他拖到屋外，叫他只能躺在雨水里瞪眼骂人。

威斯克人确是技艺非凡的手艺人，他们照着《圣经》插图，将每一个细节都再现得分毫不差。十字架牢牢钉在一座小山顶上，金属钉闪闪发光，还有锤子。马可神父被剥光衣服，裹了一条精心织就的缠腰布。他们引他走出教堂。看见十字架时，他几乎要昏死过去。随后他高昂起头，决心抱着信仰死去，就像他活着时那样。

然而这很艰难。即使对只是旁观的加思而言也难以忍受。谈论耶稣受难，在祷告的微光里瞻仰那副雕刻精巧的躯体是一回事；看一个人被活生生地剥光，被吊到一根木头上，绳索嵌入他的肌理之中，这是另一回事。何况是看那尖锐的铁钉高高扬起，对准掌心柔软的皮肉；看那锤子在工匠手中几经审慎思考后准确敲落；听那金属穿透皮肉时发出的沉重响声。

然后是尖叫声。

天生的殉教者很少，马可神父并不是其中之一。第一阵击打之后，鲜血就顺着他咬破的嘴唇流了下来。他张开嘴巴，头向后绷，喉咙里发出刺耳的可怖尖叫，叫声穿透了沙沙的落雨声。围观的威斯克人群中传来无声的回响，宛如尖叫。无论使他们张口的是何种感情，眼下那感情正在全力撕扯着他们的身体，一排又一排张开的大嘴反映着受难神父的巨大痛苦。

感谢神，最后一颗钉子钉好时他昏了过去。鲜血顺着伤口往下流，与雨水混在一处，滴到脚边时已褪成浅浅的粉色，他的生命也随之渐渐流逝。这时，大概就是在这时，一直啜泣着试图挣脱束缚，又因头上挨的那一记重击而动作迟钝的加思彻底失去了意识。

他在自己的仓库中醒来，天色很暗。有人正割开他们绑缚他的绳索。雨仍在下，外面雨水四溅。

“伊丁。”他开口。不可能是别人了。

“是我，”外星人的声音悄然回应，“其他人都在教堂里谈话呢。林在被你打中脑袋后死掉了，伊农也伤得不轻。有些人说你也应该被钉于十字架，我想这事儿马上就要发生了。或者你也可能死于石头砸头。他们在《圣经》里找到了一处这样的说法……”

“我知道，”他无限疲惫地说，“以牙还牙。一旦你开始寻找，就能在书里找到一堆类似的东西。这是一本奇妙的书。”他的头疼得厉害。

“你必须离开，你可以避开大家的耳目回到你的飞船上去。杀戮已经够多了。”伊丁的声音里也出现了一丝疲倦。

加思试着站了起来。他把头抵在墙壁粗糙的木材上，直到恶心的感觉渐渐褪去。“他死了。”他说的是个陈述句，不是问句。

“是的，死了有一会儿了。否则我也没法出来看你。”

“肯定也已经埋了，不然他们就不会开始考虑怎么对付我了。”

“埋了！”这外星人的声音里几乎满溢情感，就像死去神父的回声。“他被埋葬了，他会升天的。《圣经》里就是这样写的，升天就是这样实现的。马可神父一定很高兴事情这么发生了。”他的话尾带着一种好像人类哭泣的声音。

加思挣扎着走到门边，靠着墙勉力支撑自己，以免跌倒。

“我们做了正确的事，对不对？”伊丁问道。没有回答。“他会升天，加思，他会升天吧？”

加思站在门边，灯火通明的教堂里散射出的光芒照亮了他抓着门框的双手，那双手满是血痕。伊丁的脸凑到他近前，加思觉察到他用那双长着尖锐指甲的多指小手抓住了自己的衣裳。

“他会升天，是不是，加思？”

“不，”加思说，“他会一直埋在你们放置他的地方。不会有什么奇迹发生，因为他死了，并且永远会是个死人。”雨水顺着伊丁的茸毛流了下去，他的嘴张得那么大，看起来像是在冲夜空尖叫。他费尽全力才得以说出话来，用那种外星语言传递着他的外星思想。

“那我们不会得到救赎了？我们不会变得纯洁了？”

“你们过去是纯洁的，”加思的声音介于哭与笑之间，“这就是这件事最可怕、最丑陋、最肮脏的部分所在。你们过去是纯洁的。而现在你们成了……”

“杀人犯。”伊丁说。雨水顺着他低垂的脑袋淌落下来，流入了黑暗之中。

（韶光　译）

终点小说[1]

20 世纪 40 年代晚期，绰号“特德”的 E. J. 卡内尔创办了两本英国科幻杂志，《新世界》和《科学幻想》(*Science Fantasy*)。他主持编辑这两份刊物，一直持续到 60 年代。在这之前的英国至少有过一本科幻杂志，那就是创刊于 1937 年的《奇谭》(*Tales of Wonder*)。但是，英国的科幻杂志界风雨飘摇，只有卡内尔的这两本站稳了脚跟；然而，到了 1964 年，就连这两本也被迫停刊。

与美国杂志相比，这两本杂志并没有太大不同，只有一点比较特殊：占据主导地位的是一群英国作家，如 E. C. 塔布、肯尼思·布尔默、贝特拉姆·钱德勒、笔名约翰·基帕克斯的约翰·查尔斯·海纳姆、笔名亚瑟·塞林斯的罗伯特·亚瑟·利、詹姆斯·怀特、科林·卡普、布赖恩·奥尔迪斯、约翰·布伦纳等等。因此，当《新世界》举起革命的大旗时，所有人都大吃一惊。

卡内尔主编下的《新世界》于 1964 年 4 月发行了最后一期——

1. 标题“Terminal Fiction”化用了巴拉德的短篇小说《终点海滩》(“The Terminal Beach”)。

之后，卡内尔开办了一间文学经济公司，并开始主编《新科幻写作》（*New Writings in SF*），直到逝世。新出版商接手了《新世界》，这期间仅仅停刊一期。新任主编名叫迈克尔·摩考克。摩考克塑造了埃尔里克（Elric）这一角色，并围绕他创作了一系列英雄奇幻，他在当时以此著称。在《新世界》这根旗杆的顶端，摩考克升起了 J. G. 巴拉德的大旗。巴拉德的连载小说《二分点》（*Equinox*）出现在了杂志转手后的第一期上，这部小说后来成为《水晶世界》（*The Crystal World*）的一部分。一同出现在第一期上的，还有一篇关于威廉·巴勒斯的文章，巴勒斯的作品似乎是巴拉德和其他《新世界》作者创作的起点。

摩考克干劲满满，巴拉德树立了绝佳的榜样。受这两人的影响，其他作家也贡献了许多异于传统、风格新奇的小说。在他们当中，很多人在这之前已有作品发表于其他杂志，如奥尔迪斯、布伦纳、摩考克，但是也有一些新作者出现在《新世界》上，例如查尔斯·普拉特、希拉里·贝利。很快开始有美国作家向《新世界》投出他们实验性较重的作品，例如诺曼·斯宾拉德、托马斯·迪施和约翰·斯拉德克，前两者早在 20 世纪 60 年代就已经有作品在《新世界》上发表。

新杂志读者数量不足，难以为继。一些文学界的著名人物向英国艺术委员会申请资助，帮助这本杂志度过了 1967 年和 1968 两年。当朱迪斯·梅丽尔出版《摇摆英伦》、推广这场《新世界》（或者叫“新浪潮”）的革命时，最初的兴奋感已消散殆尽——尽管后来，达蒙·奈特在 1966 年发行年选《轨道》，意欲在美国重新开启这场先锋运动。

《新世界》并非全然是实验性的；由于新小说在数量或质量上存在不足，传统科幻仍然占据一席之地。然而，为杂志确立基调的，是那些浓重、晦暗、引发恐慌、艰涩难懂的作品。即使具有实验性也并非全然原创：布伦纳的《站立于桑给巴尔》（*Stand on Zanzibar*）仿效了约翰·多斯·帕索斯的《美国》三部曲，其中的第一部出版于 1925 年；奥尔迪斯的《没穿鞋的大脑》（*Barefoot in the Head*）致敬了詹姆斯·乔伊斯出版于 1939 年的《芬尼根的守灵夜》；其他实验主义者，例如创作反小说的豪尔赫·路易斯·博尔赫斯、米歇尔·布托尔和阿兰·罗伯–格里耶，也留下了各自的影响。

这些小说、这整场运动，都包含着虚无主义的精神。或许，它们契合了那个时代：国际事务风云变幻，反对越战的声浪越发高涨，毒品、披头士、波普艺术、流行音乐和摇摆伦敦运动[1]令人目不暇接，刺杀、劫机和恐怖主义接连不断……对于这其中的悲观主义，奥尔迪斯做出如此总结：“位于《新世界》这场新浪潮中心位置的——别去理会边缘的泡沫——是一颗坚固而不可感知的信息核心，一种生活态度，一种对现今社会，或任何一种未来社会是否具有益处的质疑。”

处于这场运动中心的是作家巴拉德。他似乎要把小说推向越来越远的位置，直至失去原本的形象。起初，他的小说还在描写普通的角色，角色所遭遇的也是普通的问题，这一切都仍然可以被读者所理解；随着时间的推移，他的小说实验性越来越强，也越来越难懂。在他的小说中，角色因为不知名的原因变得心神不宁或疑惑重重，被动地出现在充满神秘事件的情境中，他们接受了自己、人类或者宇宙的终极失败，并用这种接受的态度应对那些神秘事件。这些小说的意义完全依赖于对符号的解读。

巴拉德生于上海，在日本战俘营中度过了童年时光。或许正

1. 摇摆伦敦（Swinging London）是英国摇摆的 60 年代（Swinging 60s）运动的中心，这场运动发生于 20 世纪 60 年代中晚期，强调现代性和享乐主义。

因为此，巴拉德有充分理由质疑社会的理性或存在的意义。他在1946年返回祖国英国，进入剑桥大学学习医学，后来转职文案、编剧，并进入英国皇家空军服役。他的第一篇小说《歌女草》（“Prima Belladonna”）出现在1956年的《科学幻想》上。

布赖恩·阿什[1]（Brian Ash）称巴拉德是“一位将肉体和精神的崩溃慢慢编排成舞的专家”；奥尔迪斯说，巴拉德最终“拒绝了单线性的虚构作品，开始写‘经过浓缩的长篇小说’，这些小说是对一个无时间、无维度世界的经过压缩后的想象，这个世界被愤怒所撕裂，因知识而枯竭，同时还在证明着威廉·巴勒斯的那句名言，‘所谓精神病人，就是发现了事情真相的人’”。

讽刺的是，《终点海滩》（“The Terminal Beach”）发表于卡内尔任内的倒数第二期《新世界》上。除了“经过浓缩的长篇小说”，如《从摩托速降赛的视角看待刺杀肯尼迪事件》（“The Assassination of John Fitzgerald Kennedy Considered as a Downhill Motor Race”）和《你：昏迷：玛丽莲·梦露》（“You: Coma: Marilyn Monroe”）以外，另一篇与他早期的隐喻风格关系密切的小说，是发表于1960年的《时间之声》（“The Voices of Time”）。他最早的几部长篇小说探讨的是世界性的灾难。在这些小说中，世界一次又一次地遭到摧毁：《无处生风》（1962）、《淹没世界》（1962）、《旱》（1964）——又名《燃烧世界》——《水晶世界》（1966）、《暴行展览》（1970）、《爱与汽油弹：美国出口》（1972）、《撞车》（1973）、《混凝土岛》（1974）和《摩天楼》（1975）。从《无尽美梦公司》（The *Unlimited Dream Company*，1979）开始，巴拉德的长篇小说变得越来越易读，也越来越无法让人着迷。《太阳帝国》（*Empire of the Sun*，1984）是一部自

1. 英国作家、科学记者、编辑，曾创作多部有关科幻作品的书籍。

传体小说，主题是巴拉德在日本战俘营中的亲身经历，这部小说后来被斯皮尔伯格改编为电影。随着这部小说的问世，巴拉德成为一名畅销作家。这之后的长篇小说有《创造之日》(1987)、《女人的仁慈》(1991)和《冲向天堂》(1995)。

毫无疑问，巴拉德是一位颇具独创性的作家。他所需要的那类受众绝非普通的科幻读者，而应该是巴拉德式的读者——这也是他正在寻找的[1]。

（穆童、憬怡　译）

1. 这篇文章写下时（1979年），巴拉德尚在人世。

终点海滩

［英国］J.G. 巴拉德

夜里，当他躺在废弃地堡的地板上睡着的时候，特拉文听到海浪的声响，像是要将潟湖的岸边击碎一般，让他想起达喀尔的海滩，来自大西洋深处的巨浪拍打在上面，他出生在那里，也在那里等待父母沿着滨海公路从机场驾车回家。被尘封的记忆所淹没，他睡眼惺忪地从他睡觉的旧杂志床上醒来，向着横在潟湖前的沙丘跑去。

透过夜晚寒冷的空气，他可以看见三百码外紧急降落场的围栏之外，废弃的超级堡垒轰炸机[1]躺在棕榈树丛中。特拉文穿过黑暗中的沙滩，已然忘记了海岸的位置，虽然整个环礁只有半英里宽。在他的头顶，沿着沙丘的顶峰，高大的棕榈树像某种隐秘文字的符号，没入昏暗的夜里。岛上的景致被封印在奇怪的密码中。

放弃了寻找海滩的念头，特拉文跌跌撞撞地走到了一串多年前由一辆大型履带车留下的车痕中。一次武器试验[2]释放出的热量熔化了沙子，傍晚的风又让两条古旧的痕迹露了出来，在低地里像是远古恐龙的足迹般曲折蜿蜒。

1. 指在第二次世界大战中美军的超级空中堡垒（重型远程轰炸机），尤指 B-29 型号。
2. 本篇故事的场景选在埃内韦塔克环礁，1948 年至 1958 年的十年间美国在这里进行过 43 次核爆试验。

精疲力竭再也走不动的特拉文在车痕之间坐了下来。楔形的车辙消失在沙堆里，他开始伸出一只手，试图从里面把它们挖出来，希望它们或许会告诉他海的方向。黎明将至时他终于回到了地堡，沉睡在第二天炎热的寂静中。

方块楼群（1）

无数个恹恹的下午都是如此，没有哪怕一丝最微弱的离岸风[1]来拂动尘埃，特拉文坐在一栋大楼的阴影里，迷失在迷宫中心的某处。他背靠在粗糙的混凝土墙面上，冷漠地注视着环绕的走廊，成排的门和他面面相觑。每个午后，他离开他在废弃监控地堡里的小房间，然后走近方块楼群中。一开始的半个小时，他只让自己待在边界附近的走道里，时不时地试着用他口袋里已经生锈的钥匙打开一扇房门——测试场和机场之间有一道隔离沙沟，他就是在那儿的碎瓶子垃圾堆里找到的这把钥匙——然后，无可避免地，他像嗑了药一样开始大步走向楼群的中心，渐渐跑了起来，在走廊间冲进冲出，像是要把某个看不见的对手从藏身之地揪出来一样。很快他就会彻底迷路。无论他多么努力地想回到边界，他都只会发现自己一而再地仍然身处中心。

最终他放弃了这个任务，坐在尘土里，看着大楼脚下的影子从缝隙中透出来。不知为何，他总是让自己在太阳到达天顶时身陷囹圄——在埃尼威托克，一个热核的正午。

有个问题尤其纠缠着他：“究竟什么样的人才会住在这极小的混

1. 在水陆相邻处从陆地吹向水域的风。

凝土城市里？”

人造景观

“这座岛是一个精神世界。”奥斯本，这位曾经在旧潜水艇修藏坞[1]工作的生物学家，后来这样和特拉文谈论到。这句话的真理性在特拉文到达后的两三周内就显露无疑。除去沙滩和一些无精打采的棕榈树，岛上的整个景观都是人造的，这就是一个由废弃的大型混凝土高速公路系统所构成的人工制品。自从核试验暂停以来，这座岛就被原子能委员会[2]所废弃，堆满武器的荒地、通道、塔楼和碉堡排除了任何试图让它回归自然的可能。（特拉文认识到，让这里保持原样应该还有一种更强烈的潜意识的动机：如果说原始人需要把外部刺激消化纳入自己的心理中，那么20世纪的人类已经否决了这个过程——按照这种笛卡儿判据，至少这个岛是存在的，很少有其他地方有这样的真实性。）

但是除却一些科学工作者，没有人有一丁点儿想去参观旧试验场的意愿，原本停靠在潟湖边的海军巡逻舰也在特拉文到达的五年之前就被撤回了。它颓败的外表以及岛屿和冷战时期的联系——特拉文喜欢把冷战叫作“三战预备期”——令人深感沮丧和压抑，像是一座亡灵的奥斯维辛，亡者的坟墓里也埋葬着未亡人深切的哀思。随着美苏关系的缓和，历史上这段噩梦般的篇章被愉快地抛诸脑后了。

---

1. 指潜艇基地中在空袭时保护潜艇的有上盖的潜艇坞，主要建于二战期间。

2. 美国原子能委员会是美国国会在二战以后立法设立的政府机构。其目的是提倡、管理原子能在科学及科技上的和平用途。杜鲁门总统在1946年8月1日签署了将军方对核能的掌控权转移到上述文官机构的1946年原子能法案，这个法案在1947年元旦生效。

三战预备期

“原子弹真实和潜在的破坏性其实掌控在潜意识的手中。对精神病患者的白日梦和幻想做个粗略的研究，就可以发现毁灭世界的想法隐藏在潜意识层面。被科学的魔法所摧毁的长崎算是现实中人类最接近这个梦魇的地方，在这里，即使是安稳的睡眠时间也时常会变为充满焦虑的噩梦。”

——《战争，施虐狂与和平主义》，爱德华·格拉夫著

三战预备期：这个时期在特拉文的心里有至高无上的地位，因为它的道德和心理倒退，因为它在整个历史上的意义，更因为即将到来的未来——1945 年到 1965 年这二十年——就悬挂在第三次世界大战震颤着的火山口边缘。甚至他妻子和 6 岁儿子在车祸中身亡也只是浩瀚历史与精神原点的一小部分，每天早上他们迎接死亡的那条川流不息的高速公路，则是通往世界末日的快捷便道。

第三海滩

午夜时分，他在冒险搜索礁石上的出口之后上了岸。这艘小摩托艇是他在夏洛特岛上从一个澳大利亚采珠人那里租来的，此时搁浅在浅滩上，船壳被锋利的珊瑚划破了。精疲力竭的特拉文穿过黑暗中的沙丘，沙坑和水泥塔楼昏暗的轮廓，在棕榈树之间影影绰绰。

第二天早上，他在灿烂的阳光中醒来，躺在宽阔的混凝土沙滩斜坡中间。这个被圈起来的空池子大概是个蓄水池或靶坑，直径大约两百英尺，是建造在环礁中心的人工湖系统的一部分。叶子和尘土塞住了报废的栅格，中间是一个两英尺深的温水池，倒映着远处的棕榈树。

特拉文坐起身，开始清点自己。列表很简短，除了他瘦削的身体以及穿着的破旧棉布衣服之外就没什么了，大概也只能证明他还存在着。然而和周遭的环境对比，这堆破布也似乎显现出独特的生命力。这个巨大的被人工雕琢的中心水池中的倒影，更突显出整个岛的空旷，没有物种在这里生息繁衍。湖泊被狭窄的峡湾分割，沿着环礁边缘蜿蜒延伸。湖的两岸环绕着道路，监控塔和碉堡鳞次栉比，棕榈树时不时地投下稀稀拉拉的树影，它们颤颤巍巍地立在混凝土地面的裂缝里，看上去摇摇欲坠。这一切构成了覆盖在岛屿上空连续不断的混凝土穹顶，这个实用的巨石阵建筑体系同古亚述和古巴比伦的那些建筑一样灰暗，一样阴森（而且显然也一样古老，就它所投射以及投射出的未来的角度看来）。

一系列的武器试验已经将砂层融合在一起，形成一层层伪地质层，热核纪元中那些转瞬即逝、长度以微秒计的世代浓缩其中。“解开过去的钥匙藏在现在。”这座岛倒是成了推翻这句地质格言的典型例证。在这里，解开当下的钥匙还远在未来。这座岛是未来的一块化石，它的地堡和碉堡诉说着一个道理，即生命留下的化石记录往往都是武器和骨头。

特拉文跪倒在暖水池中，水花溅在他的衣服和裤子上。倒影里是一张胡子拉碴的脸和一双瘦削的肩膀。他来到岛上的时候除了一小块巧克力什么补给也没带，想着岛上总能找到个什么地方，让他能就地自给自足的地方。当然也有可能，他已经备好了和时间一同向前所需要的食物，之后随着他回到过去，或者说最多进入无时间区域，这种需求将不复存在。在过去的六个月里，本就瘦弱的他在穿越太平洋的旅程中，消瘦得像一个流浪的乞丐，只剩坚定的眼神还一如往昔。然而，这种消瘦仿佛是剥离了多余的肉体，更凸显出内在坚韧不拔的精神和精准干脆的行动力。

接下来的几个小时，他四处游荡，检查了一个又一个的废地堡，想找个合适的地方睡觉。他穿过一条小型着陆跑道的废墟，旁边的垃圾场上，十几架 B-29 轰炸机像是趴伏的死鸟，交错堆叠在一起。

遗　骸

他曾走进过一条小街，两旁的金属棚屋里有一家自助餐厅、若干娱乐厅和浴室。一个坏掉的自动点唱机半埋在自助餐厅后的沙子里，唱片选集还好好地摆在架子上。

再往远处走，在距离棚屋五十码的一个小靶坑里扔着一些人体——他一开始以为那是这个幽灵城市居民的尸体，实际上只是十几个真人大小的塑料模特。它们熔掉了一半的脸扭曲成模糊的怪相，从交错的躯干和四肢间注视着他。

海浪在他两侧的沙丘后沉沉地呜咽，他能听见从海上卷来，跨过礁石，拍打在潟湖内岸。然而他一直躲避着大海，每次往上走都踟蹰不已，担心海洋会出现在视线之内。随处可见的监控塔让他能轻易地鸟瞰岛上复杂的地形，然而他避开了那些生锈的梯子。

他很快意识到，无论那些碉堡和监控塔的分布看上去多么费解和随意，它们都共同朝向岛上景观的中心，提供了观看这景色的一个独特透视结构。当他在一座碉堡里坐下休息时，特拉文透过窗户缝注意到，所有的观察哨都建在一系列的同心圆上，越靠近最深处的避难所，圆圈收得越小。最后的那个圆圈，应该在爆心[1]的下方，隐在一排沙丘四分之一英里以西的地方。

终点地堡

露天睡了几晚之后，特拉文返回他在岛上第一次醒来时所在的混凝土沙滩，决定把家设在这儿——如果这个潮湿的废墟也能叫作家的话——就在靶塘五十码外的监控地堡里。厚厚的已经有些歪斜的墙壁隔出的黑暗房间，看起来和墓穴一样，却给他一种物理的安全感。房间外，沙子堆在墙边，快要把狭窄的门廊掩埋，像是仓库建造以来所见证的宏大时代的结晶。五台监控相机狭长的矩形光孔形状规整、位置整齐，像密符一样嵌在东面的墙上。在其他地堡的墙面上也装饰着类似的密符。如果特拉文在早上醒来，他就总会看见阳光被分出五个闪耀的符号。

大部分时间房间里只有氤氲的亮光。在降落场的控制塔上，特拉文找到了一套废旧的杂志，然后用它们搭了一张床。他第一次遭遇脚气病[2]袭击的那天，他在仓库里躺了一会儿，把硌着背的那本杂志抽了出来，在里面看到了一张满页印刷的 6 岁女童的照片。这个金发的女孩，沉着的面庞上有一双深邃的眼睛，让无数关于儿子的痛苦回忆涌向他。他把这一页钉在墙上，日复一日地凝视着它陷入沉思。

前几周特拉文没怎么想过离开地堡，不断推迟探索岛上的计划。在岛的内圈象征性地游逛，对到达和离开的时间都没什么讲究。他

1. 核爆炸时火球形成瞬间的中心点。
2. 缺乏维生素 B1 引起的疾病。和脚癣不同，它可以致人死亡。

没有给自己制订什么计划。所有对时间的感知很快消失了；他的生活只剩下存在本身，是这一刻和下一刻之间的绝然断裂，就像是两个量子化事件。他太虚弱了，没有力气觅食，只能靠在废弃的超级堡垒上找到的旧补给箱维持生活。因为没有工具，开罐头能花掉他一整天的时间。他的身体持续消瘦，然而他只是漠然地看着皮包骨的四肢。

到这时，他已经忘记了海洋的存在，模糊地以为这段环礁也是某块大陆板块的一部分。地堡南北两向一百码外都是一排沙丘，顶上神秘的棕榈树像是一排栅栏，遮挡着潟湖和海，夜晚微弱而低沉的海浪声翻滚着与他记忆里的战争和童年时光融为一体。东面是紧急降落场和废弃的航空器。它们矩形的影子在下午的光线中晃动，扭曲，翻转。特拉文坐在地堡的前方，面对着一片靶塘，这些浅坑错落分布在整个环礁的中心。五个镜头从他的上方注视着这一切，像是某个未来主义神话中的守护神。

靶塘与鬼怪

这些池塘本来是设计来观察记录被选定的动植物发生的辐射生物学变化，但这些样本的后代早就变成了扭曲而畸形的物种，然后归于消灭了。

在某些夜里，阴沉的光线笼罩着混凝土地堡和堤坝，那些水池则像是连亡灵都已经出走的荒芜墓地里的观赏池，他会看见他的妻子和儿子的幽灵就站在对岸。他们孤单的身影像是已经盯着他看了好几个小时。虽然他们没有过什么动作，特拉文却很确定他们在向他招手。等到从幻觉中醒来，他跌跌撞撞地跑过池边黑暗的沙地，跑进水里，大声呼喊着那两个身影，仿佛他们正在手拉手走出这片湖，消失在远处的堤坝上。

打了个冷战，特拉文回到地堡，躺倒在旧杂志床上，等待着他们回来。他们的面容，他妻子脸上惨白的光，流过他的记忆之河。

方块楼群（2）

直到他发现了方块楼群，特拉文才意识到他永远离不开这座岛了。

在他到达之后两个月左右的时候，特拉文吃光了他那一小点儿食物补给，脚气病的症状愈发严重。他的手脚越来越麻木，渐渐失去力气。全靠着想到岛屿内部的避难所还没被探索，又付出了难以衡量的巨大努力，他才成功地离开了杂志铺成的床褥，走出地堡。

那个晚上，当他坐在门廊前流动的沙砾中，他注意到有一束光穿过棕榈树，照向环礁的远处。迷失在妻子与儿子的幻影里，想象着他们在沙丘间的某个温暖的地方等着他，特拉文向着光走去。不到五十码，他就失去了方向感。他在着陆跑道上踉踉跄跄了好几个小时，到头来只是踩中沙子里可口可乐瓶的碎片，成功划伤了脚。

他延后了这一晚的探索计划，第二天一早他再次踌躇满志地出发了。他快速地走过塔楼和房屋，热气像一张盖毯一样严严实实地罩在岛上。他已经进入了一个没有时间的领域。只有彼此间距离越来越窄的地堡外墙在警告他，他正在穿过火臬的内部。

他爬上了山脊，这是他先前在岛上的探险之旅到达的最远处。远处的平原上遍布着目标弹道和爆炸点。记录塔像方尖塔一样伸向天空，它灰色的墙壁上还模糊地留着些摆出程式化姿势的人形轮廓，那些靶标群在闪光中被烙印进水泥里的影子。在一些混凝土挡板碎裂的地方，一排棕榈树在凝固的空气中摇摇晃晃。这里的靶池要小一些，里面堆满了塑料假人的残肢。它们中的大部分还保持着没有防备的生活姿态，就像测试前被安排的那样。

在最远的那排沙丘更前方，监控塔开始转过来对着他，那边的楼顶看起来像是一群大象方方正正的脊背。它们在山谷里排着整齐的队列，形成了一个浅浅的畜栏。

特拉文向着它们前进，被划伤的脚一瘸一拐的。在他的两旁，松动的沙子啃噬着沙丘，一些碉堡因此而倾斜。这片满是地堡的平原延伸了大约四分之一英里。在平原的一头，在之前的某些测试里被炸到地表的混凝土地堡残骸半掩埋在沙地里，像是孕育生产了这片巨石群之后就被抛弃的子宫外壳。

方块楼的数量数不胜数，体积也庞大到令人压抑。如果有谁想体验一下这个场景以及特拉文的感受，那他必须试着想象自己坐在其中某一栋混凝土怪兽的影子里，或者在盘踞在岛中心的巨大迷宫中心里游荡。方块楼一共有大概两千栋，每一个都是边长十五英尺的完美立方体，按照十码的间距有序排列着。它们被排成了很多列，每一列由两百个方块楼组成，按着爆炸的方向依次倾倒。从建成到现在的这些年间，它们只被略微风化，它们嶙峋的轮廓像是巨大模板的切面，这样的设计可以抵消直线前行的巨大气浪。楼体有三面都是光滑而完整的，但是背向爆炸方向的第四面上则有一道窄窄的检测门。

方块楼的这个特点尤其让特拉文烦躁不安。虽然门的数量可观，但是因为一些奇怪的透视法设计，无论在迷宫的哪个地方都只能看见一条通道里的门，其余的门都会被中间的方块楼遮挡。他从边缘走到楼群中心，看见一排又一排的金属门出现又远离，在没有尽头的转弯后藏着无数个紧闭的出口。

在爆心正下方的那些方块楼是实心的，大概有二十栋的样子，墙壁厚度和剩余的楼栋是不一样的。从外观看，它们都同样坚不可摧。

当他进入第一条长长的通道时，特拉文感觉他的脚步轻快了起来；纠缠了他这么多个月的乏力感渐渐消失了。因为它们正方体的特性和外观，这些方块楼看上去占据了更多的空间，带给他一种绝对的平静与秩序感。他继续走入迷宫的中心，急切地想要和迷宫之外的岛屿分离。在几次无序的左转右转之后，他发现自己孤身一人，大海、潟湖和岛屿的景色都不见了。

他在这里坐了下来，背靠着一栋方块楼，忘记了寻找妻子和儿子的念头。这是他来到这个岛之后第一次感受到，破碎的景色带来的分裂感开始淡化。

还有一件事是他不曾想到的。随着夜幕降临，以及离开楼宇觅食的需要，他意识到已经迷路了。无论他如何沿着来时的足迹退回，或者在歪斜的道路上左冲右撞，又或者根据太阳辨别方向后向着南方或北方前行，他都只会一再回到起点。穷尽所能，他还是没能找到迷宫的出路。这时虽然他已经意识到了自己的动机，但依旧对现在的情况一筹莫展。只有当饥饿战胜了留下来的念头，他才成功地逃离了这里。

舍弃了他在飞机仓库附近的上一个家，特拉文整理了他在超级堡垒轰炸机的机身炮架和驾驶舱储物柜里能找到所有的罐头食品，装载在简陋的雪橇上，拉着它们开始穿越这座岛。他在距离方块楼群边界五十码的地方占据了一座歪倒的地堡，然后把已经褪色的金发小女孩的照片贴在了门边的墙上。那一页纸越来越脆弱，就像他自己渐渐支离破碎的形像。每天夜里他醒来的时候，他会不紧不慢地吃点东西，然后出门，走进楼群。有时候他会随身带一壶水，在里面待上两三天。

特拉文：插入说明

量子世界里的元素：

终点海滩。

终点地堡。

方块楼群。

景色被编码。

未来的进入点 = 景色中轴线与水平线的交点 = 重要时间的区域。

潜水艇修藏坞

接下来的几周里，这种不安定的状态依然持续着。当某天晚上他走出楼群的时候，他再次看到了他的妻子和儿子，站在沙丘上的一座孤塔下，面色平静地看着他。他意识到他们从上一次在那些干涸的坑池间现身开始，就一直跟着他穿越这座岛。他再一次看到召唤的光芒，决定继续对岛屿的探索。

沿着环礁半英里以外的地方，他发现了一组四座潜水艇修藏坞，建在一个水被抽干了的内湾上，错落地分布在海边的沙丘间。坞里还剩下几英尺的积水，里面满是闪着怪异冷光的鱼和水草。一束警示灯光时不时闪烁着从金属塔上射下。外面混凝土堤坝上有一座营地的遗址，看着还挺结实，应该是最近才空出来的。特拉文迫不及待地把载满补给品的雪橇扔进一座金属棚里。随着饮食的改变，脚气病也有所好转，在接下来的几天里他回到了营地里。那儿看上去像个生物观测点。在一个野外办公室里，他偶然发现了一系列关于染色体突变的图表。他把它们卷起来，带回了他的地堡。这些抽象的图式虽然毫无意义，但在他恢复的期间，他把给它们取一个合适的名字当作娱乐。（之后，在他某次探险当中穿过飞机仓库时，他发现了一台半入土的点唱机，把唱片列表从选择栏上撕了下来，想着这就是最适合那些图表的标题。虽然有冗余之嫌，但却赋予了它们富有层次感的神秘联想。）

迷失在方块楼群里的特拉文

> 8 月 5 日。发现了一个叫特拉文的人。看上去像个古怪的乞丐，藏在荒岛内陆的一个地堡里。他患有严重的冻伤和营养不良，但他本身不自知，或者说根本不在乎他身边的一切……
>
> 他坚持自己是为了执行某个科学项目——具体不表——但我怀疑他是否真的明白自己的动机和这座岛的特殊性质……从某种程度上来说，岛上的景观似乎和某些潜在的时间概念有关，尤其和那些被回避的对于自身死亡的预感有关。正如过去所证明的，这种建筑的吸引力和危险都是毋庸置疑的。
>
> 8 月 6 日。他的眼里满是狂热。我想他不是第一个，也不会是最后一个，探访这座岛的人。
>
> ——摘自 C. 奥斯本博士的《埃尼威托克日记》

由于耗尽了补给品，特拉文几乎一直待在楼群之中，保留着剩下的体力，让自己还能沿着空荡荡的走廊缓慢前行。右脚的感染让他很难再去那些生物学家留下的存货里再做补给，再加之体力不断衰退，他越来越不愿意走出楼群。巨石阵系统此时完全代替了他的思维功能，后者将对时间和空间的理性秩序的感受交与了前者，他的意识之火照耀在比现有的神经系统更高的层次上（如果说自主神经系统是被过去所支配，那么脑脊神经系统则是向未来延伸的）。离开了这片楼群，他对现实的感知就会萎缩得和脚下几平方英寸的沙子一般大小。

在他进入迷宫的最后一次探险中，他花了一整夜外加大半个早上的时间尝试逃跑，然而只是徒劳。他拖拽着自己从一个方形的阴影里移动到另一个里，他的腿像棍子一样沉重，膝盖很扎眼地红肿着，他意识到他必须尽快找到一个和方块楼群旗鼓相当的东西，否则就会像法老的随从一样困在自己亲手建成的陵墓里，赔上自己的性命。他精疲力竭地瘫坐在整个系统中央的某个地方，一排排千篇一律的墓穴渐渐离他远去，此时一阵轻型飞机的嗡嗡声慢慢地划过天空。它掠过头顶，然后，五分钟之后，又回来了。得抓住这个机会，特拉文挣扎着站了起来走向楼群的出口，抬头追随着那道闪闪发光的排气尾迹。

当他倒在地堡里的时候，他隐约听到飞机又回来了，并且开始对现场进行勘察。

迟来的救援

“你是谁？”一个小个子男人俯视着他，头上沾满了沙子，表情严厉，正在把一支注射器收进提箱里，“你知道你只剩一只腿了吗？”

“特拉文……我经历了某个事故。真高兴你们飞过来了。”

“我相信你一定是经历了什么。你为什么不用我们的紧急无线电？无论如何我们都会找海军来接你的。”

“不用……”特拉文用一只手肘支撑着坐了起来，虚弱地摸索着他的屁股兜，“我应该有个通行证。我在执行一项研究任务。”

“研究什么？”这个问题是想完全理解特拉文的动机。特拉文躺在地堡旁边的阴凉里，虚弱地喝着水壶里的水，与此同时奥斯本博士把他的伤脚包扎了起来。“你还一直在偷用我们的库存。”特拉文摇了摇头。蓝白相间的塞斯纳飞机[1]停在五十码外的混凝土停机坪上，像一只巨大的蜻蜓。“我没想到你们会回来。”

“你一定是在做白日梦吧。”

一名年轻的女士离开飞机操作台，爬出驾驶室走向他们，瞥了一眼灰色的库房和楼群。她似乎对特拉文的狼狈和虚弱视而不见，或者说毫不在乎。奥斯本扭过头和她说了两句，她低头看了看特拉文之后就回到了飞机上。当她转过头来的时候，特拉文不由自主地站起身来，以为她就是他钉在墙上的照片里的那个女孩。然后他想起来，这本杂志最多也就是四五年前的。

飞机的发动机启动了。它转向起飞跑道，起身飞入空中。

那天下午，那名年轻的女士开着吉普车回来了，还带回了一张小露营床和帆布帐篷。在这期间，特拉文睡了一觉，醒来时神清气爽，正赶上奥斯本探索完周围的沙丘后回来。

“你在这儿做些什么呢？”年轻女子一边将帐篷的一根拉索固定在地堡上一边问道。

“我在找我的妻子和儿子。”特拉文回答。

“他们在这座岛上？”她十分惊讶，但止不住把这话当真，看了

1. 塞斯纳飞行器公司成立于 1927 年，是世界上设计与制造轻、中型商务飞机，涡轮螺旋桨飞机，以及单发活塞式发动机飞机的主要厂商。

看四周。“就在这儿？”

“可以这么说。”

检查了这座地堡之后，奥斯本加入了他们。“照片里那个孩子。她是你的女儿？”

“不。”特拉文疲于解释，“是她收养了我。”

虽然无法理解他的回答，但奥斯本和年轻女子接受了他会离开这个岛的保证，然后就回到了他们的帐篷。每天年轻女子会载奥斯本回来给他换药，她似乎在特拉文自己的神话故事里找到了属于自己的角色。当得知特拉文之前是一名军事飞行员之后，奥斯本说他是一位因为热核试验中止而变得孤立无援的现代殉道者。

“内疚的情绪并不代表着承受不分青红皂白的道德制裁。我想你过于夸大你的这种情绪了。”

当他提到伊特里[1]这个名字的时候，特拉文摇了摇头。

奥斯本不屈不挠地追问道：“埃尼威托克也是类似的景象，你确定没想过利用它在等待你的圣灵降临之风[2]吗？”

“相信我，博士，我没有，”特拉文很确切地回答道，“对我来说，氢弹是绝对自由的象征。和伊特里不同，我感觉它带给我一种权利——甚至可以说一种义务——让我遵照自己的选择做事。”

“这个逻辑有点奇怪，”奥斯本评价道，“难道我们不应该至少为肉体的自我负责吗？”

特拉文耸了耸肩膀。“还不到时候，我觉得。再怎么说，我们也算是死里逃生的人不是吗？”

---

1. 即克劳德·罗伯特·伊特里。美国空军军官，少校军衔。1945 年，他作为飞行员，辅助完成了广岛原子弹投掷的军事任务。

2. 原文为 Pentecostal wind。Pentecost 指五旬节（或称圣灵降临节），被定于复活节后的第五十天，是教会用来庆祝圣灵被赐给使徒们，使得教会在早期迅速成长的一个节日。据《圣经·新约》载，耶稣“复活”后第 40 日“升天”，第 50 日差遣“圣灵”降临；门徒领受圣灵后开始传教。此处理解为救赎之风。

然而，他经常这样看待伊特里：三战预备期的天选之人，是他让 1945 年 8 月 6 日变成了三战预备期的开始，承担了所有的原罪。

特拉文恢复到可以走路之后不久，他不得不再一次从楼群里被救出。奥斯本变得不那么和蔼可亲了。

“我们的工作差不多要结束了，”他警告特拉文，“你会死在这儿的。特拉文，你在找什么？”

特拉文对自己说：无名的公民，热核时代人，埃尼威托克人的坟冢。他对奥斯本说：“博士，你的实验室不应该建在岛的那一端。”

在他们离开的前一天，特拉文和那名年轻女子驱车前往他登岛时的湖泊。她带上了染色体列表的正确图例，这是来自奥斯本最后的礼物，对于一个年长的生物学家来说这个动作在意料之外又充满讽刺意味。他们停在坏掉的点唱机前，随后她把它们贴在选曲台上。

他们在翻倒的超级堡垒战机残骸之间游荡着。特拉文失去了她的影踪，在接下来的十分钟把沙丘翻了个底朝天。最后他发现她站在一个太阳能斜板建成的小圆形剧场里，应该是由一队造访的探险队建造的。她微笑着，看着他穿过脚手架。支离破碎的光板里，零散地映着她的倒影。有一些碎片里她没有头，另一些则映照出许许多多她抬起的手臂，环绕在她身周，像一位印度的千手女神。特拉文感觉精疲力尽，转身向着吉普车走去。

当他们开着车远去，他说起他对妻子和儿子的印象。“他们的面色总是那么平静。我儿子尤其如此，虽然他从未真的那样过。他唯一一次脸色严肃还是他出生的时候——然后他看上去就像已经活了几百万年一样。”

年轻的女子点了点头。“我希望你能找到他们。”她想了想又补充道，“奥斯本博士会告诉海军你在这儿。躲起来吧。”

特拉文很感谢她。当她最后一次飞离这座岛的时候，他坐在大楼旁边的位置上，对她挥手告别。

海　军

搜查队找上门的时候，特拉文藏在唯一一处理想的藏身之所。幸运的是搜查队找得马马虎虎，而且几个小时之后就被召回了。水手随身带来了一些啤酒做补给，搜查很快变成了一场醉汉们的闲逛。后来特拉文在记录塔的墙上发现那些人形阴影的嘴边被用粉笔画上了些对话框，说着些下流的话语，搞得他们的身影就像是洞穴壁画中生殖崇拜的狂欢舞者一样。

当飞机跑道附近的一个地下储油罐燃起的时候，派对迎来了高潮。他在一旁首先听见扩音器里呼叫着他的名字，回荡在沙丘间的回声像是濒死之鸟凄厉的呼喊，然后他听见爆炸的轰鸣和登陆艇离开时人们的笑声，特拉文有一种预感，这将是他最后听到的声音。

他一直躲在一个靶坑里，和那些塑料人体躺在一起。灼热的阳光下，它们扭曲的面庞从纠缠在一起的四肢间直直地看着他，一无所见，它们的笑容已经模糊了，好像无声大笑着的死者。当他爬过这些人体回到地堡的时候，它们的面容一直映在他的脑海里。

在他走向楼群的路上，他看见他的妻子和儿子的身影站在路中间。他们距离他不到十码，他们看着他，期待之情几乎要从苍白的脸上溢出来。特拉文从没有在楼群里这么近地遇到过他们。妻子苍白的容貌像是被身体里发出的光照亮了一样，微张的嘴唇像是在打招呼，抬起一只手想要和他的相握。儿子肃穆的脸庞上带着奇怪的定住一般的表情，用和照片里的女孩一样神秘的笑脸看着他。

“朱迪斯！大卫！”震惊中，特拉文朝他们跑去。然而光影一闪，他们的衣服变成了裹尸布，同时他看见让他们的脖子和胸口完全不成样子的伤口。惊骇之中，他向着他们大声尖叫。随着他们渐渐消散，他也逃回楼群里的安全感与理智之中。

告别的仪式

这一次他发现，正如奥斯本预言的，自己走不出楼群了。

在不断变化的迷宫中心的某处，他坐在地上，背靠着一面混凝土侧墙，抬眼看着太阳。在他的周围，立方体的线条构成了他的世界里的地平线。有时它们好像在向他靠近，像悬崖峭壁一样立在他面前，它们之间的间隙不断缩小，直到它们只隔着手臂粗细的距离，一个狭窄走道构成的迷宫在它们之间延展开来。然后它们又从他身边远离，像是不断膨胀的宇宙中的点一样远离彼此，直到最近的一条线也变得像地平线上断断续续的栅栏一样。

时间变得量子化了。先是持续好几个小时的正午，阴影笼罩在大片的楼群之中一动不动，热量从混凝土地面上反射回来。转眼他又会发现已经是午后或者傍晚，到处都是影子，像是对他指指点点的手指一样。

“再见了，埃尼威托克。”他呢喃着。

某处有亮光一闪而过，仿佛楼群中的某一栋像算盘上的一粒算珠一样，被拆下来弹走了。

“再见了，洛斯阿拉莫斯[1]。”再一次的，仿佛有一栋方块楼坍塌

---

1. 洛斯阿拉莫斯（常简称阿拉莫斯）在美国的新墨西哥州。二次大战后期，闻名世界的美国原子武器研究基地—洛斯阿拉莫斯国家实验室于 1943 年在此建立。

了。他周围的走道依然完好无损，但某个地方，特拉文确信，在映射在他脑海中的模型里，中性空间之间的一小片间隔被打穿了。

再见了，广岛。

再见了，阿拉莫戈多[1]。

再见了，莫斯科，伦敦，巴黎，纽约……

链接点闪烁着，楼群出现震动的涟漪。特拉文接受了这宏大告别是徒劳无益的事实，停了下来。这样一场告别需要他在宇宙的每一个粒子上签名。

正午：埃尼威托克

现在，方块楼群像是一个不停旋转的马戏滚轮。它们带着他升高到能够看见岛屿和海洋全貌的地方，然后又向下降穿过混沌的圆形地面。从这里他仰望着混凝土盖的下表面，景色凹凸颠倒，凹地被圈了起来，湖泊系统变成了岩土穹顶，楼群则成了数千个空荡的立方体方坑。

“再见了，特拉文”

让他失望的是，他发现这样彻底的拒绝也没有给他带来什么。

在清醒的间隙，他低头看着自己瘦弱的四肢在他面前勉力支撑着，脆弱的手腕和双手上满是溃疡织就的花边。他右边的尘土上有

1. 美国新墨西哥州中部偏南的城市，位于斯克鲁塞斯东北部。第一枚原子弹于 1945 年 7 月 16 日在该城西北部的怀特桑德导弹试验场爆炸。

一串痕迹，应该是趿拉着的鞋跟留下的。

在他的前面与楼群之间，横着一条长长的走廊，汇入一百码外的一面斜坡。在那之中，因为狭窄的间隙而越显宽广的空中，有一个新月形的影子飘浮在天上。

在接下来的半个小时里，它缓慢移动着，随着太阳摆动而转动。

是沙丘的轮廓。

这个密码，就像个盾牌上的符文一样悬在特拉文前面，让他着了迷，逼着自己穿过尘土。他摇摇晃晃地勉力站起来，眼里再没有那些楼群的影像。

十分钟后，他出现在西部的边界。用影子为他引路的沙丘距他大约五十码。远处，像屏幕一样映射着那片影子的是一片高耸的石灰岩，穿插在荒芜大地的小丘之间。废旧推土机的残骸、一捆一捆的铁丝网和五十加仑大小的鼓半埋在沙子里。

特拉文向着沙丘前进，不情愿地离开这片起伏的无名沙漠。他蹒跚着绕过它的边缘，然后在石脊间一个狭窄的缺口边的阴影里坐了下来。

十分钟后，他注意到有人一直在看着他。

被困的日本人

这具尸体，眼睛直直地盯着特拉文，躺在他的左边，缺口的下面。那应该是一个强壮的中年男人的尸体，他侧身躺在一块石枕上，仿佛还在仰望缺口上的天空一样。衣服的纤维已经磨损，变成褴褛的灰色布袍，然而得益于岛上没有任何动物捕食，皮肤和肌肉组织都保存得很完好。在像膝盖和手腕这样的关节上，好些地方突出的骨节刺破了黄色皮肤的真皮层，但面罩依旧完好无损，表明这个日本男性应该是一名专业人士。特拉文低头看着那挺直的鼻梁、高高的额头和宽阔的嘴唇，猜想着这个日本人是个医生还是律师。

困惑着这具尸体生前是怎么把自己弄到这里的，特拉文沿着斜坡向下滑了几英尺。皮肤上没有辐射烧伤的痕迹，说明这个日本人在这儿待了不到五年。他似乎也没有穿制服，所以应该不是军事行动或者科研任务的成员。

尸体的左边，在他手能够到的地方，有一只已经磨损的皮箱和一个地图包的残骸。右边是一个已经褪色的粗帆布包外壳，打开可以看见里面有一壶水和一个小油罐。

难耐的饥饿本能让他在那一刻暂时忽略了这一点发现，即这个日本人是故意选择死在这个缺口中的，特拉文滑下斜坡，直到他的双脚触碰到尸体上已经裂开的鞋底。他探出手抓住了水壶。里面的水有一杯的样子，涤荡着已经生锈的罐底。特拉文一饮而尽，他的嘴唇和舌头上满是溶解在水里的金属盐带来的苦咸味。他撬开油罐的盖子，里面除了一层黏腻的糖浆之外空空如也。他用盖子刮了刮，砸吧着焦油状的薄片。它们带来令人陶醉的甜美滋味，充盈着他的口腔。过了一会儿，他感到微微有点头晕，于是坐回了尸体旁边。它那双没有焦距的眼睛不带一丝怜悯地盯着他。

苍　蝇

（有一只小苍蝇，特拉文觉得可能是一路跟着他进到缺口里的，现在正在尸体的脸上嗡嗡乱飞。特拉文向前倾了倾身子想要打死它，又突然反应过来这个小小的哨兵可能是这具尸体忠实的伴侣，作为回报，它也以尸体毛孔中蒸馏出的液体为生。为了避免伤害这只小苍蝇，他小心翼翼地鼓励它降落在他的手腕上。）

安田博士：谢谢你，特拉文。（声音有些沙哑，大概是不习惯对话。）我的立场，你能理解。

特拉文：当然了，博士。对不起，我想过杀了它。这些根深蒂固的习惯，你知道，不是那么容易改掉的。1944 年你姐姐的孩子在大阪，由于战况紧急，我不想为他们辩解，大部分已知的动机都是如此卑鄙，人们搜寻未知是希望……

安田：拜托，特拉文，你完全不用这么不安。那只小苍蝇能存在这么久是它的幸运。你哀悼的儿子，更不用说我自己的两个侄子和侄女，他们难道不是每一天都在死去吗？世界上每一位父母都为在童年就去世的儿女哀悼。

特拉文：您真是太宽容了，博士。我都不敢——

安田：完全不用，特拉文。我不需要你道歉。毕竟，我们每个人都只是生命的无限可能中那一点儿微不足道的残渣罢了。但是你的儿子和我的侄子们会永远留在我们心里，他们的存在就像星星一样确凿无疑。

特拉文：（还没有完全信服）或许是这样，博士，但是就这座岛来说，它导致了一个非常危险的结论。例如，那些方块楼群……

安田：这正如我所说。在这里，楼群之间，特拉文，你终于找到了超脱时间和空间之外的自己。这座岛就是现实的伊甸园；为什么你要把自己驱逐到一个量子化的世界里呢？

特拉文：不好意思。（小苍蝇又飞回了尸体的脸上，坐在一个眼眶里，让这位好博士仿佛在眨着眼做出个怪异的表情。特拉文往前探了探，把它引诱到自己的手掌上。）好吧，对，这些库房也许是存在论的对象，但这儿是不是有一只苍蝇真实存在都还很可疑。的确，在这座岛上它是唯一一只苍蝇，这是第二棒的事情。

安田：你不接受宇宙的多样性，特拉文。问问你自己，为什么？为什么它能如此困扰着你。在我看来，你在寻找白色的利维坦巨兽[1]，一无所获。海滩是个危险地带；避开它。适当谦逊谨慎；寻求接受的哲学吧。

特拉文：那我可以问一下您来这儿的原因吗，博士？

安田：为了喂这只苍蝇。“多么伟大的爱——？”

特拉文：（依旧很困惑）这并没有真正解决我的问题。那些方块楼群，你看……

安田：好吧，如果你一定要那样的话……

特拉文：但是，博士——

安田：（专横地）打死那只苍蝇！

特拉文：那不是结束，也不是个开始。（他绝望地拍死了那只苍蝇。精疲力尽，他在尸体旁边睡着了。）

终点海滩

沙丘的背后有一个垃圾堆，在里面找根绳子的时候，特拉文找到了一捆生锈的铁丝。他解开它，然后把一根背带固定在了尸体的胸前，把它从缝隙里拖了出来。木箱的盖子被用作雪橇板。特拉文把尸体固定成坐姿，沿着楼群的边界出发了。在他的四周，整座岛寂静无声。棕榈树的线条挂在阳光中，只有他自己发出的动静改变着纵横交错的树干间流动着的密码。监控塔上方形的角楼像被遗忘

1. 指《白鲸》的主角大白鲸“莫比 · 迪克”。

的方尖石碑一样，从沙丘之间挤了出来。

一个小时之后，特拉文回到了他的地堡，解开了系在腰间的铁丝绳。他搬出奥斯本博士留给他的椅子，把它放在地堡和楼群的中间。然后他把日本人的遗体绑在椅子上，摆好双手，让它们能在木制扶手上休息，让这死气沉沉的躯体有一个能够安息的姿势。

做好之后他感到非常满足，特拉文回到地堡，蹲在遮阳棚下。

接下来几天过去了，几周也过去了，距他五十码远的地方日本人端坐在凳子上的庄严身影，保护着特拉文不受楼群的危害。它们的魔法依旧占据着特拉文的幻觉世界，但他现在已经有足够的力量唤醒自己，寻找食物。在炙热的阳光下，日本人的皮肤越来越苍白，有时特拉文晚上醒来的时候，会发现那阴森的身影坐在横贯在混凝土地板上的阴影中，双臂垂在两边。在这样的时刻，他往往会看见他的妻子和儿子从沙丘上看着他。随着时间的流逝他们越靠越近，有时候他会回过头，发现他们就在他身后几码的地方。

特拉文耐心地等待着他们某一天和他说话，想着巨大的方块楼群的入口有死去的大天使坐在那里驻守着，此时海浪在远处的沙滩上破碎，而在他的梦里，燃烧着的轰炸机纷纷坠落。

（麓君　译）

反反复复

科幻与奇幻小说似乎自然就会开启系列与续篇之路。这种倾向也许在一切通俗作品中都很普遍，可上溯至廉价小说[1]与少年杂志时代，当时的出版商、作家和读者都希望能圈中一个或一群有魅力的角色，使他们的冒险故事借由一部又一部作品绵延不绝，譬如水牛比尔[2]、杰西·詹姆斯[3]、弗兰克·里德和小弗兰克·里德[4]、尼克·卡特、弗兰克·马里维尔、汤姆·斯威夫特[5]、鲍勃西双胞胎、罗弗家的男孩儿以及许多其他人物。

如同所有通俗文学一样，作品系列化的过程依赖读者。无论男

---

1. 指 19 世纪末至 20 世纪初流行于美国的廉价平装小说，往往是系列作品。
2. 指威廉·F. 科迪，美国南北战争时期军人，骑士，农产经营者，其组织的牛仔主题表演非常有名，是美国西部开拓时期最具传奇色彩的人物之一。
3. 指杰西·伍德森·詹姆斯，美国南北战争前后的强盗，是“詹氏–杨格团伙”最有名的成员。去世后被刻画成民间传说人物。
4. 二者皆是 19 世纪 80 年代和 90 年代的流行廉价小说“弗兰克·里德”系列主人公。下文的“尼克·卡特”与“弗兰克·马里维尔”也是 19 世纪末至 20 世纪初的流行廉价小说主人公。
5. 流行于 20 世纪初的儿童科幻冒险作品，由美国著名儿童文学出版商爱德华·斯特拉特迈耶出版，下文的“鲍勃西双胞胎”与“罗弗家的男孩儿”也是斯特拉特迈耶集团出品的儿童文学作品主人公。包括艾萨克·阿西莫夫与斯蒂夫·沃兹尼亚克在内的名人都曾从这部作品中获取过灵感，泰瑟枪的命名也与这部作品有关。

女读者都不希望跟自己喜爱的角色作别。出版商也喜欢系列作品，因为这能为他们带来几年安全可见的销量。而那些肯不厌其烦地反复讲述同一故事的作家则发现，他们获取了一种撰写新书的简易方法。

当类型小说这一文类确立时，系列综合征也对其产生了影响：神秘小说作家们总是紧紧抓住他们的侦探不放，这一传统可回溯到爱伦·坡笔下的奥古斯特·杜宾身上，而柯南·道尔的夏洛克·福尔摩斯则至为突出地展现了这一传统；西部作家们受到的影响较小，但他们也创造出了自己的霍帕隆·卡西迪（Hopalong Cassidys）和西斯科小子们（Cisco Kids）[1]。当纸浆杂志在20世纪30年代发展到巅峰期时，那些传奇英雄读物每月都给它们的读者带来英雄们新的冒险故事，这些英雄包括萨维奇博士（Doc Savage）、魅影奇侠（the Shadow）、轰天奇兵（the Phantom）、G8和他的王牌战士（G8 and his Battle Aces）[2]，以及许多其他人物。

续写作品的冲动并不独属于通俗文学作家。希腊的剧作家们就已经在创作系列作品，亚瑟王的传奇故事在口耳相传间涤故更新、花样百出，但丁的《神曲》写了三部，莎士比亚在《温莎的风流娘儿们》中让福斯塔夫[3]再次登场，塞万提斯续写了《堂吉诃德》[4]，刘易斯·卡罗尔也重返了爱丽丝世界[5]，高尔斯华绥带着福尔赛[6]一家历经了整个世家传奇，多斯·帕索斯的《美国》亦是三部曲作品。福克纳则一次又一次地回到了约克纳帕塔法县[7]，如此种种，不一而足。重

1. 霍帕隆·卡西迪与西斯科小子都是著名的西部牛仔形象，衍生作品繁多。
2. 此句罗列的皆为20世纪30年代和40年代的流行漫画英雄形象，多数拥有同名电影。
3. 福斯塔夫这一人物形象最早出现在莎翁历史剧《亨利四世》（创作时间不晚于1597年）中，后在喜剧《温莎的风流娘们儿》（1602）中再次登场。
4. 今本《堂吉诃德》被合为一部两卷，而作家撰写之时上下两卷是分两部出版的。
5. 指《爱丽丝梦游仙境》与续作《爱丽丝镜中奇遇记》。
6. 指1932年诺贝尔文学奖获奖作品 *The Forsytes Saga*，通行译本多作《福尔赛世家》，2002年的同名英剧译为《福赛特世家》。
7. 威廉·福特纳笔下的虚构地名，作家围绕该县撰写了一系列长中短篇小说，以其为核心构建的文学模式被称为“约克纳帕塔法世系”，在20世纪文学中占有重要地位。

复描摹那些极受喜爱的人物形象和广受欢迎的成功故事，这种做法令一些作家难以抗拒，另一些则无法忍受不断地重复自我。

科幻小说领域内最著名的系列作品要数阿西莫夫的“基地”三部曲，但这一传统至少可以回溯到乔治·艾伦·英格兰的“黑暗与黎明”（*Darkness and Dawn*）三部曲（第一部发表于1912年）、查尔斯·B. 斯蒂尔森的“北极星”（*Polaris*）三部曲（第一部发表于1915年）与J. U. 吉西的“天狼星”（*Dog Star*）三部曲（第一部发表于1918年），而埃德加·赖斯·巴勒斯则将系列冒险故事的舞台架设到火星、金星及他的地底世界[1]去了。另一位伟大的系列作家是E. E. 史密斯“博士”，他的小说十分自然地形成了系列合集，于是他在撰写《兰斯曼》[2]时直接将之设计成了四十万词的四部曲作品。其他著名的系列作品还包括C. S. 刘易斯的“皮尔兰德拉”三部曲，弗兰克·赫伯特的“沙丘”系列，詹姆斯·布利什被收录为“飞城”的“俄克”[3]系列，迈克尔·摩考克的“时间尽头的舞者”（*Dancers at the End of Time*）系列，哈里·哈里森的“死亡世界”与“不锈钢老鼠”系列，布赖恩·奥尔迪斯的“海利科尼亚”三部曲，以及吉恩·沃尔夫的“新日之书”（*Book of the New Sun*）系列。

奇幻小说也许更为自然地踏上了系列之路，作者一旦创造了一个能自圆其说的奇幻世界，似乎就再也难以将之抛弃。此类作品中最为著名的自然要数托尔金的“魔戒”三部曲，其现象级的成功或许激励了其他作家效仿三部曲模式。在“魔戒”之前，弗莱彻·普拉特与L. 斯普拉格·德·坎普曾联合创作过一系列被收录为《资

1. 指巴勒斯的火星系列（Martian series，电影《异星战场》原著小说）、金星系列（Venus series）与地底世界系列（Pellucidar series，与《人猿泰山》系列有交叉）小说。
2. 原书名为Lensman，一译《透镜人》。
3. 俄克（Okie）原指从俄克拉何马州转居至他州的农业移民，布利什的“飞城”（*Cities-in-Flight*）系列中用以借指太空城市的移民，因此“飞城”系列也称“俄克”系列。

深魔法师》(*The Compleat Enchanter*)的作品，安德烈·诺顿也创作了一些系列作品，其中包括名为“女巫世界”(*Witch World*)的一个系列。更近一些的系列作品包括厄休拉·勒古恩的“地海传奇”(*Earthsea*)三部曲，玛丽昂·齐默·布拉德利的科学奇幻作品“黑暗星球”(*Darkover*)系列，斯蒂芬·唐纳森的“科弗南特”[1](*Covenant*)三部曲，以及约翰·诺曼(J. F. 兰格)仿巴勒斯风格的“戈尔”(*Gor*)系列小说。

不过，科幻小说界最具野心的系列作家或许仍要数戈登·R. 迪克森(Gordon R. Dickson)，他的“贵公子系列”(Childe Cycle)始于 1959 年发表的《多尔塞！》(*Dorsai!*)，而距离完结仍遥遥无期[2]。作家原本计划撰写三部历史小说、三部当代小说与三部科幻小说，借以探索三种人类形态，在长达数千年的时间跨度里，这三类人将首先发展出“碎片文化”，最终重聚为一种超级人类。后来，这一计划成了由六部科幻小说扩展出的系列作品。

迪克森显然是个极为自信又极有毅力的人。他生于加拿大，13 岁时被带到美国，在第二次世界大战期间服过兵役，其后返回明尼苏达大学攻取创意写作专业学位，并继续攻读硕士。他是该领域内少数几位获得硕士学位的作家。

他的全职作家生涯始于 1951 年，当时他已在《惊异》杂志上发表了三篇故事，其中第一篇是《友善的人》。除“贵公子系列”外，他还创作了许多小说，包括《大角星来客》与《逃亡之人》(均发表于 1965 年)、《空间传送》(1959)、《传送时间到》(1960)、《曝身星际》与《虚妄世界》(均发表于 1961 年)、《外星方式》与《宇宙之行》(均发表于 1965 年)、《太空爪印》(1969)、《梦游者的世

1. 全称“托马斯·科弗南特传奇”(*The Chronicles of Thomas Covenant*)。
2. 作家卒于 2001 年，该系列包括六部主线故事和若干小短篇，皆为科幻题材，仍处于未完结状态。

界》(1971)、《前哨》(1972)、《普里彻团块》(1972)、《时间风暴》(1977),以及《遥远的呼唤》(1978)。近年来,他一直致力于创作始自《龙与乔治》(1976)的奇幻喜剧系列[1]及他的“贵公子系列”,除了《朝圣之路》(1987)与《狼与铁》(1990)等少数例外。“贵公子系列”包括《多尔塞!》(1960)、《方士》(1962)、《战士,不要问》(1967)、《错误方略》(1972)、《终极百科全书》(1984)、《圣殿公会》(1988)与《青年布莱斯》(1991)。他曾撰写青少年科幻作品,且与波尔·安德森、基思·劳默和哈里·哈里森都有过合作。

迪克森也是一位高产的短篇小说作家。《战士,不要问》(“Soldier, Ask Not”)获得了1965年的雨果奖,而《叫他上帝》(“Call Him Lord”)摘取了1966年的星云奖。1964年发表于《类比》杂志上的《海豚之路》(“Dolphin's Way”)展现了其作品风格之简洁、情节之精练与作家对主题的艺术控制力。他的构思总是以独创性著称于世。

(穆童、憬怡 译)

---

1. 指“龙骑士系列”(Dragon Knight series),20世纪90年代后作者为该系列添了八部新作,现存九部主线作品。

海豚之路

［美国］戈登·R. 迪克森

当然，没有任何理由假定到海豚之路来访的女人不能是美人——海豚之路是已故的埃德温·奈特博士为这座海岛研究站起的名字——但马尔[1]此前从未料到此地真会有美人驾临。

今早，卡斯托尔和波鲁克斯[2]没有到研究站的池子里来。它们也许已经像从前那些野生海豚一样离开了研究站。这些日子来，马尔一直在担忧威勒尔尼基金会会寻个由头砍掉他们下一步的研究经费。自从科尔温·布雷特接管研究站，马尔就有了这种担忧。不过布雷特从没说过什么。这感觉只是马尔从他那高大冷峻的形象中体会到的。当那艘出租艇载着访客从大陆到来时，马尔就是抱着这样的担忧，站在研究站前张望大海的。

那女访客走上码头，马尔从上方俯视着她。她朝他挥了挥手，好像他是个熟人，然后自码头拾级而上，来到研究站主楼门前的露台。

1. 马尔是主人公马尔科姆·辛克莱的昵称。
2. 两只海豚的名字卡斯托尔（Castor）和波鲁克斯（Pollux）源自希腊/罗马神话，这两个名字也是双子座α与β星的英文名称，双子座的传说即由此而来。

“你好，”她微笑着站到他面前，“你就是科尔温·布雷特？”

在她光彩夺目的美貌映衬下，马尔突然强烈地在意起自己枯瘦平凡的外表。她有一头棕色秀发，作为女孩子足够高挑——但这种形容难尽其美。她身上有一种足称完美的气质——而她的微笑令他感到奇异的心神荡漾。

“不，”他说，“我是马尔科姆·辛克莱。科尔温在里面。”

“我叫简·威尔逊。”她说，“《背景月刊》杂志派我来做一期关于海豚的报道。你与它们打交道吗？”

“是的，”马尔说，“我从最开始就跟奈特博士一起工作了。”

“哦，太好了，”她说，“那你可以给我讲些故事了。奈特博士去世后，布雷特博士接管了研究站，当时你也在这里？”

“是布雷特先生，”他下意识地纠正道，“是的。”她在他心底激起的情感那么深刻强烈，她似乎也该有所感应，但她却全无表示。

“布雷特先生？”她重复道，“哦。员工们跟他相处得还不错吗？”

“这个啊，”马尔希望她能再笑一笑，“大家都跟他处得不错。”

“我明白了，”她说，“他是一个很好的研究负责人？”

“一个很好的行政管理人，”马尔说，“他本身并不参与研究工作。”

“他不参与？”她盯住他，“但他不是在奈特博士去世后取代了奈特博士的位置吗？”

“呃，是的，”马尔说，一边努力试图将注意力拉回到谈话内容上，此前还从没有一个女人令他这样心动，“但只是作为这个研究站的管理人员。你知道——我们这里的大部分研究经费都是威勒尔尼基金会赞助的。他们信任奈特博士，但在他死后……呃，他们希望这里的负责人是他们自己的人。我们没人在意这事。”

“威勒尔尼基金会，”她说，“我从没听说过。”

“它是由一个叫威勒尔尼的人创建的，在密苏里州的圣路易斯，”

马尔说，“他是靠制造厨具赚的钱。他死前留下了一份信托财产，借之创立了这个基金会，鼓励基础研究工作。”马尔微笑起来：“别问我他是怎么从厨具起家壮大到那个程度的。我能告诉你的不太多，是不是？”

“比我一分钟前知道的多啦，”她微笑回去，“在科尔温·布雷特来这儿之前你就认识他吗？”

“不。”马尔摇了摇头，“出了生物学和动物学的专业领域，我认识的没几个人。”

“不过我想你现在应该很了解他了，毕竟他已经接管研究所六个月了。”

“呃——”马尔踌躇起来，“我可不会说自己很了解他。你看，他整天都在这上头的办公室里，而我在下面跟波鲁克斯和卡斯托尔——就是最近常到我们站来的野生海豚——在一起。我跟科尔温不常见面。”

“在这么个小岛上还不常见面？”

“也许这听起来有点儿可笑——但我们都挺忙的。”

“我想也是，”她又笑了，“你能带我去见他吗？”

“他？”马尔猛然醒悟到他们还站在露台上，“哦，对了，你是来见科尔温的。”

“不单单是科尔温，”她说，“我是来参观这整个研究站的。”

“好吧，我带你去他的办公室。跟我来吧。”

他领她穿过露台，经由前门进入开着冷气的室内。科尔温·布雷特总是开着空调冷气，就好像他那有些冰冷的个人气质需要用干燥、疏离的寒冷山区气氛来维持一样。马尔带着简·威尔逊走过一条小走廊，又穿过另一道门，进入一间窗户宽大的办公室。一名男子从大办公桌后抬头看了一眼，他高挑清瘦，宽肩黑发，一张棕色脸庞冰冷而英俊，看到简，他站起身来。

“科尔温，”马尔说道，“这是《背景月刊》的简·威尔逊小姐。”

“我知道，”科尔温绕过办公桌，来到他们身边，面无表情地冲简开口，“我昨天收到你要来的电报了。”他未等简伸手，就先去握她手，他们的手指碰上了。

“我得下去看卡斯托尔和波鲁克斯了。”马尔说着转身离去。

“那我们待会儿见。”简望着他说。

“呃，好，也许吧……”他说着走了出去。转身关上布雷特办公室的房门后，他在凉爽昏暗的门厅里停下，合上了眼睛。别傻了，他对自己说，一个像她那样的女孩儿要找的人可比你这种人强多了，兴许已经名花有主了。

他睁开眼睛下了楼，回到研究站后的水池和属于非人类的海豚世界里去了。

他回到池子边上，发现卡斯托尔和波鲁克斯回来了。他们的水池是开放式的，有一道出口通向碧波荡漾的加勒比海。他们刚开始在海豚之路展开研究工作时，这些海豚也曾像其他被俘的野生动物一样，被拘禁在一个封闭的池子里。直到过了一阵子，研究站的工作碰上了被奈特博士称为“环境障碍”的困难，这个开放水池联通大海的主意才被设想出来，自此，他们用以研究的海豚便能来去自如了。

这些海豚一度离去，又复来归。最终，海豚们会彻底离开。但奇怪的是，总会有野生海豚不时前来填补空位，因此研究站里始终不缺海豚。

卡斯托尔和波鲁克斯是最近的一对。它们大约是四个月前出现的，那时有一只常常光顾研究站的单身海豚刚刚消失不见。自由、独立——这对海豚是最配合的。但环境障碍始终未获突破。

时下，两只海豚正身形交错地在水下前后游动，整整30码长的水池全是它们的场地，它们游过彼此的身侧、上方和下方，穿行间，两个7英尺长、几乎一模一样的身子若即若离，差点互相摩擦却没碰到。录像显示它们正在超声频段内以80千赫～120千赫的频率进行交流。它们眼下这种游动方式是马尔此前从未见过的，带着规律性和仪式感，好像某种舞蹈。

他坐下来戴上耳机，耳机联结着水池两端的水下听音器。他对着麦克风向海豚们询问这个举动的意义，但它们无视了他，自顾自地按着既有方式游动。

身后的脚步声令他转过头去。他看见简·威尔逊正从研究站后门走下水泥台阶，她身边跟着矮壮敦实、身着工作服的研究站技工皮特·阿丹特。

“他在这儿呢，”走近之后皮特说道，“我现在得回去了。”

“谢谢你。”她朝皮特笑了笑，就是适才令马尔怦然心动的那种微笑。皮特转身踏上台阶，她则转向马尔：“我打搅到你了吗？”

“没有，”他摘下耳机，“反正我也没得到什么答复。”

她看着水下起舞的两只海豚，它们四下游动、不时折转，在水面上激起阵阵涡旋。

“答复？”她问道。他微微苦笑。

“我们管这叫答复。”他说着用脑袋指了指水池中那两个正在折转的平滑流线型生物，“有时我们可以朝它们问话，还能得到反馈。”

“有信息量的那种反馈？”她问。

“有时是的。你要见我，有什么事吗？”

“我想了解一切。”她说，“看起来我该拜访的人是你——不是布雷特。他把我打发下来了。我已经了解到你才是发明那个理论的人。”

“理论？”他谨慎地反问，感到自己的心沉了下去。

"或者说是理念，"她说，"就是假设存在某种星际文明，这个文明可能要等待地球人证明自己后才会与之进行接触。他们的考验也许不是技术性的，譬如开发一种超光速旅行方式，而是某种社会学性质的……"

"比如学会与一种外来文化进行交流——像是海豚的文化。"他骤然打断道，"这是科尔温同你讲的？"

"我来这儿之前就听说过，"她说，"不过我原以为这是布雷特的理论。"

"不，"马尔说，"这是我的理论。"他望向她，"你没发笑。"

"我该笑吗？"她说话时正凝神观察海豚的动作。他心中陡然生起一股对海豚的强烈嫉妒，因为它们居然能这样吸引她的关注；这情绪激得他做出了换个情形可能没有勇气做的事。

"跟我一起飞回大陆，"他说，"吃顿中饭。我会把一切都告诉你。"

"好啊。"她终于从海豚身上掉转视线望向他。他惊讶地发现她眉头紧蹙。

"我有好些事情弄不懂，"她喃喃道，"我原以为该去调查布雷特。结果该调查的人是你——还有海豚。"

"也许我们可以在午餐时间把你的疑问都解决掉。"马尔说，他并不太清楚她指的是什么，但也不真的在意，"来吧，直升机在办公楼的北边。"

他们驾着直升机飞到卡鲁帕诺[1]，坐下来共进午餐，一边望着镇前蔚蓝大海那开放的锚地里船来船往，四周的餐桌边不时传来带着委内瑞拉口音的礼貌西班牙语。

"我为什么要对你的理论发笑？"当他们开始坐下用餐时，她再

1. 委内瑞拉东北部城市，濒临加勒比海。

次发问。

“大多数人都把这说法当成是我们为研究站的失败编出的疯狂借口。”他说。

她扬起弯弯的棕色眉毛，“失败？”她说，“我以为你们一直在稳步取得进展。”

“是，也不是，”他说，“即便在奈特博士去世以前，我们也已经碰见被他称为环境障碍的问题了。”

“环境障碍？”

“对，”马尔用叉子拨弄着海鲜开胃菜里的虾，“我们的工作全都基于约翰·利利博士的研究。你读过他的书《人与海豚》吗？”

“没有。”她说。他看着她，意带惊讶。

“他是我们海豚研究领域的先驱。”马尔说，“我还以为你来我们研究站之前做的第一件事就是读他的书。”

“我做的第一件事，”她说，“是试图调查科尔温·布雷特的情况。这事我办得不太成功。所以我落地的时候才会以为直接参与海豚研究工作的人是他而不是你。”

“所以你才问我是不是很了解他？”

“没错，”她答道，“但你还是给我讲讲这个环境障碍吧。”

“也没什么好讲的，”他说，“就像多数大问题一样，描述起来其实很简单。在海豚研究兴起之初，早期研究者们似乎进展得一帆风顺，与海豚取得交流已经指日可待——只要破译出它们对彼此所发的声音即可，无论是人类听觉范围内的还是超乎其外的；然后再将人类的语言教给海豚就好。”

“结果证明这些事情是做不到的？”

“可以做到。我们已经做到了——或者说跟做到了没什么分别。但接下来我们碰到了这样一个事实，交流并不意味着理解。”他看着她，“你和我讲同一种语言，但当另一个人说话时，我们真的能完全理解对方想要表达的意思吗？”

她凝视他半晌，旋即缓缓地摇了摇头，目光没有离开他的面庞。

“你看，”马尔说，“这就直切我们海豚研究的关键问题了——只是要放大一下。像卡斯托尔和波鲁克斯这样的海豚，它们可以同我说话，我也能同它们说话，但我们没法真正互相理解。”

“你指的是智识层面的理解，对不对？”简说，“而不只是机械性的理解。”

“不错，”马尔答道，“我们对听觉符号或是其他符号都能形成基本语意层面上的理解，但对其隐含意义却难达成一致。我可以对卡斯托尔说：‘墨西哥湾暖流是一股强大的洋流’，它会完全赞同。但我们对对方真正想要表达的意义其实一无所知。我大脑里的墨西哥湾暖流与卡斯托尔脑中的形象根本不同。我概念中的‘强大’与这样的事实直接相关：我身高 6 英尺，重达 175 英镑，能在重力环境下举起相当于我体重的重量。而在卡斯托尔的概念里，则是它身长 7 英尺，在水中游动时速能达 40 英里，在他的认知范围内，它没有重量，因为他 400 英镑的体重已经被他的排水量抵消掉了。而举起某个东西的概念对它而言根本不存在。我脑内的‘大洋’与它概念中的根本不同，而我们对洋流的理解可能恰巧一致，也可能有天壤之别。至今为止，我们尚未找出弥合这道鸿沟的桥梁。”

“海豚们也像你们一样在尝试？”

“我相信如此，”马尔说，“但我无法证明此点。正如我无法向铁杆怀疑论者证明海豚的智力，除非我能设法拿出某种超乎人类知识范畴的证据，而这东西得是海豚教给我的。或者让海豚证明它们学会了某种人类智力活动进程。在这些尝试上我们都失败了——按照我和奈特博士的想法，这是因为我们对隐含意义的理解存在鸿沟，而鸿沟就是环境障碍造成的。”

她坐在那里望着他。同她讲这些也许是他在犯蠢，但自从八个月前奈特博士因心脏病突发去世以来，他再没有像现在这样跟人吐露过心声。他感到已经压制不住自己的倾诉欲了。

“我们得学会像海豚一样思考，”他说，“或者海豚得学会像我们一样思考。我们已经尝试了快六年，但双方都不太成功。”下一句话几乎未经大脑便脱口而出，他原本是打算深埋心底的：“而且我一直担心，我们的研究经费随时会被砍掉。”

“砍掉？被威勒尔尼基金会吗？”她问，“他们为什么要这么做？”

“因为我们至今都没取得什么成果。”马尔满口心酸，“至少是没有什么可以证明的进展。我恐怕我们的时间快用尽了。一旦时间用尽，这项研究可能再也不会重见天日了。六年前，海豚研究曾是一时热点。现在，它们已经被淡化、遗忘、束之高阁了，如今的人们只把海豚看成是一种聪慧的动物。”

“你不能这么肯定地说这项研究不会重见天日。”

“但我感觉到了，”他说，“我的一部分理念在于，能否与外来物种进行沟通对我们人类而言是种考验。我感觉这是我们唯一的机会，如果搞砸这次，就不会有下次了。”他用拳头轻轻敲了敲桌子，“最糟糕的是，我知道海豚那边也在做着跟我们同样的努力——要是我能弄清楚它们在做什么，它们在怎样试图叫我明白，那该有多好！”

简一直坐在那里凝望着他。

“你看起来对这说法十分确信，”她说，“是什么让你产生了这种信心？”

他松开拳头，强迫自己坐回椅子里。

“你看过海豚的上下颌吗？”他问道。“它们有这么长，”他张开双手在空中描画，“每对颌骨里都长着 88 颗锋利的牙齿。而且，一只像卡斯托尔那样的海豚重达数百磅，它们在水中的游速是人类难以想象的。只要用身子把你撞到水池边缘，它就能轻易将你碾成齑粉，它还能用牙齿把你撕成碎片，用尾鳍叫你断骨伤筋，只要它想。”他满脸严肃地瞧着她，“尽管如此，尽管人类总在捕杀海豚——就连我们也在研究初期的摸索阶段弄死过海豚，而海豚在对付海洋里的敌人时能将牙齿与力量应用自如——却从来没听说过海豚袭击人类。亚里士多德在公元前4世纪就已经写到过海豚‘温和善良’的天性了。”

他停了下来，目光犀利地望向简。

“你不相信我。”他说。

“不，”她说，“不，我相信。”

“抱歉，”他深吸了一口气，“我犯过错误，我曾把这些话在别人面前和盘托出，结果很后悔。有个人听后说，这表明海豚凭天性识别出了人类的优越性和人类生命的价值。”马尔冲她苦笑：“但这只是一种本能。‘就像狗一样，’他说，‘狗本能地崇拜人类、热爱人类’，他还想给我讲他养过的一只德国腊肠犬，叫波奇，它会看晨报，要是报纸头版报了什么惨案，它就不肯把报纸给他送进去。他想用自己不得不亲自去前门台阶边取报纸的次数向我证明这件事，证明波奇的智力。”

简笑了起来，那是一种低沉、快活的笑声，这笑声使马尔心中的苦涩陡的消失不见了。

“不管怎样，”马尔说，“海豚对人类表现得如此克制，只是他们试图交流的种种迹象之一，就像那些到我们研究站来的野海豚一样，是它们使我相信海豚也在试图理解我们，也许它们已经努力了几个世纪了。”

“我不懂你为什么要担心研究会被叫停，”她说，“你懂得这么多，就不能劝说人们相信——”

“我只要劝说一个人相信就好，”马尔说，“那人就是科尔温·布雷特。但我觉得我并不成功。这只是一种感觉——但我感觉他总是坐在那里审判我和我的工作。我感觉……，”马尔踌躇起来，“他就像是被人派来找碴儿的打手。”

“他不是的，”简说：“他不可能是。如果你想，我可以替你查出真相。法子有的是。如果我早知道他是个管理人员，眼下我就能给你答案了。可惜我之前错以为他是个科学家，调查方向出了差错。”

马尔蹙眉望着她，一脸不可置信。

“你的意思不是说你真能替我侦查信息吧？”他问道。

她笑了。

“等着瞧吧，”她回答，“我自己也很想知道他究竟有什么背景。”

“这可能很重要。”他迫切地说，“我知道这听上去异想天开——但如果我是对的，这项对于海豚的研究可能非常重要，比世上的任何事情都更重要。”

她突然从桌旁站了起来。

“我现在就去查这件事，”她说，“你为什么不先回岛上去呢？我得花上几个小时，一会儿我坐出租艇回去。”

“但你还没吃完午餐呢，”他说，“事实上你都还没开吃。我们先把饭吃完，然后你再去。”

“我得打几个电话，我想趁他们还在工作时找到他们。”她说，“这么急是因为长途电话有时差。对不起，我们晚上共进晚餐，可以吗？”

“只得如此了。”他说。她用绝美的微笑化解了他的失望，随即转身离开。

她这一走，马尔发觉自己也不饿了。他找到服务员，成功把主菜取消了。他坐着又喝了两杯酒——这对他而言可不寻常。接着他起身离开，驾着直升机飞回岛上。

皮特·阿丹特在他从直升机起降站返回海豚池的路上遇见了他。

“你在这儿呢，”皮特说，“科尔温想在一个小时后见你——也就是他回来的时候。他也到大陆去了。”

若在平时，这样一则消息定会激起研究将被叫停的不祥预感，这种预感就像一块儿微小而冰冷的金属，总是寄寓在马尔体内。不过空腹喝下的三杯酒令时下的马尔有些麻木。他点了点头，继续朝池子边上走去。

海豚们还在那里，依然按照既有的方式游动着。也许那种游动方式只是他的妄想？马尔坐到池边的椅子上，面前的录音机将海豚们发出的声音转化成了视觉图像。他把耳机连到水下听音器上，打开眼前的麦克风。

突然，他意识到这一切有多徒劳无益。他每日重复这套相同的动作已长达四年之久了。而他能展示出的全部成果又是什么呢？一卷卷录音带记录的只是一场失败，他根本没能与海豚实现富有成效的对话。

他摘下耳机搁到一旁，点燃一支香烟，半眯着眼睛望着水下，海豚正在表演水下芭蕾。称之为水下芭蕾简直是诋毁它们的演出。它们被海水托举的姿态之优雅，动作之果敢，超越了人类在空中与陆上的一切表演。他又想起自己对简·威尔逊说的话来，海豚从来就不攻击那些捕捉它们的人类，即使是面临受伤甚至死亡威胁时也是这样。他想起那个已被证实的事实，海豚会前去营救它们受伤或被敲晕的同伴，把它托出水面，让它不至溺亡——因为海豚的呼吸过程需要意识的控制，如果海豚失去意识，就无法呼吸了。

他想起它们的活泼、友爱，想起它们广阔复杂的音域。比对这些品质中的任意一项，海豚都令一般的人类望尘莫及。海豚的文化里从来就见不到战争、杀戮、仇恨和刻薄的冲动。难怪，马尔想到，难怪它们与我们难以相互理解。虽然生存环境不同，条件有异，其实它们就是我们努力奋斗想要成为的那类人。我们拥有技术，拥有使用工具的能力，尽管如此，我们在许多时候都比海豚更像兽类。

谁有资格论断二者之中哪一个更为优越呢，他一边想着，一边在朦胧的感伤情绪里注视着它们在水下的动作，空腹饮下三杯酒令他有些昏沉。如果我是一只海豚，可能会更快活一些。有那么一瞬间，这念头似乎极具吸引力。无边无际的大海，无拘无束的自由，陆上人类文化的一切复杂结构都消失了，几句诗文跃入他的脑海。

“来，孩子，”他冲自己高声吟唱，“远去莫久留！沉，沉到深海悠悠……！”

他看见两只海豚暂停了水下芭蕾，同时注意到面前的麦克风是打开的。海豚的脑袋转向了池子近端的水下麦克风。他想起了接下来的几句诗文，于是冲海豚高声吟诵起来。

“岸边兄弟唤我莫留，
狂风卷沙飕飕，
洪潮澎湃海中流；
野马银白，雪浪拍长空
浪花里正浮游——”[1]

他突然感到不自在，立刻停住。他俯视海豚，有那么一瞬间，

1. 该诗今多译作《被遗弃的人鱼》，作者马修·阿诺德是英国维多利亚时期著名诗人兼文学批评家，其诗歌主张整体上崇尚古典。新文化运动时期，阿诺德作品曾被推崇文化复古的学衡派大量译介进入国内，文中译文摘自《学衡》第 41 期（1925 年 5 月）李惟果译《安诺德鲛人歌》。

它们只是悬浮在水面下，面对麦克风。旋即，卡斯托尔折转身子浮出水面。它的前额连同呼吸孔一起冒了出来，然后脑袋也跟了出来，它仰望马尔，气流流转间，呼吸孔敏感的边缘与肌肉发出嘎嘎的声响，对着面前的人类道：

“来，马尔！”它说：“远去莫久留！沉，沉到深海悠悠！”

波鲁克斯的脑袋也在卡斯托尔旁冒了出来。马尔目不转睛地盯着它们瞧了半晌，然后猛然把目光转到了录音转化出的画面上。上面显示的是他自己吟诵诗歌的声音，声音传到水下时在录音带上留下了痕迹，在其下的另一条音轨上，录音带显示出了一道来自海豚的平行韵律。当马尔吟诵诗歌时，海豚们大致在人耳听不见的频率范围内应和上了他的吟诵。

马尔目不别视地站起身子，他的心因这个揣想猛烈地颤抖起来，这叫他难以将想法付诸言语。他昏昏蒙蒙地走到水池近端，这里有三级台阶通向池内的浅水区，那里水深不过 3 英尺。

“来，马尔！”卡斯托尔叫道，此时两只海豚依然浮在池水之中，露出脑袋望着他，“远去莫久留！沉，沉到深海悠悠！”

一步一步地，马尔进入水池之内。他感到微凉的池水浸湿了他的裤腿，随着他最终在池内站定，凉意慢慢漫到了腰际。面前几英尺之外，两只海豚仍然浮在水里，望着他，等待着。池水在马尔的腰带扣上方轻轻荡起涟漪，马尔看着它们，等待着某种迹象，等待它们给出要他做什么的信号。

它们并没有给出任何线索，它们只是等待。他要想前行只得自己下定决心。于是他涉水向前，进入深水之内，埋头屏息，将自己送入水下世界。

水下视线昏蒙，他模模糊糊地看见前方是水池粗糙的混凝土底部。他浮游过去，身子上升了一点点，突然间，两只海豚都朝他围拢过来——它们掠过他身边，在他上方与四周来回游动，行动间轻轻擦着他的身体，使它成为他们水下舞蹈的一部分。他听见它们在水中发出吱吱嘎嘎的声音，知道它们或许正在他听不见的音域里进行着某种交谈。他无从知晓它们在说什么，他无法感知它们在他身边游动的意义，但他清楚地感觉到，它们正试图向他传递某种信息。

他开始感到需要呼吸。他尽可能地坚持了一会儿，随即浮出水面。他破水而出，大口吸入空气，这时两只海豚的脑袋从他身边冒了出来，观望着他。他再次潜入水中。我是一只海豚——他近乎孤注一掷地对自己说——我不是人类，我是一只海豚，对我而言这一切都意味着——什么呢？

他下潜了几次，每一次海豚都围绕着他重复相同的水下动作，训练有素又坚定不移，这使他愈发坚信他正走在正确的探索之路上。最终他浮出水面，大口喘起气来。他还没使尽全力去模仿海豚，他想到。于是他掉转身子，游回浅水区的台阶边上，开始往上爬。

“来，马尔——远去莫久留！”身后传来海豚的呼唤声，他转过身子，看见卡斯托尔和波鲁克斯都冒出了水面，正张着嘴切切望着他。

“来，孩子——沉到深海悠悠！”他复述道，吟诵时用上了最使人宽慰的语调。

他急忙跑到池子近端的补给间，找到大储物柜，打开存放潜水设备的那一区块。他需要让自己变得更像一只海豚。他考虑了一下是否选择氧气罐和水肺设备面罩，最后否定了。海豚的水下呼吸能力也未见得比他强上多少。他开始把储物柜里的东西往外甩。

过了一分钟左右，他又回到水池边的台阶上，脸上戴了配有通气管的玻璃面罩，脚上也套了脚蹼。他手里拿了两节软绳，坐在台阶上用绳子把膝盖和脚踝绑在一起，随后笨拙地跳起身子，猛地扎进了水里。

他面部朝下地趴在池中，透过玻璃面罩凝视池底，试图像海豚摆动尾鳍那样移动自己绑住的腿，以倾斜的角度潜入水底。

片刻之后他成功了，当他试图学着海豚的样子下游时，两只海豚立刻围了过来。过了一会儿氧气用尽，他不得不浮出水面。不过这回，他学着海豚的样子冒出头去，浮在水面让空气充盈自己的肺部，随即又以脚蹼为尾鳍，像海豚一样游回了水里。像海豚那样思考，他一遍又一遍地对自己说，我是一只海豚，这就是我的世界，这就是我的生存之道。

……而卡斯托尔与波鲁克斯始终围绕在他左右。

他终于精疲力竭地将自己拖出水面，日头已经落到了遥远的大洋彼端，他走上台阶，坐到水池边上。因为身子浸了水，暮光里的微风吹得他冷冷的。他解开腿上的绳子，摘掉脚蹼与面罩，疲惫不堪地走回了补给间。他从最近的隔间里拿出一条毛巾擦干身子，随后裹上了自己挂在此处的旧浴袍。他在储物柜旁的铝制折叠椅上坐下，累得不住叹气。

他望着熔金落日开始没入海面，感到一阵暖融融的成就感充盈了自己。在墨色渐深的水池中，两只海豚依然来回游动。他看着夕阳向下沉去……

“马尔！”

听见科尔温·布雷特的声音，他转过头去。当他看见那个身材高挑、面色冷峻的男人身边跟着的是苗条的简时，立刻从椅子上站了起来。他们走到他的身边。

“我叫你来见我，你为什么没来？”布雷特说，“我让皮特给你带话了。要不是出租艇刚把威尔逊小姐送来，我甚至都不知道你从大陆回来了，是她告诉我才知道的。”

“抱歉，”马尔说，“我想我这儿遇见了点儿事情——”

“现在不必告诉我，”布雷特的声音十分急促，因恼怒而显得尖锐，“我有一箩筐话要跟你讲，但我现在要赶飞机没时间，我得飞到大陆去一趟圣路易斯。很抱歉以这种方式通知你——”他中断自己，转头对简说：“能让我们单独待会儿吗，威尔逊小姐？有点儿私事，请您给我们一点时间——”

“当然，”她说着转身离开，沿着水池边缘走进沉沉暮色。水中的海豚相随在她身侧。夕阳刚刚落下，随着热带夜晚突然降临，头顶星光乍现。

“让我告诉你吧，”马尔说，“是关于研究的事。”

“很抱歉，”布雷特说，“你现在跟我说这些没什么意义。我得离开一个星期，我要你密切注意这个简·威尔逊。”他微微压低声音：“今天下午我同《背景月刊》通过电话了，接我电话的编辑既不知道她说的这个报道，也没听过她的名字——”

“那可能是个新人，”马尔说，“一个不认识她的人。”

“不管怎样都没差别，”布雷特说，“我刚要说的是，很抱歉这么匆忙地通知你，但威勒尔尼基金会已经决定停止为研究站提供经费了。我飞回圣路易斯就是要解决一些细节问题。”他微微踌躇：“我敢肯定你早知道这种事会发生，马尔。”

马尔瞪着他，一脸震惊。

“这是无可避免的，”布雷特冷漠地说，“你早知道的。”他停顿片刻，“很抱歉。”

“但若没有威勒尔尼基金会的支持，这个研究站就难以为继了！”马尔终于能够开口说话了，“你知道这点的。就在今天我找到问题的答案了！就在今天下午！你听我说！”他抓住布雷特的胳膊，后者刚想转身离开。“海豚们一直在试图与我们进行接触。噢，不是一开始，不是我们用捕获的样本进行实验的时候。但自从我们开放水池联通大海，它们就开始接触我们了。唯一的问题是我们一直都只试图通过声音进行交流——而这对它们而言是根本不可能的。”

“对不起。”布雷特说着试图挣脱他的胳膊。

“听我说，听我说好吗？”马尔绝望地说道，“它们的交流过程丰富多彩得不可思议。就好像我俩说话时使用了一个交响乐团里的全部乐器。它们交流时使用的不仅是 4 千赫～150 千赫的声音，还有动作，还有触感——还有时下与它们周围的海洋环境有关的所有元素。”

“我得走了。”

“给我一点时间。你还记得利利对海豚的航海方法做出的判断吗？他指出那是一种多元方法，涉及水温、流速、水的味道、太阳与星辰的方位等等，它们的大脑瞬间同时处理这么多元素。显然，这是对的，而它们的交流方法也与此相似，要同时用到声音、触感、方位、场所和动作。现在我们明白这点了，我们可以跟它们一起深入海洋，尝试介入它们的整个交谈谱系。难怪我们一直以来都只能取得最原始的交流，没能做出任何突破，因为我们一直把自己局限在声音这个元素之内了。这就像要求人类只用名词组成句子，还要保持句子结构的完整——”

“我非常抱歉！”布雷特态度坚决，“我告诉你，马尔。你的这些说法改变不了什么。基金会的决定是基于财政上的考虑。他们只有这么一点资金可供捐献，分给这个研究站的份额已经挪作他用了。如今这已是定局。”

他挣开胳膊。

“我很抱歉，”他又说了一次，“我在外头待一个星期就回来。你可以考虑一下怎么处理此间的收尾工作。”

说完这句话他掉头便走，绕过办公楼走向直升机起降站。马尔呆呆地看着他高挑瘦削、肩膀宽阔的身影消失在夜色之中。

“不要紧。”简温柔的声音在他耳畔响起，抚慰着他。他一转头看见她正面对着他。“你再也不会需要威勒尔尼基金会的经费了。”

“是他跟你说的？”马尔盯着她，她摇了摇头，在渐深的夜色中微笑。“那你是听说了？是你在那边的人脉告诉你的？”

“是的，”她说，“你对布雷特的感觉也是对的。我为你找到答案了。他就是个找碴儿的——威勒尔尼基金会的人派他来探查这个研究站是否值得继续投资。”

“但我们需要投资啊！”马尔说，“这回用不着太多了，但我们得深入大海，找出法子以海豚自己的模式与它们交谈。我们得拓展它们的交流水平，而不是限制它们以配合我们。我跟你说，今天下午我取得了一项重大突破——”

“我知道，”她说，“我全都知道。”

“你知道？”他瞪视着她，“你怎么会知道？”

“这一整个下午你都在被观察，”她说，“你说得对。你确实突破了环境障碍。从今以后，这项研究就只剩下找出交谈方法了。”

“被观察？怎么可能？”他突然感到这个问题眼下无足轻重，“但是我需要经费。”他说：“需要时间和设备，这都得花钱——”

“不，”她的声音无尽温柔，“你不必研究自己的方法。你的工作已经完成了，马尔。今天下午海豚和你突破了两个物种之间的交流障碍，实现了双方有史以来的第一次交谈。这是由你发起的事业，你是其中的一部分。你该为此感到高兴的。”

“高兴？”他几乎冲她喊了起来，甚是突然，“我不明白你在说什么。”

“抱歉，”她幽幽叹息道，“如果人类需要，马尔，我们会向你展示如何与海豚进行交谈。或许还有其他一些事情。”她在繁星漫天的穹宇下仰头望向他，西天一丝余晖未尽。“你知道，马尔，除了海豚，你还猜对了一些别的事情。你认为是否能与另一种智慧生物，一个不同物种进行交流是一项考验，只有通过这项考验，银河系的智慧生命才会联络一个行星上的高级物种——这也是对的。”

他瞪大眼睛望着她。她离他那么近，他能感受到她身上鲜活的温度，尽管他们没有相互接触。他看着她，感受着她，她就站在他的面前；这一刻，他初见她时所感受到的那股奇异深情再次翻涌上来。他依然为她心神荡漾。突然，他醍醐灌顶。

“你的意思是你不是地球人——”他的声音嘶哑而犹疑，踌躇不已，“可你是人类啊！”他急切地哭喊道。

她回望他半晌才开口作答。昏暗的夜色中他看不真切，但他感到自己看见了她眼中闪烁的泪花。

“是的，”最终，她缓缓开口，“按你说的那个意思——你可以说我是人类。”

他的心中忽然迸射出一种巨大，甚而是可怕的快乐来。这快乐便如一个人原以为自己已失去一切，却在失去一切的瞬间发现了无限的价值。

“但这是怎么实现的呢？”他兴奋不已，说话时有些接不上气。他指着天上的星星说：“如果你是从上面的某个地方来的，你怎么会是人类呢？”

她垂下目光，没有再看他的脸。

“对不起，”她说，“我不能告诉你。”

“不能告诉我？噢，”他轻轻笑道，“你的意思是说我听不懂。”

“不——”她的声音几不可闻，“我的意思是，我不被允许告诉你。”

“不被允许——”他的心没来由地感到一阵冰冷。“可是，简——”他停了下来，摸索着如何措辞，“我不知该怎么说才好，但知道这事对我很重要。自从我见到你的第一眼，我……我是说，也许你感受不到这种感情，你不知道我在说什么——”

“我知道，”她轻声呢喃，“我知道。”

“那——”他注视着她，“你至少可以说几句话叫我安心。我的意思是……现在一切都只是时间问题了。我们会在一起的，你的族民和我，对不对？”

她透过夜色仰望着他。

“不，”她说，“我们不会的，马尔。永远不会。正因如此，我才什么都不能对你讲。”

“我们不会？”他哭喊道，“我们不会？但你到这儿来看见我们交谈了——我们为什么不会在一起？”

她最后一次仰头望他，然后，将原因告诉了他。听完她不得不说的话，他怔怔站住，石柱一般，因为已经无可挽回了。而她终于缓缓转身，从他身边离开，走到水池边上，顺着台阶进入浅水区，与前来迎接她的海豚凑到了一处，它们溅起的泡沫撕裂水面，积聚的尾波洁白如雪。

随后，它们三个仿佛借着魔力一般，游过泳池表面，顺着出口进入海洋。它们一直游着，直游到夜色深处，消失在星光照耀下的粼粼微波之中。

定定站在那里的马尔忽然想到，海豚们一定一直都在等待她的到来。自从最初的两只被俘海豚获得释放以后，所有来到研究站的野生海豚概莫如是。海豚们早就知道，也许几个世纪来一直就知道，当等待已久的外星来客最终踏上地球时，寻访的必定只是它们。

（韶光　译）

作为隐喻的未来

人们通常认为，科幻作家应当是预言家，他们对未来的预测理应分毫不差。这种误解无疑起源于儒勒·凡尔纳，以及他在《海底两万里》中对水下航行的精彩描述，后来原子弹和航天飞行等各类技术的出现，则进一步强化了这种错误印象。

实际上，科幻作家多数情况下都在犯错，只是偶尔猜对时才会引来关注。作家常常思考未来世界的可能形态，但这主要是出于创作的目的，至于未来为何如此则相对次要。他们笔下的未来时常凶险恐怖，做出这样的预言时，作者显然不希望它成真，而是为了警告世人。没错，事情起初并非这样：在很大程度上，凡尔纳作品中的背景设定有其科学上的可能性。他说："我只是在利用物理，而威尔斯却在发明物理。"但威尔斯成为科幻之父，他自称，他的作品所涉及的是"一套新的观念系统"。他确实写过预测未来的作品，如《陆上铁甲》("The Land Ironclads")、《空中战争》(*War in the Air*)和《未来事物的形态》(*The Shape of Things to Come*)，但在早期的科学传奇（1902年之前）中，他显然并不关心那些设想能否经得起未来的验证。

科幻作家的目的是娱乐读者。这种创造娱乐的方式——用推想吸引读者，用细节取悦读者——恰好要求大部分科幻小说将背景设定在未来。有时，小说中描写的某样东西会碰巧出现在现实世界。也有些作者的创作更贴近现实，绝大多数都在努力让作品更具说服力，因为科幻最突出的——也是让科幻与奇幻得以区分的——特点就是其中的真实感，正是因为这层真实感的存在，读者才会严肃对待作品，或者至少（按威尔斯的话说）把它当作一套观念系统。这门仿真的营生有时会让作家变成预言家，即使作家本人毫不情愿。最后，作家所感兴趣的问题，一定是当时社会所存在的；迫使作家动笔写下的，也一定是让他们烦恼或愉悦的种种事件，或者他人未能识别的机遇或危险。如果他们对当下的感知和对以后的设想准确无误，那么其创作会与现实交叠。

但是，作家基本上都在与隐喻打交道。他们所写的未来并非真情实景；这只是一个免除了现实干扰的、隐喻式的未来，目的是供作家试验其想法。作家可以为了讨论人口过剩，让人口过剩成为世界性现象，而规避其他可能干扰读者的问题；让污染严重到关乎人类生死存亡的程度，而忽略为何此前无人试图解决；让暴政高压始终持续；或者，像 R. A. 拉弗蒂（R. A. Lafferty）在《漫长的星期二夜晚》（“Slow Tuesday Night”,《银河科幻》1965 年 4 月号）中所做的那样，让一切事情的发展节奏加速到转瞬即逝，而不去担心纷繁复杂的细枝末节：如抚养子女、耕种收获，以及非人力可以左右的季节更替。

拉弗蒂最能体现科幻小说的娱乐性。他用高超的叙述技巧、敏捷的才思和丰富的细节将读者吸引到故事中去。不过，他也能通过描述世界形成的过程，说服读者相信他的创作并不意在戏谑。拉弗蒂可以请求读者用对待奇幻的态度接受他的设定，但他更想让读者全然信服。他可以说明，那个世界是社会加速的自然结果，而社会加速是人们确实观察到的现象，但是为了说服力，这个变化过程必须向前延伸到遥远的未来，与现有生活的相似点将变得更加渺茫。所以他创造出了“阿贝巴奥斯阻块”。“阿贝巴奥斯阻块”当然是虚构的，尽管作家看似毫不经意地将这个概念引入故事，这可能让一些不够警觉的读者上当。没关系。正是因为这一创造的存在，这篇小说才成了隐喻；拉弗蒂并没有说这就是现实，不过读者应当注意它与现实之间的差别。

拉弗蒂其人与其作品一样独特。他自称是函授学校毕业的电气工程师，一生的大部分时间，他都是一名工程师，主要在俄克拉何马州工作。他长着一张孩子似的脸和一头白发，总是对人笑脸相迎。看上去，他更像是个手握锄头的农夫，而不像个打字机前的作家。偶尔出现在会展现场时，我们总会看到他漫步在会场中央，像个没穿制服的圣诞老人，好像还有点醉醺醺的，有着乡下人的憨厚。

他开始写作的时间很晚，但他在作品中透露出从未有人展现过的惊人才思、艺术技巧和创意，好像他大半生来一直在积攒实力。1960 年 1 月，他在《科幻故事》（*Science Fiction Stories*）上发表了第一篇小说《冰川之日》，但很快就有更多作品登上《银河科幻》、*F&SF* 和《轨道》。他的作品常常获得各类奖项的提名，包括《漫长的星期二夜晚》《黄金哨兵》《在那些长毛的地球人中间》《无所不知的人》《下块石头上继续》《攀登悬崖的人》《完美无瑕的贵橄榄石》《河岸全景拼图》《天空》《大千世界》《顶峰城的非常态》《多尔格》《穿火而行》《路的方向》《告诉我，今晚会结冰吗？》。《愚者的乐园》（“Eurema’s Dam”）获得了 1973 年的雨果奖，他的名字也常常出现在年度最佳小说选中。

拉弗蒂创作了六部长篇小说——三部发表于1968年，分别为《逝去的大师》(*Past Master*)、《地球的礁石》(*The Reefs of Earth*)和《罗德斯特鲁姆船长的冒险之旅》(*Space Chantey*)；另外三部发表于1971年，分别是《抵达伊斯特温》(*Arrive Esterwine*)、《恶魔已死》(*The Devil Is Dead*)和《绿色火焰》(*The Flame Is Green*)。即使在出版小说的方式上，他也是如此的与众不同。

自那以后，拉弗蒂却不可思议地被大型出版媒介所忽视，因此出版“阿耳戈神话”(Argos Mythos)系列和《在绿树中》(*In a Green Tree*)的续作时，他只好寻求传统媒介的帮助。

（穆童、憬怡　译）

漫长的星期二夜晚

［美国］R. A. 拉弗蒂

夜晚，一个乞丐拦住了一对在街头漫步的年轻夫妇。

“今夜上帝保佑。”他碰碰帽檐向他们致意说，“两位好心人，请借给我一千块钱吧，好让我重新赚回我的财富。”

“上周五我给过你一千块钱了。”年轻男子说。

“你是给了，”乞丐回答说，“而且那天午夜之前，我就让信差还给了你十倍的钱。”

“没错，乔治，他给了，”年轻女子说，“亲爱的，就给他钱吧。我相信他是个好人。”

于是，年轻男子给了乞丐一千块钱。乞丐碰碰帽檐向他们表示感谢，又去忙着赚回他的财富了。

乞丐进入金融市场，碰见了城里最漂亮的女人埃德范萨·伊帕拉。

“今晚你会嫁给我吗，埃迪？”他喜气洋洋地问。

“噢，我不这么认为，巴兹尔，”她说，“我嫁给你不少回了，但今晚我好像还没啥计划。不过，你发第一笔或第二笔财时，可以送一份礼物给我。我顶喜欢收到礼物啦。”

但当他们分开时，她却自言自语地说：“可是，今晚我要嫁给谁呢？”

那个乞丐就是巴兹尔·巴格尔贝克，用不了一个半钟头，他就将成为世上头号有钱人。在八小时内，他就会四次发大财，又四次变赤贫。这些财富可不是普通人赚的那种区区小钱，而是天文数字般的惊人财富。

当人脑摘除“阿贝巴奥斯阻块”以后，人们就开始更快地做决定，做出的决定也往往更好。那个阻块过去一直妨碍着人们的思维。当人们知道它是何物并且没有任何功用时，就通过一种简单的童年变形手术把它摘除了。

此后，交通运输和生产制造具有了即时性的超高效率。过去需要花几个月或几年才能做完的事情，现在只需要几分钟或几个小时。一个人可在八小时内同时从事一个或几个相当复杂的职业。

弗莱迪·菲斯科刚刚发明了一种手控模件。弗莱迪是一个夜盲人，而这种模件能显示出夜盲人的特征。人们那时已经根据各自的性情和偏好，将自己分为曙光人、昼盲人和夜盲人，或是分为黎明人（从凌晨四点到中午最活跃）、白昼人（从中午到晚上八点最活跃）以及夜晚人（从晚上八点到凌晨四点最活跃）。这三类人的文化、发明、市场和活动都略有不同。在漫长的星期二晚上八点钟，作为夜盲人的弗莱迪刚刚开始日常工作。

弗莱迪租了一间办公室并置办了家具。这花去了一分钟时间，洽谈、选择和安装几乎瞬间就搞定了。然后他发明了手控模件，这又花去了一分钟。接着，他将其拿去生产并投放市场。三分钟后，它即为重要买家所拥有。

它开始大受欢迎。这种模件很是吸引眼球。订单在半分钟内便纷至沓来。到八点十分时，每一个重要人物都有了崭新的手控模件，于是它就成了一种时尚。模件开始以每批百万计的数量成批售出。

这是当晚最有趣的时尚之一，至少称得上是初夜时分的时尚。

就和萨梅基的诗歌一样，手控模件没什么实用功能。不过这东西很迷人，或者说，其尺寸和形状能够带给人心理的满足感，而且既可握在手中，放在桌子上，也可安装在任何墙壁的模件壁龛里。

弗莱迪自然变得十分富有。埃德范萨·伊帕拉——城里最美丽的女人，向来对最新现身的阔佬感兴趣。她在八点半左右前来看望弗莱迪。这里的人们下决心很快，所以埃德范萨在来的时候就打定了主意。弗莱迪也很快做出决定，在小额索赔法庭与朱迪·菲斯科离婚了。弗莱迪和埃德范萨去了旅游胜地帕莱索·朵拉多度蜜月。

这次旅行美妙极了。埃迪的每次婚姻都很美妙。这里碧空明澈，景象瑰丽。那座泛着金光的著名瀑布飞泻不止。附近的岩石是由蔓生人砌成的，山丘是由碎石人筑起来的。海滩就像是梅雷瓦尔海滩的完美复制品。当夜伊始，受欢迎的饮料是蓝色苦艾酒。

但是，无论是初次游历还是一段时间后的重新造访，那种景象只会因你一时间的专注欣赏而感到震撼人心。长时间逗留是没有必要的。随时挑选并准备好的佳肴美馔，在享用时乐趣倏忽而过。蓝色苦艾酒固有的新鲜感转瞬即逝。对于埃德范萨和她的情人们来说，情爱总是迅速而又炽烈的。反复体验那一过程，对她而言是毫无意义的。再说埃德范萨和弗莱迪只选择了一小时的奢华蜜月。

弗莱迪还想继续保持这段关系，但埃德范萨瞥了一眼那个趋势指示器。手控模件只在当晚的前三分之一时间里受到青睐。那些关键人物早已对其弃之不理。弗莱迪·菲斯科并不属于那种经常发迹的人。他每周大概只有一晚时间，可以享受到某个完整职业带来的快乐。

他们回到城里，九点三十五分在小法庭离了婚。手控模件的存货被廉价抛售，最后一批将处理给四处寻求廉价货的曙光人——他们总是无所不买。

“接下来我要嫁给谁呢？”埃德范萨问自己，“这个夜晚看起来够漫长的。”

“巴格尔贝克正在买进，”金融市场传来这个消息，但在该消息开始广泛流传之前，巴格尔贝克又抛售了。巴兹尔·巴格尔贝克喜欢赚钱，看他一边工作，一边操控整个金融市场，只消动动嘴皮子即可召集收款员和一帮称职的雇员，真是一桩乐事。助手们剥下他身上那件乞丐服，给他穿上一件奢华的宽外袍。他打发一个收款员找到那对曾借给他一千美元的年轻夫妇，向他们偿还了二十倍的钱。他打发另一个收款员把一份更贵重的礼物送给埃德范萨·伊帕拉，因为巴兹尔很在意他们的关系。巴兹尔得到综合趋势指示器的操纵权，并对其做了手脚。他使得在过去两个小时成长起来的若干大企业垮掉，并利用它们的废墟重组而大获其利。现在，他已当了几分钟时间世界首富。金钱使他不堪重负，他已经不能像一个钟头以前那样灵活操作了。他成了一头大肥羊，一群狡猾的饿狼围住他，伺机把他撂倒。

他很快就将失去当晚的第一笔财富。巴兹尔·巴格尔贝克的秘密在于，当他拥有的金钱多到极点之后，他很乐于看到它们轰轰烈烈地丧失殆尽。

一个名叫麦斯威尔·穆瑟的思想家，刚刚创作出一部所谓“光化性哲学”的著作。写完这部著作花了他七分钟。要完成哲学著作，你得使用灵活的提纲和思想索引；你可以启动激活器，为每个小节匹配措辞；那种内行人还会使用悖论馈入器和令人震撼的类比混合器。你还需要校准特定观点和个性标志。由此得来的必是一部好作品，因为对于这种作品而言，优秀已经自动成为最低值。

“我要锦上添花。”麦斯威尔说，并为此推动了操作杆。这就给作品各处撒上了一些类似“地府的”、“启发式的”和“代酶[1]的”这样的词汇，这样一来，就没人怀疑这是一部哲学作品了。

麦斯威尔·穆瑟将作品寄给出版商，每次大约三分钟后，就会收到退稿。对方总是给出作品分析以及退稿理由——主要是因为以前就有人写过，并且写得更好。麦斯威尔在半个钟头内经历了十次退稿，他感到气馁。然后，他时来运转了。

拉蒂奥的作品在最近十分钟内风靡一时。出版商现在意识到，穆瑟的专著对其而言既是一种答复，也是一个补充。好运来了不到一分钟，它就被采用出版了。前五分钟的评论颇为谨小慎微。随后评论开始变得热情洋溢。它是这夜初始和午夜时分出现的最伟大的哲学著作之一。有人说，这可能会成为一部传世之作，甚至到了次日早晨，它对于黎明人的吸引力都很可能依旧不减。

麦斯威尔理所当然地变得很富有，埃德范萨也理所当然地在午夜赶来看他。作为一个革命性的哲学家，麦斯威尔认为他们可以自由一点，但埃德范萨坚持要结婚。于是麦斯威尔和朱蒂·穆瑟在小法庭离了婚，然后与埃德范萨出游了。

这个朱蒂虽然没有埃德范萨那么美艳，却是本城动作最快的爱情“捕手”。她只想短暂拥有那些在当前走红的男人，而且总比埃德范萨捷足先登。埃德范萨认为是她把男人从朱蒂身边抢走的。朱蒂却说，埃迪只是在捡她不要的二手货色而已。

“我是最先得到他的。”朱蒂在小法庭快速办完手续时，总是这样嘲笑说。

“噢，那个挨千刀的小婊子！”埃德范萨悲叹说，“这种事她总是

1.“代酶”原文是 prozymeides，是作者杜撰的，译文也为杜撰。

抢在我前面。”

麦斯威尔·穆瑟和埃德范萨·伊帕拉去旅游胜地“八音盒山”度蜜月。那次旅行相当美妙。山峰是邓巴人和菲特人用绿色的雪堆起来的。（在金融市场那边，巴兹尔·巴格尔贝克正在聚敛他当晚的第三笔，也是当晚的最大的一笔钱，其规模甚至有望超过他在上星期四赚得的第四笔钱。）此地那些瑞士风格的度假小木屋，比真正的瑞士房屋还更具瑞士风格，每个房间都养着活山羊。（此时，斯坦利·斯库尔达格正在冒出来成为午夜时分的头号偶像级明星。）午夜的畅销饮料是格罗森古博——夏娃奶酪和莱茵河葡萄酒倒在粉红色冰块上。（在城里那边，此时最活跃的夜盲人正在精英俱乐部作午夜消闲。）

当然，这次经历相当美妙，埃德范萨所有的蜜月之旅都是如此美妙——但她从未对哲学真正感兴趣过，所以她只安排了为期三十五分钟的特殊蜜月。她看了趋势指示器以便确认。她发现她的现任丈夫已经过时，其作品现在被嘲讽为“穆瑟的耗子”[1]。他们回到城里，在小法庭离了婚。

精英俱乐部的会员资格并非固定不变。成功是获得会员资格的必要条件。巴兹尔·巴格尔贝克可以成为会员，晋升主席，然后又因其沦为肮脏的乞丐而被驱逐——每晚从三次到六次不等。但只有重要人物或者那些拥有片刻重要性的人物才能入会。

“我想，我会在黎明人明早活跃期间睡上一觉的，”奥沃考尔说，“我可能会去考摩博利斯那个新地方睡上一个钟头。据说很好。巴兹尔，你睡在哪儿呢？”

“我睡廉价旅馆。”

---

1. 穆瑟（Mouser）的读音在英文中与耗子（mouse）相近。

“我想，我会按米甸人的方法睡上一个钟头，”伯恩拜纳说，“他们的最新睡眠诊所真的很棒。也许我还会按普拉塞卡人的方法睡一个钟头，再按多米迪奥人的方法睡一个钟头。”

“克拉克人每个时期都按自然方法睡一个钟头。”奥沃考尔说。

“我不久前就用那种方法睡了半个钟头，”伯恩拜纳说，“我觉得花一个钟头睡觉太长了。巴兹尔，你试过自然方法吗？”

“一贯如此。自然方法加一瓶廉价威士忌。”

斯坦利·斯库尔达格成为一周来最炫目的偶像级明星。他自然变得非常富有，于是埃德范萨·伊帕拉大约在凌晨三点钟去看他。

“我是最先得到他的！”朱蒂·斯库尔达格在小法庭快速办理了离婚，并发出嘲笑的声音。接着，埃德范萨和小伙子斯坦利去度蜜月了。在这段时期结束时与堪称业界头号红人的偶像级明星共度良辰，总归是很有趣的事。他们有那么一种青春粗野的气息。

此外，还有曝光率，正中埃德范萨下怀。谣言作坊开始运转。他们的婚姻会持续十分钟吗？半个钟头？一个小时？它会成为那种为夜盲人所罕有、一直持续到天明的婚姻吗？它会像某些人那样甚至延续到第二天晚上吗？

实际上，这场婚姻持续了将近四十分钟，差不多到了这段时期的尽头。

这是一个漫长的星期二夜晚。有几百种新产品在市场上昙花一现。出现了二十部红极一时的剧种，三分钟和五分钟的胶囊戏，以及几部六分钟的长剧。除非晚些时候有轰动性节目，不然《九号夜街》这部相当低劣的剧目，就会作为这晚的大片。

百层楼房拔地而起，人们住过以后便弃置不用，于是又被拆毁，腾出空间以建设更合时宜的建筑物。只有平庸的人才会使用白昼人或黎明人住过的楼房，甚至是夜盲人前夜住过的地方。在这段八小时的时期里，这个城市相当彻底地至少被重建了三次。

这一时期接近尾声了。世界首富、精英俱乐部现任主席巴兹尔·巴格尔贝克，正和亲信们享受着美妙时光。他当晚的第四笔财富是一家有价证券金字塔公司，塔身已上升到令人难以置信的高度。但是，当巴兹尔品味着那种作为建塔基础的市场操纵过程时，他不禁暗自讪笑起来。

精英俱乐部三个招待员步伐稳健地走进来。

“滚出去，你这肮脏的叫花子！”他们对巴兹尔恶狠狠地吼道。他们把他身上那件奢华的宽外袍脱下来，然后一脸嘲笑地把那件破烂的乞丐服扔给他。

“全没了？”巴兹尔问，“我以为还能再撑五分钟呢。”

“全没了，”从金融市场回来的一个信差说，“九十亿美元，五分钟内全没了，其他几个人也都跟着被拖垮了。”

“把这个破产的叫花子赶出去！”奥沃考尔、伯恩拜纳和其他亲信吼道。“先等下，巴兹尔，”奥沃考尔说，“在我们把你赶下楼之前，把主席的权杖交出来吧。不管怎么说，明晚你又可以拥有它好几次呢。”

这一时期结束了。夜盲人各自散去，回到睡眠诊所或休闲小屋打发低潮时光。曙光人也即黎明人，开始接替他们成为目前最活跃的人。

瞧，你就要看到某种大动作了！那些黎明人做决定真的很快。他们可不会浪费整整一分钟时间去创建一家企业的。

一个昏昏欲睡的乞丐在路上碰到了埃德范萨·伊帕拉。“清晨之神保佑，埃迪，”他说，“明晚嫁给我好吗？”

“我可能会嫁你的，巴兹尔，”她告诉对方，“你昨晚娶过朱蒂吗？”

“我记不清了。你能给我两块钱吗，埃迪？”

“没门。我想在大约两点钟那会儿，有个叫朱蒂·巴格尔贝克的，在‘衣裙窸窣’时尚季上被提名‘十大最佳着装女性’。你干吗需要两块钱呢？”

“一块钱租一张床位，另一块钱买廉价威士忌。不管怎么说，我第二次发财时给过你两百万块呢。”

“我两笔账都是分开算的。那就给你一块钱好了，巴兹尔。你赶快走人吧！我可不想叫人看见我在跟一个脏兮兮的叫花子说话。”

“谢谢你啦，埃迪。我这就去买威士忌，然后去一个小巷子里睡觉。清晨之神保佑。”

巴格尔贝克嘴里吹着《漫长的星期二夜晚》口哨，拖曳着脚步离开了。

黎明人已经开始在星期三上午大显神通了。

（于海生　译）

透过模糊不清的镜子[1]

进入20世纪后的50年里，在威尔斯以“公开的阴谋”为旗转向政治宣传小说，宣称要创造更好的世界之后，反乌托邦被传统上反对科技、反对进步理念的文学人物把持了，例如E. M. 福斯特、阿道斯·赫胥黎、乔治·奥威尔和C. S. 刘易斯。典型的反乌托邦小说以其他思想者——通常是威尔斯——对未来的设想为标靶。刘易斯在《邪恶的力量》（*That Hideous Strength*，1945）中甚至借小说人物“霍勒斯·儒勒”（Horace Jules）之口攻击威尔斯本人。

早期科幻杂志中，戴维·H. 凯勒医生[2]和斯坦顿·A. 科布伦茨[3]发表过讽刺小说，其中一些仍然没有超出文学传统。但是，反乌托邦对坎贝尔的《惊异》而言实属陌生，直到1950年《银河科幻》创立，这类小说才在杂志界自成一派。H. L. 戈尔德秉持犬儒主义与怀疑论，他不仅相信人类境况可能每况愈下，还认为我们可以以这个

1. 该标题语出《圣经·新约·哥林多前书》13：12“我们如今仿佛对着镜子观看，模糊不清。”
2. 美国作家、医生，主要为纸浆杂志写作，擅长科幻、奇幻和恐怖风格。
3. 美国作家、诗人，曾在《惊奇故事》上发表讽刺小说。

过程为题材，创作娱乐性的小说。然而，将 1900 年之前的威尔斯式视角重新带回科幻小说中的，是弗雷德里克·波尔。

科幻式的反乌托邦与文学上的反乌托邦在几个重要的方面有所区别。事实上，我们为这种小说另造了一个新词：敌托邦（dystopia）。反乌托邦是对他人乌托邦理念的攻击；而敌托邦，意即“坏地方”，显示了对人类而言事情会变得多么糟糕，而不是如何美好。科幻敌托邦也保留了杂志的叙事刺激；这类小说很少批评科学或技术，而是批评人类的选择，其中经常带有一丝悔意，为人类成就伟业的能力已经受制于社会制度和人类短视而后悔。在科幻敌托邦中，科幻对于智力的信任并未遭到摒弃。

文学反乌托邦暗示，人类从一开始就注定灭亡，其本性有缺陷，其状态是堕落的。科幻反乌托邦则常常以这样的希望结束：造出邪恶的状况可以得到纠正；有时这样的纠正也确实发生了。

科幻反乌托邦肇始于西里尔·M. 科恩布鲁斯与弗雷德里克·波尔合著的《太空商人》（*The Space Merchants*，1953），该故事初于 1952 年以《图利星球》（“Gravy Planet”）为名连载于《银河科幻》杂志，此后反复付梓，极少停印；它被翻译为三十多种语言。波尔接着与科恩布鲁斯合撰了其他三部敌托邦小说，《探索天空》（*Search the Sky*，1954）、《律法斗士》（*Gladiator-at-Law*，1955）与《狼灾》（*Wolf-bane*，1959）。他还以爱德森·麦卡恩（Edson McCann）之名与莱斯特·德尔·雷伊合著了《图其轻》（*Preferred Risk*，1956）。

科恩布鲁斯也撰写属于他个人的更为阴暗的版本。他于 20 世纪 50 年代开始独立写作，这一点同其他的未来派作家一样，达蒙·奈特曾为这个纽约的科幻粉丝组织撰写了一部群体传记（《未来派》，*The Futurians*，1977），这个组织的前身最早包括阿西莫夫、波尔、沃尔海姆、科恩布鲁斯、罗伯特·朗兹（Robert Lowndes）、大卫·凯尔（David Kyle）、理查德·威尔逊（Richard Wilson）和其余人士。不出几十年，这个组织便显露出将要接管整个科幻界的架势。

早年间，未来派作家（除了阿西莫夫）不把故事卖给坎贝尔。在 20 世纪 30 年代后期至 40 年代初期，他们的故事主要供自己出版，当时波尔正担任《诧人故事》（*Astonishing Stories*）与《超级科学故事》的编辑，而沃尔海姆时任《振奋科学故事》（*Stirring Science Stories*）与《宇宙故事》（*Cosmic Stories*）的编辑（他最终成了王牌图书公司的编辑，后来又成为 DAW 图书公司的出版商），而朗兹则是《科幻》（*Science Fiction*）与《未来科幻》（*Future Fiction*）的编辑。所有这些杂志都因经济萧条与战时的纸张短缺退出历史舞台。尽管未来派作家自青年时代就不愁卖不出小说，但他们销售对象都是些奇怪的出版机构，且大多数情况下使用的都是笔名。

科恩布鲁斯早期的小说多以笔名 S. D. 戈特斯曼（S. D. Gottesman）写就。他以本名写作的第二部小说，著名的《小黑包》足称惊奇地于 1950 年发表于《惊异》之上。他共出版过五十多部短篇小说，包括《前进的傻瓜》、《戈麦斯》、《脑虫》、《全丹佛最幸运的人》与《鲨舟》。几部长篇小说，包括《起飞》、《评审员》（1953）与《非此八月》（1955）皆以他本人的名字出版。不过他最为闻名的仍是与他人的合著，不仅是波尔，还有与朱迪斯·梅丽尔（她后来成了波尔的妻子）的《火星前哨》与《枪手凯德》，他们使用的是笔名西里尔·朱迪。

科恩布鲁斯生于纽约也长于纽约。他在阿登战役[1]时因运送一挺机枪导致心肌劳损。战后，他在芝加哥大学学习，接着升任无线电新闻播送公司芝加哥办公室的局长，并于 1951 年离职专事小说创

1. 第二次世界大战期间的重要战役，亦称“突出部战役”。

作。他是那一代人中的温鲍姆，与温鲍姆一样，35 岁去世时他的夙愿大多尚未实现。

高中辍学的波尔于某种意义上成了科幻界的百科全书式人物。他做过经纪人和编辑，编选过小说集也创作过小说；他作为专家编纂了《大不列颠百科全书》中的罗马皇帝提比略的词条；他是脱口秀嘉宾，是当代社会的精密观察家，是极受欢迎的未来学家。他常常在大专院校进行讲座，其中若干学校授予他教授职衔。

对当初那个兴味广泛而孤独的少年读者而言，这一切显得相当不真实，直到他终于在纽约的科幻粉丝群体中找到自己的其他同类。当他于 19 岁成为编辑时，他开始从未来派成员手上买故事，其中也包括他自己以笔名写就的故事。结束了二战期间在美国陆军航空队的服役生活后，他成了广告文案写手、作家和经纪人。1951 年，受困于一部有关于广告的科幻故事，他向自己的未来派老朋友西里尔·科恩布鲁斯求助：《太空商人》就这样诞生了。

在接下来的六年里，波尔撰写了一系列色调诙谐的讽刺作品，如《迈达斯瘟疫》（1954）、《世界之下的隧道》（1955）和《吃掉世界的人》（1956）。金斯利·艾米斯在《地狱新图》[1]（*New Maps of Hell*，1960）中称其为“现代意义上的科幻小说所培育出的最为才情恒定的作家”。1953 年至 1959 年间，他为巴兰坦图书公司编辑了“星际科幻故事”系列初版小说集。1962 年，他继任戈尔德成为《银河科幻》与《如果》杂志主编，在 1969 年辞任以前，他收获了三次雨果奖最佳编辑奖。后来，他短暂担任过王牌图书公司的编辑，并于之后几年担任矮脚鸡图书公司的科幻编辑。

他的长篇小说包括《酒鬼散步》（1960）、《巨蛇瘟疫》（1965）

1. 副标题为“一项科幻小说调查”（A Survey of Science Fiction），艾米斯在该书中展示了从凡尔纳到威尔斯的一系列作家作品，评述了科幻小说的写作技巧和题材发展潜力。

以及《谨小慎微的时代》(1970)。他与杰克·威廉森合作撰写了三部曲少年小说:《海底探索》(1954)、《海底舰队》(1956)与《海底城市》(1958),他们还合写了《太空礁》(1964)、《星子》(1965)与《星际恒星》(1969)[1]。近年来,他摒弃了早年借以成功的机巧故事和尖锐讽刺,转而追求更为严肃的主题,这或许始于1972年的《星虹末端的金色》(*The Gold at the Starbow's End*)。此后,他收获了诸多奖项,1973年,他凭借多年前便开始与科恩布鲁斯合撰的短篇小说《会见》("The Meeting")获得雨果奖,1976年凭《超人计划》(*Man Plus*)获星云奖,1977年凭《通向宇宙之门》(*Gateway*)获得星云奖、雨果奖与坎贝尔奖,1978年凭《杰姆星》(*JEM*)获得美国图书奖,1992年获美国科幻和奇幻作家协会大师奖。此后,他始终规律性地持续着高质量的作品产出,包括《通往宇宙之门》的四部续作[2]与《城市岁月》(*The Years of the City*, 1984),后者为他赢得了第二次坎贝尔奖。他于1974年至1976年间担任美国科幻作家协会会长,于1978年出版自传回忆录《未来曾经的样子》(*The Way the Future Was*)。

发表于《浪子》杂志1966年2月刊的《公元第一百万日》("Day Million")或可说是波尔的最佳短篇故事。

(穆童、憬怡　译)

1. 前称"海底三部曲"(Undersea Trilogy),后称"星子三部曲"(Starchild Trilogy)。
2. 合称"希奇系列"(Heechee Series)。

公元第一百万日

[美国] 弗雷德里克·波尔

今天我要讲个故事，一个发生在千年之后的故事，故事里有一个男孩，一个女孩，还有爱情。

虽然目前我只说了这么点儿，却没有一样是真的。那个男孩不是你我平常印象中的男孩，因为他那时187岁。那个女孩也不是女孩，因为别的原因；这个爱情故事也不具备我们目前能够理解的这类场景应有的特性：由急不可耐的奸污欲望升华[1]而来的情感以及在同一时间内滞后的屈从的本能。你要是没一下子抓住这些状况，就不会对这个故事感兴趣。然而，要是你愿意努力尝试，很可能会觉得故事的字里行间都充满了、塞满了、挤满了欢笑、泪水和沉甸甸的感动。这样的故事也许值得一听，也许不值。那个女孩之所以不是女孩是因为她是个男孩。

听到这儿你一定气得直跳脚！你会说，谁他妈想看一对基佬的故事？稳住。这里可没有在小圈子里私下交易的那些恶心人的变态秘密。实际上你要是见到这个女孩，无论从哪方面讲你都不会把她

1. 最早由弗洛伊德使用，他认为将一些本能的行动如饥饿、性欲或攻击的内驱力转移到一些自己或社会所接纳的范围时，就是“升华”。

当成男孩。乳房，两个；阴道，一个。臀部，丰满；面部，没有汗毛；眶上凸骨，不存在。你立刻就会把她定义为女性，不过你的确有可能会好奇她是哪个物种的女性：因为她长着尾巴，有丝滑的皮毛，每只耳朵后面还有腮裂。

你现在一定又跳脚了。天哪，伙计，记住我的话。这可是个甜心宝贝，要是你和她同处一室，只要一个小时，作为一个正常男人，哪怕是闹得天翻地覆你都会想要把她拐到床上去。朵拉（咱们就这么称呼她；她的“名字”是奥米克戎－滴－基数·七－簇－蹒跚－乌特·S.剑鱼座·5314，最后一部分是颜色规格，对应一种绿色）——朵拉，要我说，绝对称得上是妩媚娇柔、魅力十足、可爱至极。我承认她的声音没有外貌那么吸引人。她是——你也许能猜到——一名舞蹈演员。她的表演蕴含着深邃的思想和极高的艺术造诣，要达到这两点需要非凡的天赋和无尽的练习；她在零重力环境中进行演出，而我竭尽全力也难以形容，只能说她的表演既像柔术又像古典芭蕾，可能类似于丹尼洛娃[1]的《天鹅之死》。她的表演还性感得要死。当然，这是一种象征性的说法；面对现实吧，所有被我们称作“性感”的东西都是一种象征，是吧，可能暴露狂的裤门大开不算在此列。在第一百万日那天，当朵拉翩翩起舞的时候，所有看她表演的人全都呼吸急促；你也不会例外。

关于她是个男孩这件事。从基因上讲她是男性这种事实在她的观众看来都不叫个事儿。如果你和他们在一起，对你来说也不是，因为你对此一无所知——除非你能搞到她的活体组织切片，把它放到电子显微镜下观察，找到 XY 染色体——即便这样对他们来说也无所谓，因为他们不在乎。通过不仅复杂而且尚未被发明出来的技术

1. 即亚历山德拉·丹尼洛娃。俄裔美国舞蹈家、教师。

手段，那时的人们在婴儿远未出生之前就能在很大程度上确定他们的天赋和潜能——在胚胎进行细胞分裂的第二阶段，准确地说，是在卵细胞分裂形成游离胚泡这一时期——随后他们理所当然就会开发这些天赋。我们不也一样吗？如果我们发现一个孩子有音乐天赋，就会授予他茱莉亚音乐学院的奖学金。如果他们发现一个孩子的天赋是当女人，他们就会把他塑造成女人。由于性已经从繁衍生息中被剥离出来，这种操作相对而言很容易，而且不会引起麻烦，也不会招致批评，或者只有非常少的批评。

“非常少”是多少？哦，大概和我们补牙时擅自篡改神意招致的批评一样多，比戴上助听器后听到的批评要少。还是难以接受？建议你下次再遇到大波妹的时候仔细地看着她，然后把她想象成朵拉，因为即使在我们这个时代拥有男性基因却长成女性身体的成年人也绝非没有。子宫内环境的一次意外击败了遗传学的蓝图。两者的区别在于：在我们的时代这是偶发事件，我们觉察不到这种事，除非在极少数情况下经过仔细研究才会意识到它的存在；而生活在百万日时代的人们经常这么做，故意这么做，因为他们想这么做。

好啦，关于朵拉说得够多啦。如果再加上“她有七英尺高”“闻起来像花生酱”这些细节，你恐怕会更加不知所措。还是开始讲故事吧。

在第一百万日那天，朵拉从家里游出来，进入交通管道，通过水流轻快地被吸到水面，随后被一股激流喷射到她面前的伸缩平台上——啊——就称呼它为她的排练厅吧。“哦，见鬼！”她颇为狼狈地叫出声来，伸出手去保持平衡，结果摔倒在一个陌生人的身上。我们就叫这个人“多尼”。

一次美丽的邂逅。多尼正要去更新他的腿。他压根儿就没想着爱情这种事儿；然而，为了抄近路无意间走上潜水网络的着陆平台还被淋了一身水的他，发现了他见过的最可爱的姑娘而且还把她抱了个满怀，他立刻意识到他们是天生一对。“你愿意嫁给我吗？”他问。她柔声地答道：“星期三。”这句承诺犹如爱抚。

多尼高大强壮，古铜色的皮肤，活力四射。就像朵拉不叫朵拉一样，他的名字也不叫多尼，不过他名字中表示个人的部分叫作阿多尼斯[1]，用以彰显他精力充沛的男性气质，所以我们就简称他为多尼。他的个人颜色代码以“埃”为单位，是5290，只比朵拉的5314稍微蓝一点儿，正因为这样，他们在第一眼看到对方的时候就凭直觉感到彼此之间有很多共同的兴趣和相似的品味。

我绝望地发现无法向你说明多尼到底是怎样谋生的——我不是想说这份工作能让他挣到多少钱，我的意思是这份工作给了他生命的目的和意义，不会让他因为无聊而发疯——只能说这份工作的内容包括大量的旅行。他乘坐星际宇宙飞船四处旅行。为了让宇宙飞船能够极速行驶，需要由三十一名男性人类和七名从遗传学上来讲是女性的人类做某些事情，而多尼就是那三十一人之一。实际上他考虑过其他工作。做这份工作会暴露在大量的辐射之下——他需要独自置身于推进系统中的一个工作站内，但那里的辐射量远比不上从旁边站台溢出来的辐射量，一位遗传学意义上的女性会在这个站台上进行甄选，而用于甄选的亚核粒子则会在一场量子浴中让自己灰飞烟灭。好吧，你压根儿不会关心这种屁事，不过这就意味着多尼时刻都要穿着一身轻便、富有弹性又极为坚韧的古铜色金属皮肤。我之前已经提到过了，不过你也许还以为我是指他的肤色是晒出来的。

不仅这样，他还是个半机械人。他身上绝大部分的原始器官早

1. 希腊神话中，阿多尼斯是一位俊美的神。

已被替换成更加持久耐用的机械零件。镉制离心机，而不是心脏，推动血液循环。只有在他想要大声说话时，他的肺才会动起来，因为他可以通过一套级联渗透过滤器从自身排出的废弃物中吸入氧气。总之，对一个20世纪的人类来说，他看上去可能挺奇怪的：眼睛会发光，每只手上有七根手指；不过对他自己，当然对朵拉也是，他看上去威武雄健，是个十足的男子汉。在过往的旅程中，多尼去过比邻星、南河三还有米拉星的各种奇异世界；他曾为老人星的行星们带去农业样品，并从毕宿五的苍白伴星带回温顺、聪明的宠物。炽热的蓝星，冰冷的红星，他见过一千颗恒星，以及它们的一万颗行星。实际上，两个世纪以来他一直活跃在各条星路上，只在地球上有过几次短暂的休假。不过你也不会在意这种事。创造故事的是人，不是他们身处的环境，而你想听这两个人的故事。他们的确创造了故事。他们之间的美好情感生长开花，并在星期三结出果实，和朵拉的承诺完全相同。他们在编码室会面，几个朋友也去了，每个人都为他们送上祝福，为他们欢呼喝彩。趁着采集存储身体信息的这段时间，他们相互微笑低语，听朋友们拿他俩打趣，羞红着脸巧妙应对。再然后，他们互换了数字模拟信息，各奔东西。朵拉回到她位于海面下的栖身之所，多尼回到他的飞船上。

整个过程恬静愉悦，真的。他们从此以后一直过着快乐的生活——至少直到他们觉得活够了然后死去为止。

当然，他们再也没有见过对方。

哦，我甚至能看到你现在的样子，你这个吃炭烤牛排的家伙，你的立体声音响播放出丹第[1]或者蒙克[2]的音乐，而你一只手挠着大脚趾上刚长出来的囊肿，一只手拿着这篇故事。你一个字都不信，是

1. 即樊高·丹第。法国作曲家，圣咏学院发起人之一。
2. 即塞隆尼斯·蒙克。美国爵士乐钢琴家、作曲家。

不是？一直就没相信过。你起身给变味的酒中加入鲜冰，因为恼火而不高兴地嘟囔着：人可不会那样活着。

再看看朵拉，她乘坐水流湍急的交通管道急忙赶回水下的家中（她更喜欢家里的环境；她做过身体改造，可以在水中呼吸）。如果我告诉你她是怀着怎样甜蜜的心情把多尼的模拟记录输入到形象操控机里，再把她自己挂进机器然后开始享受……如果我试着向你描述其中任何一步，你一定会目瞪口呆。也许会怒目而视，还会气愤地抱怨说这算他妈的什么做爱方式？不过我向你保证，我的朋友，我真的向你保证，朵拉所感受到的心醉神迷和任何一个邦女郎所感受过的一样醇厚丝滑、灼热强烈，相比之下你在"真实生活"中体味到的任何感觉都不值一提。你爱怎样就怎样吧，怒视也好，抱怨也罢。朵拉不在乎。如果她真能想起你，她三十代之前的曾曾祖父，她也只会认为你是一个上古野蛮人。你就是。为什么这么说？朵拉和你之间的差距与你和五千个世纪之前的南方古猿之间的差距要大得多。在她生活的强烈水流里你连一秒钟都游不起来。你该不会认为进化是沿着直线进行的吧？你是否认识到它的路线其实是上升型曲线、加速型曲线，甚至很可能是指数型的曲线呢？它的启动时间长得见鬼，可启动之后的效果却像引爆一枚炸弹。而你呢，你这个靠在躺椅上喝着苏格兰威士忌吃着牛排的家伙，你不过刚刚才点燃那根引信。现在是什么时间，基督诞生后的第六十万天还是第七十万天？朵拉生活在第一百万天的时代。距离现在有一千年。她体内的脂肪都是多不饱和脂肪，就像科瑞牌起酥油一样。她身体产生的废弃物在她睡觉的时候直接从血流中透析出去——也就是说她不用上厕所。为了打发无聊的半个小时，她可以一时兴起调用能量发射一颗周末卫星或是重塑月球上的某个陨石坑，而用到的这些能量比今天的葡萄牙举国消耗的能量还多。她深爱多尼。她将他的言行举止、音容笑貌、触摸时的手感、交合时的快感以及接吻时的激情都以数字化形象的方式存储起来。每当她想要他的时候，只要启动机器就可以拥有他。

至于多尼，当然，也拥有朵拉。不管是在她头顶几百码的悬浮城市里，还是在五十光年以外的大角星轨道上，多尼只需命令他的形象操控机从永磁铁氧体的文件中调出朵拉的信息，把她栩栩如生地带到他面前，她就在那里；他们可以兴高采烈、不知疲倦地彻夜交媾。当然，没有肉体上的接触；不过他的身体已经被大幅改造过，通过肉体也享受不到什么乐趣。他不需要通过肉体享受欢愉。生殖器没有感觉。手上没有触感，胸脯没有触感，嘴唇没有触感；这些只是接收器，接受并传输神经冲动。大脑才是用于感受的器官，经过对这些神经冲动进行解读才能感受到痛苦或高潮；而多尼的形象操控机为他模拟出拥抱，模拟出亲吻，模拟出最为狂野、激情的时刻，模拟出一个永恒的、精致的、永远不会衰亡的朵拉。或是黛安。或是甜美的罗丝，或是欢笑的艾丽西亚；确切地说，她们每个人都曾经和他交换过模拟数据，以后也会和其他人交换。

扯淡，你会这么说，我觉得这太疯狂了。而你——涂着须后水，开着红色小轿车，白天做着微不足道的文书工作，晚上又忙着寻求艳遇——告诉我，假如提革拉·帕拉萨[1]或匈奴王阿提拉看到你，你觉得在他们眼里你又算个什么呢？

（Ninesnow　译）

1. 亚述国王。